SCHÖNER STERBEN IN FRANKEN

Katharina Drüppel wurde 1974 in Heilbronn geboren und studierte Biologie. Neben ihrer Leidenschaft für alles, was den menschlichen Körper betrifft, verbringt sie ihre Zeit mit Schreiben, Lesen und Nähen. Sie ist glücklich verheiratet und Mutter von drei Kindern.

Heike Heinlein wurde 1961 in Erlangen geboren. Nach dem Studium der Sozialpädagogik absolvierte sie eine Ausbildung zur Buchhändlerin, was sie nie bereut hat. Neben dem Lesen widmet sie sich neuerdings auch dem Schreiben von Franken-Krimis. Sie ist verheiratet und hat zwei Kinder.

KATHARINA DRÜPPEL/HEIKE HEINLEIN

SCHÖNER STERBEN IN FRANKEN

Kriminalroman

emons:

Bibliografische Information der Deutschen Nationalbibliothek
Die Deutsche Nationalbibliothek verzeichnet diese Publikation in der Deutschen Nationalbibliografie; detaillierte bibliografische Daten sind im Internet über http://dnb.d-nb.de abrufbar.

MIX
Papier aus verantwortungsvollen Quellen
FSC® C083411

Umschlagmotiv: mauritius images/Helmut Meyer zur Capellen/imageBROKER
Umschlaggestaltung: Nina Schäfer, nach einem Konzept von Leonardo Magrelli und Nina Schäfer
Umsetzung: Tobias Doetsch
Gestaltung Innenteil: DÜDE Satz und Grafik, Odenthal
Lektorat: Susanne Bartel
Druck und Bindung: CPI – Clausen & Bosse, Leck
Printed in Germany 2021
ISBN 978-3-7408-1116-7
Originalausgabe

Für unsere Familien

Samstag, 19:30 Uhr

Es passte nicht dorthin.

Weder Farbe, Material noch Form stimmten.

Es bestand aus grünem Stoff, nicht aus grauem Sandstein. Jedenfalls Teile davon. Und das, was unter dem Stoff herausragte, waren das etwa Füße, die in hellbraunen Stiefeletten steckten? Unmöglich. Und doch …!

Die Buchhändlerin Felicitas Reichelsdörfer stand vor dem Hugenottenbrunnen im Erlanger Schlossgarten, starrte auf den Fremdkörper darin und fragte sich, ob sie halluzinierte. Waren die zwei Gläser Sekt daran schuld, die sie getrunken hatte? Aber obwohl sie nicht besonders trinkfest war, verursachte diese Menge erfahrungsgemäß höchstens einen leichten Schwindel und führte nicht zu Hirngespinsten. Feli schloss die Augen, öffnete sie wieder und taxierte erneut das, was da im Brunnen war.

Es war Realität.

Verflogen war ihr Freudenrausch darüber, endlich einmal das Erlanger Schlossgartenfest zu besuchen, was sie sich seit Jahren gewünscht hatte, aber immer wieder an ihrer desolaten finanziellen Situation gescheitert war. Verflogen war auch das Gefühl, die Königin des Abends zu sein, das sie verspürt hatte, als sie in ihrem Traumkleid über die Kieswege flaniert war und, so war es ihr vorgekommen, die huldvollen Blicke ihrer Untertanen entgegengenommen hatte. So musste sich Markgräfin Wilhelmine von Bayreuth gefühlt haben, die vor über zweihundert Jahren auf ebenjenen Wegen gewandelt war. Es war ein erhabenes Gefühl gewesen, das Feli an die Prinzessinnenträume ihrer Kindheit erinnert hatte. Und jetzt beendete dieser Fremdkörper im Brunnen einfach ihren Höhenflug. Die Landung war hart und kam völlig unverhofft.

Sie knuffte ihren Begleiter Hieronymus Bosch, genannt Boschi, in die Seite. »Siehst du, was ich sehe?«

Doch ihr bester Freund badete mit solcher Inbrunst in der einzigartigen Atmosphäre des Festes, dass er Lichtjahre davon entfernt war, es zu bemerken. »Meinst du den bayerischen Innenminister oder den bayerischen Ministerpräsidenten, die da vorne mit ihren Frauen stehen?«, fragte er. »Jetzt kommt auch noch der Bürgermeister dazu. Das Bild ist morgen bestimmt in der Zeitung.«

Feli warf einen raschen Blick auf die Prominenz, die mit ihren Ehefrauen in die Kameras mehrerer Fotografen strahlte. Normalerweise hätte sie dieses Bild in sich aufgesaugt, wann sah man die Herrschaften denn schon live? Aber in dem Moment war es ihr egal.

»Das meine ich nicht. Schau mal in den Brunnen, also in die Öffnung. Da ist doch was.«

»Welche Öffnung?«, fragte Boschi.

»Na, die hier.« Sie deutete auf den länglichen Schlitz inmitten der Sandsteinfiguren, der einen Blick auf das Reiterdenkmal weiter hinten im Schlossgarten freigab. Die meisten Menschen bemerkten die schmale Öffnung wahrscheinlich gar nicht, aber sie hatte einmal bei einer Führung davon erfahren.

Boschi drehte sich in die richtige Position und taxierte den Schlitz. »Du hast recht. Da ist was.«

»Sag ich doch. Sieht aus, als ob da jemand seitlich in einer Nische sitzen würde, oder nicht?«

»Könnte eine Frau sein. Modisch nicht ganz zeitgemäß. Nach allem, was ich sehen kann, stammen die Stiefel aus dem 18. Jahrhundert.«

»Sagt der Experte.« Feli kringelte eine ihrer karottenroten Locken um den Zeigefinger.

»Sei froh, dass du einen Modeexperten wie mich an deiner Seite hast. Das Kleid, das ich dir geschneidert habe, ist der Hingucker des Abends.«

Womit er zweifellos recht hatte, und wofür Feli ihm für alle Zeiten dankbar war. Boschi hatte ihr einen Traum aus einem bunten, rückenfreien Oberteil und einem dunkelgrünen

Satinrock genäht. Sie konnte von Glück sagen, dass er nicht nur ihr bester Freund, Seelenverwandter und Mitarbeiter in Personalunion, sondern auch ihr Modeberater und Schneider war. Aber im Augenblick gab es Wichtigeres als seine Qualitäten. Feli wollte wissen, was es mit der vermeintlichen Frau im Brunnen auf sich hatte.

Inzwischen strömten immer mehr Besucher in Richtung Schloss, wo der Präsident der Friedrich-Alexander-Universität Erlangen-Nürnberg in Kürze eine Rede halten würde. Auf den Kieswegen um den Brunnen herum drängten sich die Gäste. Feli hatte sich auf die Rede gefreut, galt sie doch als einer der Höhepunkte des Festes, aber nun ging ihre legendäre Neugierde mit ihr durch.

»Ich glaube, ich schaue mir das jetzt mal genauer an.«

»Was um alles in der Welt hast du vor, Karotte?«, rief ihr Freund.

Feli gab keine Antwort, sondern raffte ihren Rock bis über die Knie nach oben, was wegen der Fülle des Stoffes einige Anstrengung erforderte, hüpfte ungelenk über die den Brunnen umgebende Rosenrabatte und marschierte über die Grünfläche zum Brunnen.

»Und was ist, wenn sich da drin ein Attentäter versteckt hat?« Boschis Stimme klang jetzt leicht panisch.

Feli ließ ihren Rock fallen und drehte sich zu ihm um.

»Unsinn!«, rief sie, spürte aber, wie sich ein Hauch Unsicherheit in ihrem Magen bemerkbar machte. Zudem registrierte sie, dass andere Gäste sie schon beobachteten. Vielleicht sollte sie doch auf Boschi hören und wieder zu ihm zurückgehen? Doch ihre Neugierde behielt die Oberhand. Sie steuerte auf den Brunnenrand zu, kam jedoch nicht weit, weil hinter ihr eine schneidende Stimme ertönte: »Bitte treten S' zurück.«

Feli drehte sich erneut um und traute ihren Augen nicht. Da stand ein Mann in einem dunklen Anzug. Er hatte blonde Stoppelhaare und einen Leberfleck auf der linken Wange. Von seinem rechten Ohr aus führte ein weißes Kabel in sein Sakko. Er sah aus wie einer der Secret-Service-Agenten, die sich im

Fernsehen immer in unmittelbarer Nähe des amerikanischen Präsidenten aufhielten oder in einschlägigen Agentenfilmen die Welt retteten. Sie brauchte einen Augenblick, bis sie kapierte, dass es sich um einen Securitymitarbeiter mit fränkischer Abstammung handelte. Letzteres hatte sie an der Art und Weise, wie er das R rollte, eindeutig erkannt.

»Auf gar keinen Fall trete ich zurück«, protestierte sie. »Da drin«, sie deutete auf die Brunnenöffnung, »sitzt eine Frau.«

Der Securitymitarbeiter bedachte sie mit einem Blick, der Zweifel an ihrem Verstand offenbarte, schaute dann aber in die Öffnung.

»Sehen Sie?« Felis Puls raste vor Aufregung. »Das ist doch eine Frau, oder etwa nicht?«

Ein zweiter Securitymitarbeiter erschien neben ihr. Er war kleiner und gedrungener als der erste und trug einen Dreitagebart. Nachdem auch er den Brunnen in Augenschein genommen hatte, sahen sich die beiden Männer ungläubig an.

Schließlich sah der Große mit dem Leberfleck wieder zur Öffnung: »Hallo, Sie da drinnen! Hören Sie mich?«

Feli hielt den Atem an. Aber aus dem Brunnen kam keine Antwort. Nur das Rauschen der beiden Wasserfontänen rechts und links im Brunnenbecken war zu hören.

»Jetzt unternehmen Sie doch schon was!«, drängte sie die Männer, ohne zu wissen, was sie konkret von ihnen erwartete.

Der Blonde mit dem Leberfleck reagierte als Erster, allerdings nicht in Felis Sinne. »Sie gehen etz erst amol wieder zurück.« Er legte eine Hand auf ihre rechte Schulter, drehte sie um und schob sie Richtung Rosenbeet.

»Geht's noch? Sie können mich doch nicht einfach so wegschieben?«, protestierte sie und wollte stehen bleiben.

Aber der Mann hatte mehr Kraft. Gegen ihren Willen entfernte Feli sich vom Brunnen.

»Sie sehen doch, dass ich das kann. Also bitte!« Er ließ sie erst unmittelbar vor den Rabatten los und versperrte ihr dann breitbeinig den Rückweg.

»Unverschämtheit!«, schimpfte Feli, sah aber ein, dass

diese Schlacht verloren war. Wieder raffte sie umständlich ihren Rock und stieg mit einem großen Schritt über die Rosen. Währenddessen hörte sie, wie der Securitymann in sein Headset sprach: »Wir brauchen Verstärkung am Hugenottenbrunnen.«

Feli schäumte vor Wut. Jetzt wollten diese beiden fränkischen Secret-Service-Agenten die Sache auch noch in die eigene Hand nehmen. Aber nicht mit ihr. Wenn früher oder später ein Hauptverantwortlicher auftauchte, würde sie wieder ins Geschehen eingreifen. So leicht ließ sie sich nicht abspeisen. Schließlich hatte sie die Frau entdeckt. Mussten nicht ihre Personalien aufgenommen werden? Man konnte sie doch nicht einfach so wegschicken.

Boschi nahm sie mit hochrotem Kopf in Empfang. Sein Blutdruck schien durch die Decke zu gehen, wie so oft, wenn er sich aufregte. »Und? Hast du was Neues in Erfahrung gebracht?«, wollte er wissen.

»Da sitzt wirklich eine Frau drinnen. Zumindest der untere Teil von ihr. Mehr habe ich nicht sehen können.«

Das Interesse der Besucher galt nun ausschließlich den Ereignissen am Brunnen. Manche hatten sich von den Bänken, die ringsum auf den Grünflächen standen, erhoben und reckten ihre Hälse. Nervöses Gemurmel breitete sich aus. Eine stattliche Dame in froschgrünem Abendkleid, die die ganze Zeit neben Boschi gestanden hatte, stellte schließlich die Frage, die Feli selbst am meisten auf der Zunge brannte: »Glauben Sie, die Frau im Brunnen ist tot?«

»Fragen Sie doch so was nicht.« Boschi hob abwehrend beide Hände.

Feli zuckte mit den Schultern. Eigentlich war ihr Bedarf an Leichen nach der Sache mit dem Krimischorsch, der letzten Herbst tot in ihrer Buchhandlung gelegen hatte, bis auf Weiteres gedeckt. »Ich weiß es nicht«, antwortete sie.

Dann sah sie, dass die Prominenz und der Bürgermeister zusammen mit ihren Frauen von Securityleuten ins Schloss gebracht wurden. Die Gäste auf dem Kiesweg bildeten eine

Gasse, um den Tross durchzulassen. Vor dem Foyer des Schlosses entdeckte Feli den Präsidenten der Universität, ebenfalls von einschlägigen Herren in schwarzen Anzügen flankiert, der die Honoratioren in Empfang nahm. Alle zusammen verschwanden, vermutlich durch den Ausgang auf der Schlossplatzseite, wo bestimmt ihre Autos warteten. Es war wie im Film.

»Hast du das gesehen?«, fragte Boschi, nahm seine rote Fliege ab und schnappte nach Luft. »Die Prominenz ist in Sicherheit, und wir, das normale Volk, stehen hier ungeschützt herum. Soll ich dir sagen, was ich glaube?«

»Besser nicht«, antwortete Feli, die schon ahnte, dass Boschis Phantasie mit ihm bis nach Timbuktu davongaloppierte.

»Ich denke, im Brunnen sitzt eine mit einer Maschinenpistole bewaffnete Terroristin, die gleich auf uns das Feuer eröffnen wird. Die Frage ist nur, ob sie allein ist. Das glaub ich nämlich nicht. Bestimmt ist das ein professionell geplanter Anschlag, und ganz in der Nähe haben sich noch mehr von der Sorte versteckt, die auf uns lebende Zielscheiben ballern werden. Wenn du mich fragst, sollten wir jetzt schleunigst verschwinden.« Er schnappte Feli am Arm, um sie mit sich wegzuziehen, aber sie sträubte sich.

»Das ist doch Unsinn. Die Frau im Brunnen schießt auf niemanden. Wenn es überhaupt eine Frau ist. Könnte auch eine Puppe sein. Jetzt hab dich halt nicht so, Boschi!« Sie schüttelte seine Hand ab und blieb wie ein Fels in der Brandung stehen. Was immer hier vor sich ging, es würde nicht ohne sie stattfinden. Einige ihrer Freunde zogen sie manchmal mit ihrer Neugierde auf, aber sie selbst fand sich gar nicht neugierig. In ihren Augen war sie schlicht an ihrer Umwelt interessiert. Das war doch ein himmelweiter Unterschied, oder nicht?

Aber Boschi hörte nicht auf, ängstliche Stoßwellen auszusenden, die um sie herumschwirrten und schließlich auch bei ihr Wirkung zeigten. Na großartig. Jetzt hatte sie auch noch ein schlechtes Gewissen.

»Hast du deine Globuli dabei?«, fragte sie.

Eine rein rhetorische Frage, denn ohne Beruhigungspillen verließ ihr bester Freund grundsätzlich nicht das Haus.

Boschi griff in seine Hosentaschen und schluckte sichtbar.

Keine Globuli.

Panisch klopfte er seinen gesamten Körper ab.

Keine Globuli.

Er wühlte in seinen Jacketttaschen und in der Brusttasche seines Hemdes.

Keine Globuli.

»Katastrophe! Ich hab sie vergessen!«, rief er mit sich überschlagender Stimme und schaute sie böse an. »Wenn ich jetzt einen Herzinfarkt bekomme, bist du schuld.«

Feli seufzte. Seine hypochondrischen Anfälle waren manchmal ganz schön anstrengend. Meistens kam sie gut damit klar, letztendlich mochte sie ihn auch gerade deshalb, weil er eben nicht wie so viele andere in jeder Situation einfach nur cool blieb. Doch warum musste er ausgerechnet in einem solchen Augenblick schlappmachen? Denn in Wirklichkeit strotzte er vor Gesundheit, nur sein Nervenkostüm war so dünn wie ein Blatt Papier.

»Du bekommst keinen Herzinfarkt, versprochen«, versuchte sie, ihn zu beruhigen, und griff nach seiner linken Hand, die er wegzog und mit der anderen vor der Brust verschränkte. Feli seufzte resigniert.

Inzwischen waren neue Securitybeamte aufgetaucht, die das Areal um den Brunnen mit rot-weißen Bändern absperrten. Die Besucher mussten ein paar Schritte zurückweichen, auf den Kieswegen wurde es noch enger als zuvor. Als Feli von der Masse gegen die Frau mit dem froschgrünen Kleid geschoben wurde, entschuldigte sie sich.

»Macht nix, Kindchen«, sagte die Dame mit einem Lächeln.

Boschi schaffte es, in Felis Nähe zu bleiben, würdigte sie aber keines Blickes. Er schmollte. Das konnte dauern, das wusste sie aus Erfahrung. Auch gut. Doch er blieb bei ihr, und dafür liebte sie ihn.

Sie wendete sich wieder zum Brunnen, wo der blonde Securitymitarbeiter seine Schuhe auszog und die Hosenbeine hochkrempelte. Endlich gingen die der Sache auf den Grund. Wurde aber auch Zeit. Der Mann schwang sich über den Brunnenrand und watete durch das Wasser direkt zur Öffnung zwischen den Figuren, in die er sich seitlich hineinzwängte. Es dauerte nicht lange, bis er sich mit hochrotem Kopf wieder herauswand. Noch mit den Füßen im Brunnen donnerte er los: »Himmldunnerwedder nua mal! Wir brauchen die Rettung und die Polizei!«

Samstag, 20:00 Uhr

»Leider muss die Rede unseres geschätzten Universitätspräsidenten um ungewisse Zeit verschoben werden. Wir bitten Sie, dies zu entschuldigen.«

Die Durchsage einer weiblichen Stimme ertönte laut im Schlosspark, schien aber in direkter Nähe des Schlosses niemanden zu interessieren. Immer mehr Menschen versammelten sich um den Brunnen, vor dem der Präsident der Friedrich-Alexander-Universität in Erlangen seine Rede hätte halten sollen. Unruhe breitete sich aus. Einige Leute tuschelten, andere wirkten verstört.

Clemens Sartorius, Erster Polizeihauptkommissar der Erlanger Kripo und als Gast anwesend, drehte sich zu seinem besten Freund Dr. Klaus Brock, seines Zeichens Internist, und fragte: »Kannst du dir diesen Auflauf erklären?«

Im gleichen Moment hielt ein Krankenwagen samt Notarzt direkt vor dem Brunnen.

»Wird wohl mal wieder einer einen Kreislaufkollaps erlitten haben. Nicht ungewöhnlich bei dieser Hitze«, erwiderte Klaus achselzuckend. Seit Tagen herrschten saunaartige Temperaturen in der Stadt. An Regen war nicht zu denken. Alle Wettermodelle schienen sich gegen Erlangen verschworen zu haben: feuchtheiße Luft ohne Aussicht auf Entladung.

»Meinst du?«, fragte seine Frau Cordula skeptisch. »Für einen einfachen Kreislaufkollaps stehen da aber ziemlich viele Leute herum.«

»Das hat nichts zu sagen«, warf Clemens ein. »Aus Erfahrung kann ich dir versichern, dass die Sensationslust der Menschen grenzenlos ist. Der Notarzt dürfte alle Hände voll zu tun haben, um überhaupt zu seinem Patienten zu gelangen.«

»Erledigt das nicht die Security für ihn?«, fragte Delphine, Clemens' Freundin.

»Sicher. Wahrscheinlich läuft in einer halben Stunde alles wieder normal. Vermutlich wurde deshalb auch die Rede verschoben.« Er nahm einen Schluck aus seinem Glas. Ein hervorragender Merlot, geradezu gemacht für diesen wundervollen Abend! Er stieß mit Delphine an, die ihm verliebt in die Augen schaute. Langsam näherten sich ihre Köpfe einander.

»Herr Sartorius, kommen Sie! Da vorne am Brunnen ist etwas Ungewöhnliches vorgefallen, was sofortiger Klärung bedarf. Und zwar durch Sie!«

Clemens zuckte zusammen, als die harsche Stimme seines Vorgesetzten, Dienststellenleiter Hans-Dieter Beil, der Romantik ein Ende bereitete. Verdammt! War dieser Typ unfähig, auch nur ein einziges Mal etwas allein zu erledigen? Was konnte so wichtig sein, dass er dafür jetzt sein wohlverdientes freies Wochenende unterbrechen musste? Er erhob sich langsam, klopfte nicht vorhandenen Staub von seinem edlen Zwirn, rückte trotz der späten Stunde, schließlich war es bereits kurz nach acht, seine Sonnenbrille zurecht und strich sich mit der rechten Hand bedächtig über sein markantes Kinn. Als er sein Kreuz durchstreckte und sich gerade hinstellte, überragte er seinen Chef um mehr als Haupteslänge.

»Herr Beil, ebenfalls schön, Sie hier zu sehen. Darf ich denn fragen, was vorgefallen ist, bevor ich mich zum Brunnen bemühe?« Wie immer, wenn Clemens etwas nervte, drückte er sich besonders formell aus.

»Nein, dürfen Sie nicht. Das geht keinen der Gäste etwas an, und abgesehen davon habe ich jetzt auch keine Zeit für Ihre Spielchen. Bemühen Sie sich also gefälligst etwas schneller!«

Clemens seufzte. Hackebeil, wie er seinen Chef in Gedanken und manchmal auch vor seinen Kollegen nannte, befand sich definitiv nicht in Diskussionslaune. Also knöpfte er das Sakko zu, richtete den Knoten der auberginefarbenen Krawatte und entschuldigte sich bei seinen Freunden. Klaus lächelte, er kannte Beil gut genug, um zu wissen, dass Clemens keine andere Wahl blieb.

Clemens folgte seinem Boss durch die dichte Menge. Beil teilte die Menschenmassen mit unsanften Worten, während Clemens in gewohnter Eleganz hinter ihm herschritt. Der berühmte Filmstar wurde von seinem Bodyguard an das Set geleitet. Clemens grinste unwillkürlich bei dieser Vorstellung. Nicht, dass er gern berühmt gewesen wäre, aber sein maßgeschneiderter anthrazitfarbener Anzug sowie seine eins neunzig Körpergröße und sein durchtrainierter Körper sorgten dafür, dass einige Blicke, bevorzugt weibliche, länger als nötig auf ihm ruhten. Nachdem sie sich unter dem rot-weißen Absperrband hindurchgebückt und die sensationslüsterne Meute hinter sich gelassen hatten, kam ein Securitymitarbeiter auf sie zu.

»Sind Sie von der Polizei?«

Clemens wollte schon seinen Dienstausweis zücken, den er immer bei sich trug, aber Beil winkte unwirsch ab: »Was glauben Sie denn, wen Sie hier vor sich haben? Das hier«, er deutete auf Clemens, »ist Kriminalhauptkommissar Sartorius. Er wird die Ermittlungen leiten. Und jetzt schauen Sie, dass Sie diese Geschichte so schnell wie möglich aus der Welt schaffen!«

Da nicht ganz klar war, wem der letzte Satz gegolten hatte, nickte Clemens nur und forderte sein Gegenüber auf, ihn in Kenntnis darüber zu setzen, was passiert war. Aus den Augenwinkeln bemerkte er, wie der Notarzt sich die Hosenbeine hochkrempelte, in den Brunnen stieg und zu den Figuren aus Sandstein hinüberwatete. Währenddessen schien Beil am Rand der Absperrung ein offenbar für ihn wichtiges Gesicht zu erkennen, denn er setzte sogleich an, seine Pfunde in ebendiese Richtung zu bewegen. Clemens wandte seufzend den Kopf ab und widmete sich wieder seinem Gesprächspartner.

»Also«, erläuterte der Securitymann, »in dem Brunnen, also, in der Skulptur, da hockt eine weibliche Person. Wir haben keine Ahnung, warum und um wen es sich dabei handelt. Weil sie sich auch net rührt, wenn man mit ihr redet, waren wir uns etz doch a weng unsicher, was das zu bedeuten hat. Also haben wir die Rettung gerufen und die Prominenz in Sicherheit gebracht. Vielleicht ist es ja eine Attentäterin, die sich verschanzt hat.«

»Und dann lassen Sie den Notarzt einfach so ohne Schutz zu der Frau hinlaufen? Sind Sie wahnsinnig?« Clemens hätte sein Gegenüber am liebsten geschüttelt.

Der Sicherheitsbeamte hob abwehrend die Hände. »Ich war doch noch gar net fertig. Also, der Paul, mein Kollege da vorn, der ist vorhin schon in den Brunnen rein und hat nachgesehen. Und der hat gesagt, dass die da drin ganz komisch schaut, als wär die net wirklich bei sich. Vielleicht ist sie ja auch nur krank. Jedenfalls wirkt die net so, als ob die etz gleich durchdrehen und alle niedermähen würde.«

»Ah, ja. Ist das so.« Clemens konnte über das bisherige Vorgehen nur die Stirn runzeln. Als er sich umsah, drängten sich an der Absperrung schon ganze Hundertschaften von Gästen. Die Security hatte alle Mühe, dafür zu sorgen, dass sie hinter dem Band blieben. Irgendwie war ihm das Ganze nicht geheuer. Er spürte, wie sein Magen rumorte. Immer ein schlechtes Zeichen. Eine Frau im Brunnen. Besser noch: in der Brunnenskulptur. Wie war sie dorthin gekommen? Weshalb saß sie da? Wieso, weshalb, warum? Und wer nicht fragte, der blieb dumm, oder wie?

Clemens stieg über die Rosenrabatte vor dem Brunnen und ging am Brunnenrand entlang, bis er in den ominösen Schlitz sehen konnte. Ehrlicherweise war ihm noch nie aufgefallen, dass man durch die Skulptur hindurchsehen konnte, obwohl er bereits seit über zehn Jahren in Erlangen lebte und schon des Öfteren im Schlossgarten gewesen war.

Jetzt sah er sie. Zumindest glaubte er, sie zu sehen. Etwas Dunkelgrünes, Voluminöses, aus welchem zwei hellbraune, geschnürte Stiefel hervorlugten. Und daneben den Notarzt in seiner grellorange-weißen Arbeitsmontur.

Plötzlich stand Beil wieder neben ihm und sah in dieselbe Richtung.

»Und? Wissen Sie schon mehr? Ist das jetzt eine Frau oder eine lebensgroße Puppe?«

»Das werden wir wohl gleich erfahren«, sagte Clemens.

Der Notarzt steckte seinen Kopf aus der Öffnung. »Sind Sie von der Polizei?«

Clemens nickte.

»Also, ich würd ja sagen, die ist tot, aber vielleicht wollen S' sich ja selbst davon überzeugen?«

»Wie jetzt, tot?« Beil raufte sich die letzten Reste seines grauen Haarkranzes.

»Na, tot halt. Was is 'n daran etz so schwer zu verstehen?«

Clemens winkte ab. In dieser Situation wollte er es nicht auf eine Grundsatzdiskussion zwischen seinem Chef und dem Notarzt ankommen lassen.

»Sartorius, Sie gehen da jetzt rein und überzeugen sich selbst von der Lage«, wies Beil ihn an. »Bevor ich die Spusi herbeordere, will ich Sicherheit. Nicht, dass ich mich noch vor der ganzen Prominenz zum Deppen mache!«

Als ob er das nicht sowieso tat, konnte sich Clemens den Gedanken nicht verkneifen. Dann wurde er sich der Tragweite dieser Aufforderung bewusst. »Sie verlangen ernsthaft von mir, dass ich hier und jetzt in meinem teuren Londoner Anzug durch das Wasser wate, um sicherzustellen, was ein Arzt bereits bestätigt hat?«

»Sie kümmern sich höchstpersönlich darum! Ich muss wissen, ob es sich hier um einen Fall für die Kripo handelt oder nicht.« Beil sprühte geradezu vor Autorität. »Und es ist mir völlig egal, ob Sie das in Ihrem Gott-weiß-was-Anzug von sonst woher tun oder ohne! Haben wir uns verstanden, Sartorius?«

Er wartete Clemens' Antwort gar nicht erst ab, sondern zückte sein Handy, das mit nervtötender Klingelarie einen Anruf vermeldete.

Clemens atmete tief durch und zählte innerlich bis zehn. Es half nicht. Aber er hätte auch bis hundert zählen können, es hätte nichts daran geändert, dass dieser vorlaute Besserwisser, ach was, dieser unerträgliche Vollpfosten von einem Chef ihn zur Weißglut brachte.

Während Clemens sich betont langsam Schuhe und Socken auszog und sich schließlich auch seines Sakkos entledigte, das er in Ermangelung einer Ablage auch noch auf den Boden legen musste, biss er fest die Zähne zusammen. Als er die Hosenbeine hochkrempelte, war seine Kaumuskulatur bereits bis auf das Äußerste angespannt. Er sah aus wie ein Vollidiot, und genauso fühlte er sich auch.

Vorsichtig stieg er mit einem Bein über den Brunnenrand und tauchte testweise seine Zehen ins Wasser. Trotz der Hitze war es relativ kalt, was vermutlich daran lag, dass es direkt aus einem Wasserspeicher hergepumpt wurde. Als Clemens den Boden des Brunnens berührte, verzog er sofort den Mund. Algen! Überall Algen! Glitschig, eklig und vor allem rutschig. Wie er das Gefühl hasste. Vorsichtig stakste er wie ein Storch im Salat durch das nicht ganz knietiefe Wasser. An den Skulpturen angekommen, zog ihn der Notarzt zu sich hinauf.

»Sehen S'«, sagte er und deutete auf die reglose Gestalt vor sich.

Clemens konnte gerade so den Kopf in den Spalt stecken, wenn er einen seiner Füße auf die kleine Stufe vor der Öffnung stellte. Der Rest seines Körpers musste draußen bleiben, so eng war der Hohlraum. Der Mediziner neben ihm stand in einer seltsam gebückten, fast schon gekrümmten Haltung. Sicher nicht rückenfreundlich.

Clemens versuchte, sich zu orientieren. Viel Platz war in der Nische nicht, aber genug, um sich in ihr zu verbergen. Oder in sitzender Haltung verborgen zu werden. Die junge Frau konnte nicht älter als Mitte zwanzig sein. Ihre überaus zierliche Figur steckte in einem Kostüm aus dunkelgrünem Samt mit einer aufwendig goldfarben bestickten Korsage, die einen tiefen Einblick ins Dekolleté erlaubte, das überraschend blass war. Um Hals und Schultern war ein hellgrünes Tuch drapiert. Ihre Haare passten hingegen gar nicht zu dem restlichen Outfit. Der blonde, asymmetrisch geschnittene Bob stand in seiner Modernität im krassen Gegensatz zu der altertümlichen Kleidung. Als Clemens in die ihn ausdruckslos anstarrenden Augen der Toten blickte, spürte er, wie eine Gänsehaut seine Arme überzog.

»Tot. Mausetot. Kein Puls, keine Atmung, keine Reaktion, keine Reflexe. Außerdem sind die Pupillen starr und erweitert.« Der Arzt versuchte, den Arm der Frau anzuheben. Vergeblich. »Die Totenstarre ist voll ausgebildet, wahrscheinlich ist die schon länger tot.« Er schüttelte betroffen den Kopf. »So ein junges Ding. Schad drum.«

Clemens pflichtete ihm im Stillen bei. Er wollte schleunigst wieder verschwinden. Aber wenn das kein eindeutiger Fall war, was sonst? Fragte sich nur, warum sie ausgerechnet hier und noch dazu derartig kostümiert herumsaß?

Er hörte Beil irgendetwas rufen von wegen, ob er im Brunnen übernachten wolle, was er sehe und so weiter. Clemens zuckte die Achseln. Sollte der ruhig noch ein bisschen durchdrehen. Irgendwann würde er sich schon wieder beruhigen.

»Bitte fassen Sie sie ab jetzt nicht mehr an«, wandte er sich an den Notarzt. »Den Rest erledigen unser Rechtsmediziner und die Spusi. Haben Sie etwas verändert? Lage der Leiche? Kleidung?«

»Natürlich nicht«, wehrte der Mann ab. »Ich hab nur geschaut, ob sie noch lebt.«

Clemens nickte, zog seinen Kopf vorsichtig aus dem Spalt zurück und drehte sich Richtung Brunnenrand, wo Beil sich gerade mit einem Stofftaschentuch die Schweißperlen von der Stirn tupfte.

»Und? Jetzt sagen Sie schon!«, rief er Clemens entgegen.

»Wir brauchen das volle Programm: Spurensicherung, Rechtsmedizin, alles!«, rief er zurück. Offensichtlich war es Beil egal, dass die Festgesellschaft lauschte. Dann sollte ihm das auch recht sein.

»Sagen Sie, dass das jetzt nicht wahr ist!« Kurz wich jegliche Farbe aus Beils Gesicht, bevor er knallrot anlief.

»Was haben Sie denn erwartet? Dass die auf einen Schlag

wieder lebendig wird, bloß weil ich Hallo zu ihr sage? Die Frau ist tot, und mit an Sicherheit grenzender Wahrscheinlichkeit haben wir es hier nicht mit einer natürlichen Todesursache zu tun.« Clemens atmete tief durch, bevor er zum letzten Schlag ausholte: »Lassen Sie das Schlossgartenfest abblasen. Wir brauchen ein Zelt für die Spusi, so viele Kollegen, wie wir kriegen können, um die Ausgänge abzuriegeln, die Gäste ins Schloss oder Kollegienhaus zu bringen und ihre Personalien aufzunehmen. Keiner darf verschwinden, ohne dass wir ihn vorher registriert haben.«

»Oh Gott, oh Gott, oh Gott. Was wird nur der Bürgermeister dazu sagen?« Beil hielt kurz inne. »Und der Innenminister erst! Die werden mich umbringen! Sind Sie sich auch wirklich sicher? Also, zu einhundert Prozent? Ach was, zu einhundertfünfzig?«

»Meinetwegen auch zu zweihundert Prozent, wenn Ihnen das weiterhilft. Aber beordern Sie jetzt unsere Leute her und instruieren Sie die Security!«

Dass er das noch erleben durfte! Seinem Chef Anordnungen geben! Mit einem Mal fühlte sich Clemens richtig gut.

Während Beil sich um Verstärkung kümmerte, watete der Kommissar flotten Schrittes zurück zum Brunnenrand. Zu flott. In der Ferne glaubte er, einen rot gelockten, äußerst bekannten Schopf zu erkennen. Die kurze Ablenkung reichte aus. Er spürte, wie sein rechter Fuß auf den Algen wegrutschte, die Wasseroberfläche durchbrach und in einem fast rechten Winkel nach oben stieg. Durch wildes Rudern mit den Armen versuchte er noch, das Gleichgewicht zu halten, aber es war aussichtslos. Eine Sekunde lang schien die Zeit stillzustehen, dann landete Clemens mit einem lauten Platsch im Wasser. Es spritzte, und er schloss kurz die Augen.

Als er sie wieder öffnete, fühlte er sich wie ein gefallener Popstar im Blitzlichtgewitter. Die Menge hinter dem Absperrband lachte und tuschelte, wohingegen sein ehemaliger Bodyguard Beil ihm einen entgeisterten Blick zuwarf und sich kopfschüttelnd von ihm wegdrehte. Was hätte Clemens nicht alles dafür gegeben, jetzt in einem möglichst nah gelegenen Mauseloch zu verschwinden. Oder durch den Abfluss des Brunnenbeckens zu entkommen. Aber das Schicksal kannte kein Erbarmen. Unter den Blicken der kichernden bis mitleidig schauenden Meute ging er so würdevoll wie möglich Richtung Brunnenrand.

Hinter ihm erschien der Notarzt aus der Brunnenskulptur und reichte ihm eine Hand: »Kommen S'. Ich helf Ihnen. Und machen S' sich nix draus, mich hat's vorhin auch fast gelegt.«

Dankbar ergriff Clemens die Hand, was zur Folge hatte, dass jetzt beide für einen Moment einen grotesken Tanz aufführten. Wieder blitzte es an allen Ecken und Enden auf. Doch da hatten sich die zwei wieder gefangen und erreichten den Brunnenrand.

Clemens hätte schwören können, ein bedauerndes Raunen zu hören. Aber vielleicht hatte er sich das auch nur eingebildet. Mühsam setzte er sich auf den Rand. Sein Hintern tat ihm weh, und er fühlte ganz eindeutig, dass sich eine Blockade im Bereich der Brustwirbelsäule ankündigte. Außerdem hatte er bei seinem Fall nicht gerade wenig Wasser geschluckt. Bestimmt wimmelte es darin nur so von miesen Keimen. Und das bei seinem sensiblen Magen. Er musste, so schnell es ging, Klaus fragen, ob er ihm ein Mittel zur vorsorglichen Behandlung empfehlen konnte. Und trockene Kleidung benötigte er auch. Ob der Anzug sich reinigen ließ? Mein Gott, hoffentlich hatte ihn Delphine bei seiner Slapstick-Performance nicht gesehen! Wieder wollte er im Erdboden versinken. Er fühlte sich elend, vom Schicksal reingelegt. Hatte es ihm die Rolle des tragischen Helden zugewiesen? War das alles nur das Vorspiel eines weitaus langwierigeren Dramas?

Samstag, 20:20 Uhr

Feli lachte wie selten zuvor in ihrem Leben. War das wirklich Hauptkommissar Clemens Sartorius, der soeben vor ihren Augen ein unfreiwilliges Bad im Brunnen genommen hatte und nun triefend aus dem Becken kletterte? Mit einem Gesicht, das an ein zerknautschtes Sofakissen erinnerte? Jämmerlich sah er aus, geradezu erbärmlich, aber es bestand kein Zweifel: Er war es.

Sie hatte in den letzten Monaten des Öfteren an ihn gedacht. Dass sie ihn allerdings hier auf dem Schlossgartenfest sehen würde, noch dazu in einer für ihn mehr als peinlichen Situation, damit hatte sie nicht gerechnet. Nichts war mehr übrig von der Überlegenheit, mit der er sie nach dem Mord am Krimischorsch als Hauptverdächtige in die Mangel genommen hatte. Der Anblick, den er jetzt bot, war der eines gefallenen Helden. Köstlich! Einfach nur köstlich!

Und doch empfand sie so etwas wie Mitgefühl mit ihm. Die Besucher lachten sich schief über ihn, spätestens morgen würden die Bilder seiner Schmach im Netz kursieren. Das dürfte doch sogar einen selbstbewussten Mann wie Clemens Sartorius nicht kaltlassen. Oder würde er es sportlich nehmen und in ein paar Tagen selbst darüber lachen? Feli wusste nur wenig über den Kommissar, etwa dass er Maßanzüge trug und einen Luxusschlitten fuhr, dessen Marke sie nicht wahrgenommen hatte. Woraus sie schloss, dass er wohlhabend sein musste. Aber woher sein mutmaßlicher Reichtum stammte, hatte sie noch nicht herausgefunden. Genauso wenig wie den Grund, aus dem er Polizist geworden war, welche Bücher er las und ob er gern ins Kino ging. Eine Frau in seinem Leben gab es offensichtlich, denn vor einiger Zeit hatte sie ihn händchenhaltend und scherzend mit einer attraktiven Dunkelhaarigen über den Schlossplatz Richtung Café »Mengin« schlendern sehen. So verliebt, wie die beiden gewirkt hatten, steckte ihre

Beziehung noch in den Kinderschuhen. Eine offizielle Frau Sartorius dürfte es also nicht geben.

»Der Kommissar!« Boschi stand immer noch mit verschränkten Armen neben ihr, hatte aber offensichtlich in Anbetracht der Ereignisse vergessen, dass er eigentlich schmollte.

»Was?« Feli musterte ihren Freund.

»Ich merke immer, wenn dich was bewegt. Und der Kommissar bewegt dich, Karotte. Versuch gar nicht erst, es zu leugnen.« Er blickte sie aus seinen braunen Augen an.

»Kümmere dich lieber um dich«, konterte Feli und wunderte sich einmal mehr darüber, mit welcher Sensibilität Boschi ihre Stimmungen wahrnahm. Geradezu beängstigend. »Ich wette, die Frau im Brunnen ist tot«, wechselte sie das Thema. »Warum sonst hat Clemens sich die angeschaut.«

»Clemens? Ich wusste gar nicht, dass ihr euch duzt?«

Feli rümpfte die Nase. »Tun wir auch nicht. Und jetzt hör auf mit deinen hintergründigen Bemerkungen.«

Die Antwort ihres Freundes war ein triumphierendes Grinsen.

»Liebe Gäste«, ertönte jetzt die zweite Durchsage über Lautsprecher an diesem Abend. »Leider müssen wir das Fest an dieser Stelle abbrechen. Begeben Sie sich bitte unverzüglich in das Kollegienhaus an der Universitätsstraße, wo Ihre Personalien aufgenommen werden. Anschließend verlassen Sie das Gelände. Wir bedauern dieses Vorgehen außerordentlich und wünschen Ihnen noch einen schönen Abend.«

»Hab ich es nicht gesagt? Die Frau ist tot.« Feli glühte. »Und alle Anwesenden sind verdächtig, warum sonst wollen die unsere Personalien aufnehmen? Ist das nicht aufregend?«

»Aufregend? Hier läuft ein potenzieller Mörder rum, und du findest das aufregend? Karotte, also ehrlich, manchmal verstehe ich dich nicht. Lass uns schnellstens ins Kollegienhaus gehen und dann verschwinden.« Ohne ihre Antwort abzuwarten, setzte Boschi sich mit der Masse in Bewegung.

Feli folgte ihm, warf aber einen letzten Blick auf Clemens Sartorius, der jetzt triefnass auf dem Brunnenrand saß. Ein

Bild des Elends. Hoffentlich erkältete er sich nicht, überlegte sie, ehe er aus ihrem Blickfeld verschwand.

In der Menge kamen sie nur langsam voran, und mit jedem zurückgelegten Meter wuchs in Feli der Widerstand, nach der Aufnahme ihrer Personalien nach Hause zu gehen. So würde sie nicht erfahren, was es mit der toten Frau auf sich hatte. Eine Vorstellung, die kaum auszuhalten war. Es musste einen Weg geben, wie sie unbemerkt hierbleiben konnte. Nur welchen?

Plötzlich kam der Menschenfluss ins Stocken. Irgendwo weiter vorne beschwerte sich ein offensichtlich Betrunkener lautstark und lallend über das unerhörte Vorgehen der Verantwortlichen. Ob und wann er das Fest verließ, werde er selbst und nicht ein paar Hampelmänner entscheiden, die sich wichtigmachen wollten. Im Übrigen sei er kein Schwerverbrecher, dem man die Fingerabdrücke abnehmen müsse, sondern ein Entscheidungsträger im Unibetrieb. Als er aus dem Strom der Menschen ausscheren wollte, wurde er von mehreren Securitymitarbeitern daran gehindert. Es kam zu Handgreiflichkeiten, einige Damen begannen zu kreischen, und die Menge stob auseinander.

»Sie wissen wohl immer noch nicht, mit wem Sie es zu tun haben!«, brüllte der Verursacher des Tumultes.

Feli konnte erkennen, dass er die Statur von Arnold Schwarzenegger hatte und sich wie ein Wrestling-Champion gegen die zwei Sicherheitsleute wehrte, die schließlich zu Boden gingen und sich krümmten. Weitere Kollegen eilten ihnen zu Hilfe.

»Das hat uns gerade noch gefehlt«, lamentierte Boschi.

»Stimmt«, antwortete Feli, der soeben die Lösung ihres Problems eingefallen war. »Jetzt können wir uns abseilen, ohne dass jemand etwas davon bemerkt. Komm mit.«

»Wieso abseilen?«

Statt einer Antwort schnappte sie sich ihren Freund am Ärmel und zog ihn hinter eines der weißen Gastrozelte, die entlang der Kieswege standen. Das perfekte Versteck, denn auch das Personal schien auf dem Weg zum Kollegienhaus zu sein.

»Bist du jetzt völlig verrückt geworden, Karotte? Was soll das?«, wollte Boschi wissen.

»Das hier ist unser Beobachtungsposten«, flüsterte sie, duckte sich und zog ihren verdutzten Seelenverwandten mit nach unten.

»Ich protestiere!«

»Von mir aus, aber bitte nicht so laut.« Feli legte ihm die Hand auf den Mund, bis er sich beruhigt hatte, und schlüpfte dann in geduckter Haltung in das Innere des Zeltes. »Jetzt komm schon«, sagte sie. »Hier gibt es sogar die Avocado-Gurken-Häppchen, auf die du vorhin schon einen Blick geworfen hast.«

Sie musste einige Sekunden warten, aber dann tauchte Boschi neben ihr auf. »Dafür schuldest du mir was«, brummte er.

»Unbedingt.«

Sie reichte ihm ein Schnittchen, bevor sie sich selbst bediente.

»Hier kann man es doch echt gut aushalten, oder?« Mit vollem Mund ließ sich Feli im Schneidersitz auf dem Boden nieder, sodass sich ihr Rock um sie herum bauschte. »Schätze, das wird dauern, bis die Leiche aus dem Brunnen rausgeholt wird«, sagte sie. »Aber bis dahin wartet hier ja zum Glück jede Menge Arbeit auf uns.« Sie deutete auf die vielen Platten mit den Sandwiches.

Statt einer Antwort feuerte Boschi einen genervten Blick in ihre Richtung ab, aber das Avocado-Gurken-Häppchen schien ihm trotzdem zu schmecken. Seine Gesichtszüge entspannten sich sogar. Als er den letzten Bissen runtergeschluckt hatte, legte er neben Feli ein Areal mit Servietten aus und ließ sich ebenfalls im Schneidersitz nieder, bevor er mit großem Appetit noch weitere Leckerbissen vertilgte.

Feli war erleichtert. Das sah doch ganz danach aus, als wäre er mit diesem Arrangement einverstanden.

Nach einer Weile spitzte sie über den Tresen und stellte fest, dass sich die Lage im Park inzwischen beruhigt hatte. Keine Spur mehr von der Kampfmaschine. Und auch die meisten Besucher waren im Kollegienhaus verschwunden, nur noch eine kurze Schlange wartete davor. Somit war der Blick auf den Brunnen frei.

Dort stand Clemens Sartorius mit verschränkten Armen. Selbst aus der Entfernung erkannte Feli, dass er zitterte. Verflixt noch mal, warum brachte dem denn keiner was Trockenes zum Anziehen? So holte er sich womöglich noch eine Lungenentzündung. Wenn sie ehrlich war, tat er ihr leid.

Um ihn herum wuselten jede Menge Polizisten und Securitymitarbeiter. Gerade fuhr ein Leichenwagen durch den Parkeingang beim Café »Mengin«. Aliens in weißen Ganzkörperanzügen sicherten Spuren im und um den Brunnen. Die ganze Szenerie stand in völligem Gegensatz zu dem feudalen Fest, mit dem der Abend begonnen hatte. »Die Spusi ist schon da«, verkündete Feli. »Zu blöd, dass wir kein Fernglas haben.«

»Ein Fernglas haben wir vielleicht nicht«, Boschi griff in seine Jacketttasche, »aber dafür eine Superzoomkamera. Ist besser als jedes Handy. Hier.«

»Und das sagst du erst jetzt?« Feli staunte.

»Du hast nicht danach gefragt. Und außerdem, was machen wir eigentlich hier, außer dass wir uns den Bauch vollschlagen?« Er schnappte sich eine Melonen-Birnen-Schnitte und biss herzhaft hinein.

»Blöde Frage. Wir warten, bis sie die Leiche bergen. Ich will die tote Frau sehen.«

»Und was hast du dann davon?«

»Ich habe sie entdeckt, Boschi, da darf ich doch wohl wenigstens wissen, was es mit ihr auf sich hat und woran sie gestorben ist.«

»Das steht morgen bestimmt in der Zeitung. Wenn du mich fragst, bringen wir uns nur in allergrößte Schwierigkeiten. Die Eingänge sind abgesperrt, und irgendwann wird die ganze Kavallerie inklusive Leiche verschwinden. Dann sitzen wir hier fest, was im Klartext heißt, dass wir in diesem blöden Zelt übernachten müssen, oder siehst du das anders?«

Feli seufzte. Boschi hatte ja recht. Sie hatte unüberlegt gehandelt und sich von ihrer Impulsivität leiten lassen – wie so oft in ihrem Leben. Obendrein hatte sie ihn in die Sache mit hineingezogen. Sie beschloss, es irgendwann wiedergutzumachen, aber jetzt gab es kein Zurück mehr. Notfalls würden sie auch die Nacht überstehen, zu essen hatten sie jedenfalls genug.

Sie nahm ein Gouda-Apfel-Häppchen und biss ab. »Hm, lecker. Von denen musst du unbedingt auch noch eins probieren, schmeckt köstlich.« Sie reichte ihm eins.

Boschi griff zu und kaute kommentarlos.

Währenddessen beobachtete Feli, wie ein Sanitäter Clemens Sartorius eine dünne Wärmefolie brachte, die er sich sofort umlegte. Vielleicht kam er doch nur mit einem harmlosen Schnupfen davon.

Langsam senkte sich die Dunkelheit über den Schlossgarten. Erst nach etlichen weiteren Schnittchen kam Bewegung in die Szenerie. Es war kurz nach einundzwanzig Uhr, als sich mehrere Aliens daranmachten, die Leiche zu bergen. Millimeter für Millimeter manövrierten sie die Tote aus der Öffnung zwischen den Brunnenfiguren. Dabei mussten sie mehrmals zurück- und wieder vorrangieren.

»Wieso ist das denn so kompliziert?«, überlegte Feli laut, während sie aus ihrem Paparazzi-Versteck hinaus ein Foto nach dem anderen schoss. Dann kam ihr die Erleuchtung. »Bestimmt hat die Leichenstarre bereits eingesetzt.«

Minuten später wurde die Tote endlich auf eine Bahre gehoben. Feli knipste noch immer wie verrückt, konnte aber nur erkennen, dass es sich um eine blonde Frau in dunkelgrünem Kleid handelte. Sie war enttäuscht.

»Ich kann überhaupt keine Details erkennen, Boschi.« Nervös fingerte sie an der Kamera herum. »Wie zum Teufel vergrößert man den Ausschnitt?«

Sie erhielt keine Antwort.

»Boschi?«

»Lass mich in Ruhe«, antwortete ihr Freund. »Mir ist schlecht.«

Sie wandte sich zu ihm um und sah, dass er auffallend weiß geworden war. Nach vorn gekrümmt hockte er auf dem Boden und hielt sich den Bauch.

»Um Gottes willen«, konnte Feli noch sagen, dann übergab sich Boschi geräuschvoll in die nächstgelegene Ecke des Zeltes.

Sie schluckte. War das jetzt die Abwehrreaktion seines Magens auf die vielen Häppchen, die er verdrückt hatte, oder ein Magen-Darm-Virus? Oder womöglich eine Lebensmittelvergiftung? Jedenfalls war es mit Sicherheit keiner seiner hypochondrischen Anfälle.

»Ich glaub, ich sterbe«, verkündete ihr Freund indessen schwer atmend und mit dünner Stimme, richtete sich unter sichtbaren Mühen wieder auf und schloss die Augen.

»Du stirbst ganz bestimmt nicht«, beruhigte ihn Feli, machte sich aber ernsthafte Sorgen um ihn. Was sollte sie jetzt tun? Aus einem Impuls heraus strich sie ihm über den Rücken und reichte ihm eine Serviette.

Nachdem er sich damit den Mund abgetupft hatte, atmete er wieder gleichmäßiger. »Gibt's hier auch was zu trinken?«, fragte er nach einer Weile, und seine Stimme klang schon wieder etwas kräftiger, wie Feli erleichtert feststellte.

Sie nahm eine Wasserflasche aus einem der Kästen hinter sich, öffnete sie und hielt sie Boschi hin. Während er in kleinen Schlucken trank, riskierte sie wieder einen Blick über die Theke rüber zum Brunnen. Noch immer geisterten Männer in weißen Anzügen um ihn herum. Zumindest schien sie im Augenblick nichts Entscheidendes zu versäumen.

»Vielleicht überlebe ich ja doch«, durchbrach Boschi ein paar Minuten später die Stille, die sich zwischen ihnen breitgemacht hatte.

Feli nickte. »Sieht ganz so aus, als müsste ich dich noch länger ertragen.« Mit gespieltem Bedauern zog sie ihre Mundwinkel nach unten und tätschelte ihrem Freund erneut den Rücken.

Boschi schloss die Augen und gab einen wohligen Ton von sich.

In der Hoffnung, dass es sich doch nur um die Reaktion seines Magens auf eine Überdosis Häppchen gehandelt hatte, entspannte sich auch Feli langsam wieder. Als sie sich erneut dem Geschehen am Brunnen zuwendete, war von der Leiche nichts mehr zu sehen. Anscheinend war sie in den wenigen Momenten, in denen sie unachtsam gewesen war, in das aufgestellte Untersuchungszelt und damit aus ihrem Blickfeld verschwunden. Sie wurde unruhig. Was, wenn auf den Fotos, die sie gemacht hatte, nichts zu erkennen wäre?

Ganz einfach, beantwortete sie sich die Frage selbst, dann wäre die ganze Aktion umsonst gewesen. Zu blöd aber auch, dass sie und technische Geräte kein Dream-Team waren. Selbst ihr Smartphone besaß Funktionen, die sich ihr nicht erschlossen. Zum Glück kümmerte sich Boschi um die EDV im »Büchernest«, sie wäre damit hoffnungslos überfordert gewesen.

»Sag mal, fühlst du dich mittlerweile wieder in der Lage, mir zu zeigen, wie ich die Fotos ansehen kann, die ich geschossen habe?«, fragte sie.

Er starrte sie an. »Dir ist aber schon klar, dass du mich heute Abend in den Wahnsinn treibst, oder, Karotte? Nur zu deiner Information: Mir ist immer noch kotzübel.« Er legte eine kleine Pause ein. »Und jetzt gib schon her, sonst drehst du mir vor lauter Neugierde noch durch.«

Dankbar dafür, dass er sie besser kannte als jeder andere Mensch auf der Welt und ihr trotz seines desolaten Zustandes half, ließ sie sich wieder neben ihn sinken und reichte ihm die Kamera.

Er klickte daran herum, bis er plötzlich innehielt und die Augen aufriss. »Bitte nicht«, sagte er mit erstickter Stimme.

»Was ist?«

»Karotte! Wir kennen die tote Frau.«

»Was? Zeig her!« Feli griff nach der Kamera und starrte aufs Display. Mit einem Mal wurde auch ihr speiübel. »Oh mein Gott«, stammelte sie.

Samstag, 21:30 Uhr

Clemens hüllte sich fest in die Wärmefolie. Gerade eben hatten die Kollegen die Leiche der jungen Frau in das weiße Untersuchungszelt gebracht, wo Rechtsmediziner Professor Dr. Konrad Mengler sich ihrer annahm. Clemens empfand kein gesteigertes Interesse, der vorläufigen Untersuchung der Toten beizuwohnen. Mengler würde sie erst ausziehen, ihren Körper auf Verletzungen überprüfen und dann die Temperatur messen, damit er den Zeitpunkt des Todes näher bestimmen konnte. Alles Dinge, die Clemens des Öfteren gesehen hatte. Zudem würde ihm der Professor sein Ergebnis schon früh genug mitteilen.

In der zunehmenden Dunkelheit lieferten die aufgestellten Scheinwerfer rund um den Brunnen genug Licht, sodass die Spusi weiterarbeiten konnte, und es kühlte weiter ab. Clemens nieste.

»Gesundheit!«, wünschte ihm eine fröhliche Stimme. »Und Schönheit nicht zu vergessen, aber die haben Sie vermutlich nicht nötig.«

Klar, Mengler konnte es sich wieder einmal nicht verkneifen, noch einen blöden Kommentar hinterherzuschieben. Das aufgezippte Oberteil des weißen Schutzanzugs hing ihm auf den Hüften seines Anzugs. Seinem Outfit nach zu urteilen, war auch er vom Schlossgartenfest weg zwangsrekrutiert worden.

»Wollen Sie sich erst umziehen, oder soll ich Sie sofort mit meinen Ergebnissen paralysieren?« Der Professor trat neben Clemens, der seufzte.

Ihm blieb gar nichts anderes übrig, als sich die Schlussfolgerungen des Rechtsmediziners anzuhören. Schon vor einer Dreiviertelstunde hatte er Klaus angerufen und ihn gebeten, ihm trockene Kleidung zu bringen. Da dieser aber zuerst wie alle anderen Gäste seine Personalien bei den Kollegen hinterlassen musste, würde es vermutlich noch eine ganze Weile dauern, bis Clemens sich umziehen konnte. Falls er bis dahin nicht erfroren war.

»Schießen Sie los, werter Professor.«

»Oh, so förmlich heute? Das bin ich von Ihnen ja gar nicht gewohnt. Sie werden mir doch wohl nicht krank werden? Wissen Sie, mit nassen Klamotten ist nicht zu spaßen, da ist eine Erkältung, die man sich einfängt, noch das geringste Übel. Auch eine Lungenentzündung wäre möglich. Oder doch eher die Blase? Sind Sie da empfindlich?«

»Mengler!«

Der Professor grinste. »Alles klar.« Während er seine Lesebrille zurechtrückte und dann einen kleinen Block aus der Brusttasche zog, schlackerten die weißen Ärmel des Schutzanzugs um seine Beine.

Clemens zog die Augenbrauen nach oben und verkniff sich eine Bemerkung. Unten Michelin-Männchen, oben Oberkellner. Wenn das kein Bild für den Polizeikalender war, was dann? Er selbst im Brunnen, gab er sich prompt die Antwort. Und zitterte.

»Sind Sie endlich fertig mit Ihren Gedankenspielen, oder soll ich Ihre Stirnrunzelparodie noch länger beobachten?«, grätschte Konrad Mengler in seinen inneren Monolog.

Clemens atmete einmal tief durch und gab dem Rechtsmediziner das Zeichen zu beginnen.

»Also, nachdem ich das Opfer entkleidet hatte, fiel mir zuerst eine horizontal verlaufende Strangulationsmarke im Halsbereich auf. Sie ist nicht besonders auffällig, was auf einen weichen Gegenstand als Strangulationswerkzeug hinweist, möglicherweise ein Halstuch. Auf der Haut und im Rachen finden sich Petechien, außerdem erkennt man eine deutliche Zyanose im Gesicht. Die konjunktivalen Einblutungen sind stark ausgeprägt.«

Clemens zwang sich, Ruhe zu bewahren. »Ich vermute mal, Sie wollen mir damit sagen, dass unsere Leiche punktförmige Einblutungen im Gesicht und daneben noch eine

Blaufärbung der Haut zeigt. Konjunktiva ist meines Wissens die Bezeichnung für die Bindehaut der Augen.«

»Bravo! Dann hat unser Bildungssystem bei Ihnen ja doch nicht versagt. Sie haben recht, unter Konjunktiva versteht man die Bindehaut, und konjunktivale Einblutungen sind –«

»Blutrot unterlaufene Augen, weil die feinen Blutgefäße geplatzt sind. Auch das ist mir bekannt, werter Professor. Ich bin schon bei mehreren Obduktionen dabei gewesen. Können Sie mir auch etwas Neues erzählen?« Clemens blickte dem Rechtsmediziner fest in die Augen. Wenn der glaubte, ihn mit seinem Fachchinesisch einschüchtern zu können, war er an den Falschen geraten.

Mengler versuchte unterdessen, eine Stechmücke von seiner Stirn zu verjagen. Erfolglos. Ohne auf Clemens' Einwand zu reagieren, fuhr er fort: »Die Tote hat versucht, sich zu wehren. Ich habe unter ihren Fingernägeln kleine Hautpartikel gefunden, die ins Labor müssen. Vielleicht bringt uns deren DNS einen Schritt weiter.«

»Glauben Sie, sie hat ihren Mörder gekannt?«

»Gut genug, dass er mit ihr auf Tuchfühlung gehen konnte. Weitere Abwehrverletzungen habe ich allerdings nicht feststellen können.«

»Wann ist sie gestorben?«

»Aufgrund der Körperkerntemperatur würde ich auf irgendwas zwischen sechzehn und vierundzwanzig Uhr letzte Nacht tippen. Die Livores, die Ihnen sicherlich auch ein Begriff sind, lassen sich nicht mehr wegdrücken, und der Rigor Mortis ist voll ausgeprägt. Dabei zu berücksichtigen ist jedoch, dass wir im Moment Hochsommer haben, die Temperatur im Brunnen aber gut zehn Grad geringer sein dürfte als außerhalb. Mehr kann ich Ihnen erst nach der Obduktion sagen.«

Clemens verkniff sich jeden weiteren Kommentar bezüglich Menglers Anspielung auf die bleibenden Todesflecken und die ausgeprägte Leichenstarre. Rigor Mortis. Als ob der Professor der Einzige wäre, der des Lateinischen mächtig war. »Ist sie hier getötet worden?«

»Sieht nicht danach aus. Aufgrund der Lage der Livores vermute ich, dass die Frau erst nach ihrem Tod in dem Brunnen arrangiert wurde. Dafür sprechen auch Abschürfungen an ihren Armen und Beinen, die erst post mortem entstanden sein dürften.«

»Mir wärn dann so weid ferdich.« Max Gimmler, der Leiter der Spurensicherung, war zu den beiden Männern getreten.

Clemens wandte sich von dem Rechtsmediziner ab, der sich nuschelnd verabschiedete. »Was können Sie mir erzählen?«

»Ich befürchte, net wirklich viel«, bemerkte Gimmler. »Wir haben keinerlei Papiere gefunden, kein Handy, einfach nix, womit wir sie identifizieren könnten. Eine Jane Doe, wie es in amerikanischen Krimiserien immer so schön heißt. Und dass wir außerhalb des Brunnens noch irgendwelche verwertbaren Spuren sichern können, ist utopisch. Zu viele Leute. Im Wasser ist sowieso nix, und im Spalt zwischen den Brunnenfiguren sieht es auch nicht besser aus. Ein paar Haare waren auf ihrem Kleid und Hautreste unter ihren Nägeln, wie der Mengler Ihnen bestimmt schon gesagt hat. Wenn wir Glück haben, ist derjenige, welcher im System, wenn net, sieht's düster aus.« Gimmler strich sich über seine wenigen verbliebenen Haare am Kopf.

»Wann wird die Analyse der DNS vorliegen?«

»Für die DNS von der Haut unter den Nägeln ist unsere Rechtsmedizin zuständig, aber die Haare müssen zum LKA nach München. Ich denke, die Ergebnisse werden wir frühestens am Dienstag haben, eher Mittwoch. Etz am Wochenende arbeitet in München niemand.«

Ernüchtert dankte Clemens Max Gimmler, der sich wieder in das Zelt verzog, wo die Leiche vermutlich zum Abtransport in das rechtsmedizinische Institut vorbereitet wurde.

Wer war die Frau? Das war jetzt die dringlichste Frage, die es zu klären galt. Und wer hatte sie getötet? Und hierhergebracht? So jung, vielleicht Anfang zwanzig. Niemand hatte es verdient, so früh aus dem Leben gerissen zu werden. Egal, wie oft er es schon erlebt hatte, jedes Mal versetzte Clemens der gewaltsame Tod einer Frau, die wie ihr aktuelles Opfer fast noch jugendliche Gesichtszüge aufwies, einen Stich. Wie lange war das jetzt her? Fast fünfundzwanzig Jahre. Fünfundzwanzig Jahre mit der Gewissheit, dass der Mörder seiner kleinen Schwester Hannah immer noch frei herumlief. Wie heute sah Clemens sie vor sich leblos im Wasser treiben, die schwarzen Haare wie ein dunkler Heiligenschein um ihren Kopf schwebend. Hätte er sie damals bloß nicht allein gelassen.

»Herr Sartorius?« Einer der Securityleute räusperte sich.

»Was gibt's?« Clemens schluckte rasch den Kloß herunter, der sich in seiner Kehle gebildet hatte. Er hatte keine Zeit, sich in der Vergangenheit zu verlieren.

»Da hinten an der Absperrung steht eine Frau mit roten Haaren in einem ziemlich bunten Outfit, die meint, dass sie unbedingt mit Ihnen sprechen muss. Sie hat gesagt, sie hätte die Tote als Erste entdeckt, zusammen mit ihrem Freund.« Der Mann holte kurz Luft: »Sie behauptet außerdem, sie würde Sie kennen und hätte Hinweise bezüglich der Identität der Toten. Ziemlich seltsam, wenn S' mich fragen. Erst findet s' die Leiche, und dann kennt s' die auch noch. A weng viele Zufälle auf amol. Und überhaupt, müsste die das Gelände net schon längst verlassen haben?«

Clemens kniff die Augen zusammen und ließ kurz sacken, was der Mann ihm gerade mitgeteilt hatte. Nach einiger Zeit dämmerte ihm der Sinn der Worte, und der Nebel in seinem Gehirn lichtete sich. Doch dadurch wurde nichts besser, im Gegenteil! Bitte, dachte er, nicht ausgerechnet die und nicht ausgerechnet jetzt. Dann hatte er vermutlich vorhin doch richtig gesehen, kurz bevor er im Brunnen ausgerutscht war. Felicitas Reichelsdörfer. Wer auch sonst? Wer kannte hier in Erlangen Gott und die Welt? Und wer steckte immer und überall seine Nase in Dinge, die ihn nichts angingen? Richtig, die vermaledeite Buchhändlerin! Hatte sie ihm nicht erst im letzten Herbst genug Probleme verursacht? Damals hatte sie gemeint, sich und ihren Freund Hieronymus Bosch im Alleingang aus den vermeintlichen Fängen der Justiz retten zu müssen.

Er sah sich um und entdeckte die beiden tatsächlich hinter der Absperrung. Die Buchhändlerin winkte ihm angestrengt lächelnd zu, während ihr Kompagnon gequält zu ihm herüberblickte. Kopfschüttelnd wandte Clemens sich dem Securitymann zu und atmete tief durch, was sein Hals mit einem hässlichen Rasseln quittierte. Er hustete, dann fing er sich wieder.

»Ich kenne die Zeugin. Glauben Sie mir, bei der sind Zufälle quasi an der Tagesordnung.«

Sein Gegenüber starrte ihn verwirrt an. »Äh, ja? Und was soll das etz heißen?«

»Lassen Sie sie antanzen. Viel schlimmer kann es nicht mehr werden.«

Samstag, 21:50 Uhr

Hocherhobenen Hauptes folgte Feli dem Sicherheitsdienstler zum Brunnen. In Wirklichkeit wäre sie lieber im Erdboden versunken. Sie hielt es für ihre Pflicht, Sartorius die Identität der Toten mitzuteilen, allerdings flöge damit auch ihre Paparazzi-Aktion auf, und das wäre mehr als peinlich. Boschi schlurfte mit letzter Kraft neben ihr her, eine Hand auf den Magen gepresst. Hoffentlich kübelte er dem Kommissar nicht vor die Füße. Schnell warf Feli einen besorgten Blick zu ihm hinüber.

Clemens Sartorius begrüßte sie in seine Wärmefolie gewickelt mit einem wenig begeisterten Gesichtsausdruck. »Wo kommen Sie jetzt her?«, fragte er und musterte sie von ihrer roten Mähne bis zu ihren Schuhen.

Da war sie wieder, seine schon bekannte Überheblichkeit. Selbst durch den Brunnensturz hatte er nichts davon eingebüßt. Fast beruhigte es Feli, dass er ganz der Alte zu sein schien.

»Ich freue mich auch, Sie wiederzusehen«, antwortete sie und brachte ein schwaches Lächeln zustande.

»Angeblich haben Sie die Tote entdeckt. Stimmt das?«, kam er gleich zur Sache.

Sie betrachtete sein Gesicht. Keinerlei Anzeichen von Freude über das unverhoffte Wiedersehen. Nichts.

»Allerdings. Ich habe in die Öffnung zwischen den Brunnenfiguren gesehen, während wir, also, Boschi und ich, dran vorbeiflaniert sind, und dabei –«

»Ersparen Sie mir bitte die Einzelheiten, Frau Reichelsdörfer. Wissen Sie, was ich mich gerade frage? Üben Mordfälle eine besondere Anziehungskraft auf Sie aus, oder warum sonst tauchen Sie schon wieder auf, wenn wir eine Leiche entdecken?«

Ein Kälteschauer lief über Felis Rücken. »Dann ist die Johanna also tatsächlich ermordet worden?«

»Sie kennen die Tote?« Clemens Sartorius blickte sie ausdruckslos an. Entgegen ihrer Erwartung schien er nicht sonderlich verwundert darüber, dass sie ihm die Identität der Frau auf dem Silbertablett servierte. Dabei hätte er doch vor Interesse aus seiner Decke springen müssen, oder war der etwa schon so abgebrüht, dass ihn gar nichts mehr von den Socken haute?

Feli baute sich vor ihm auf und warf ihre rote Mähne nach hinten. »Die Frau heißt Johanna Färber. Boschi und ich sind mit ihrer älteren Schwester zusammen auf das Christian-Ernst-Gymnasium gegangen«, verkündete sie. »Und ein bisschen Dankbarkeit dafür, dass ich Ihnen diese wichtige Information liefere, fände ich durchaus angebracht. Ich glaube nämlich nicht, dass Sie die Identität der … ähm«, sie stockte bei dem Gedanken an die Tote, »Leiche schon herausgefunden haben.«

»Und Sie konnten die Identität der Frau erkennen, als Sie sie im Brunnen entdeckt haben?« Er schaute sie spöttisch an.

Feli schluckte. Jetzt musste sie Farbe bekennen. Verlegen schaute sie zu Boden.

»Wir waren da drüben in dem Gastrozelt und haben fotografiert, wie die Tote aus dem Brunnen geborgen wurde«, nahm ihr Boschi den unangenehmen Teil des Geständnisses ab. Wie immer sprang er ein, wenn sie ins Schwimmen kam.

Der Kommissar atmete geräuschvoll aus und streckte dann die Hand aus. »Kamera oder Handy, bitte.«

»Wie jetzt?«

»Bilder des Opfers zu besitzen ist illegal. Sie könnten sie rumzeigen oder ins Netz stellen.«

»Aber das würden wir doch niemals machen«, entgegnete Feli, während Boschi dem Kommissar wortlos den Fotoapparat reichte.

»Die Kamera können Sie in ein paar Tagen in der Polizeidienststelle wieder abholen«, sagte er nüchtern.

»Wie tröstlich.« Felis Augen feuerten ein paar Blitze ab.

»Ihre Personalien haben Sie dann natürlich auch noch nicht aufnehmen lassen.«

»Natürlich nicht«, erwiderte Feli. »Sonst hätten wir Johanna ja nicht fotografieren können.«

»Na schön.« Clemens Sartorius atmete tief durch. »Kennen Sie auch die Adresse der Toten? Den Namen und die Adresse der Eltern und ihrer Schwester?«

»Sicher.« Feli nickte.

»Gut. Dann wird mein Kollege alles aufnehmen, und wir werden es überprüfen. Vielen Dank für Ihre Mithilfe und einen schönen Abend noch.« Mit diesen Worten drehte er sich um und ging zu einer Gruppe Männer in weißen Anzügen.

Feli bekam Schnappatmung. Sah so der Dank für ihre bahnbrechenden Hinweise aus? Der hatte sie wohl nicht mehr alle. Sie mochte gar nicht daran denken, wie viele Stunden Ermittlungsarbeit Sartorius durch ihre Informationen erspart blieben. Aber statt ein bisschen Anerkennung zu zeigen, ließ er sie eiskalt abblitzen. Seine Reaktion erschütterte sie in den Grundfesten ihrer Seele. Wenn jemand sie nicht ernst nahm, fühlte sie sich schnell erniedrigt – so wie jetzt.

»Nimm es nicht persönlich, Karotte. Der hatte sich den Abend bestimmt auch anders vorgestellt.«

Wie immer schien Boschi über ihre Stimmung bestens im Bilde zu sein.

»Vielleicht, aber ein bisschen höflicher hätte er trotzdem sein können, findest du nicht?«, antwortete sie.

Er zuckte mit den Schultern. Klar, der wollte einfach nur nach Hause und in sein Bett. Sie jedenfalls würde heute Nacht keinen Schlaf finden, das wusste sie schon jetzt. Sie merkte, wie alles um sie herum in Dunkelheit versank. Schatten schienen sich daraus zu lösen und sie zu beobachten. Waren es die Polizisten und die Securityleute, die immer noch umherwuselten, oder war es der Geist von Johanna, deren Leben so früh beendet worden war? Mit einem Mal fühlte Feli sich restlos erschöpft. Und unendlich traurig.

Samstag, 22:00 Uhr

Das Smartphone klingelte. »Sartorius«, meldete sich Clemens und lauschte einem Securitymitarbeiter. »Ja, lassen Sie ihn durch, er gehört zu mir«, antwortete er dann und beendete das Gespräch.

Kurz darauf erkannte er in der Nähe der beleuchteten Orangerie Klaus, der ihm bereits mit einer Hand zuwinkte. In der anderen hielt er eine Tasche. Endlich, frohlockte Clemens, könnte er aus den nassen Hosen raus. Er deutete zum Eingang des Wassersaals der Orangerie und eilte selbst im Laufschritt darauf zu. Kurz ging ihm der Gedanke durch den Kopf, ob er gerade eben nicht zu hart zu Felicitas Reichelsdörfer gewesen war. Sicher, ohne ihren Hinweis hätten sie noch ein bisschen gebraucht, um den Namen ihrer Jane Doe herauszufinden. Allerdings maximal ein bis zwei Stunden, schätzte er. Mit Hilfe der Medien kamen sie normalerweise schnell hinter die Identität von Unbekannten. Was ihn allerdings ärgerte, war diese zur Schau getragene Arroganz der Buchhändlerin. Anscheinend hätte er ihr für die Information gefälligst zu Füßen liegen sollen. Sie war ziemlich selbstbewusst. Und hartnäckig. Wer versteckte sich schon heimlich in einem Gastrozelt, um eine Leiche zu fotografieren? Wobei, wenn er es sich recht überlegte, hatte das schon etwas Groteskes. Mit normaler Neugier ließ sich so ein Verhalten nicht mehr erklären. Aber das kannte er ja bereits von ihr. Sie konnte es einfach nicht lassen, musste immer alles zuerst wissen und am besten auch noch das letzte Wort behalten. Dabei hatte sie dieses Verhalten bei der Ermittlung im Mordfall vom Krimischorsch fast das Leben gekostet. Seiner Meinung nach war die Buchhändlerin ein klassischer Fall von renitenter Lernverweigerung. Clemens schüttelte den Kopf ob derartig viel Unverstand.

»Na, du siehst ja begeistert aus«, begrüßte ihn Klaus am Eingang der Orangerie.

»Ach, ich hab mich nur geärgert. Kannst du dich noch an diese wild gewordene Buchhändlerin von dem Mordfall im letzten Herbst erinnern?«

»Die, in deren Buchhandlung dieser Krimiautor lag?«

»Ebendiese.«

»Klar. Und? Was ist mit der?«

»Schau mal da hinten.« Clemens deutete Richtung Untersuchungszelt, wo mittlerweile ein Streifenbeamter die Personalien von Felicitas Reichelsdörfer und deren Freund aufnahm. Im Scheinwerferlicht leuchteten ihre roten Haare wie Feuer.

Klaus nickte wissend. »Lass mich raten: Sie will sich wieder in deine aktuellen Ermittlungen einmischen?«

»Bis jetzt noch nicht. Aber natürlich musste sie diejenige sein, die die Leiche entdeckt hat. Und selbstverständlich identifizieren konnte. Wollen wir hoffen, dass sich Madame wenigstens dieses Mal im Griff hat und ihre Finger von dem Fall lässt.« Clemens nieste. Erst einmal, dann ein zweites Mal.

Klaus bedachte ihn mit einem sorgenvollen Blick. »Oh, oh.« Er reichte Clemens ein Taschentuch.

»Aber das wird sich jetzt nicht zu etwas Schlimmerem auswachsen, oder? Also, zu nix Ernstem?« Clemens schnäuzte sich kräftig und beäugte dann vorsichtig das Taschentuch. Kein gelber Schleim oder Ähnliches, zum Glück.

»Du wirst es überleben, mein Freund. Ein Schnupfen hat noch keinen umgebracht, wobei, ein echter Männerschnupfen …« Klaus verzog das Gesicht zu einer Grimasse und machte mit beiden Händen eine abschätzende Geste.

Clemens boxte ihn in die Seite. »Verarschen kann ich mich selbst. Ich wollte bloß von dir wissen, ob sich hieraus eine Lungenentzündung entwickeln kann.«

»Und wenn«, antwortete Klaus, der als Internist schwierige Patienten gewohnt war, »dann bringen wir dich eben ins Krankenhaus.«

Clemens warf ihm einen entsetzten Blick zu.

»Scherz«, meinte Klaus sofort und fasste seinen Freund

fest an den Schultern. »Es sind immer noch zwanzig Grad. Nimm halt etwas Zink und Vitamin C und koch dir eine schöne Hühnerbrühe, wenn du zu Hause bist, das sollte fürs Erste reichen. Olle Memme!«

Clemens reagierte deutlich verschnupft. In jeglicher Hinsicht. Er nieste noch einmal.

Doch Klaus wäre nicht Klaus, hätte er diese Reaktion nicht vorhergesehen. Grinsend zog er einen Thermobecher aus seiner Tasche. »Hier. Heißer Tee mit Ingwer. Der hilft.«

Clemens lächelte versöhnlich, griff nach dem Becher und nahm einen tiefen Schluck. Prompt verbrannte er sich die Zunge. »Verdammt, ist der heiß!«, fluchte er.

»Hab ich's nicht gerade eben gesagt? Hörst du mir eigentlich zu?« Klaus konnte sich ein Grinsen nicht verkneifen.

Clemens winkte ab, musste aber auch schmunzeln.

Während sie sich weiterunterhielten und er am Tee schlürfte, stiegen sie die Treppen zu den Toiletten nach unten. Nachdem Clemens Klaus den Becher in die Hand gedrückt hatte, öffnete er eine der Türen und verzog erst einmal das Gesicht. Deckel samt Sitz der Kloschüssel waren hochgeklappt. Und, schlimmer noch, der letzte Besucher hatte vergessen zu spülen. Clemens machte einen Schritt zurück und öffnete die zweite Kabine. Schnüffelnd sondierte er die Lage, konnte jedoch dieses Mal nichts entdecken, was ihm übel aufstieß. Klaus rollte mit den Augen, enthielt sich aber jeglichen Kommentars. Ebenso wortlos griff Clemens nach der Tasche und verschwand in der Kabine.

»Sag mal, was anderes«, sagte er durch die geschlossene Tür. »Hast du eine Ahnung, wo Delphine steckt?«

»Soweit mir bekannt ist, ist sie mit Cordula in der ›Kulisse‹. Du weißt schon, die kleine Kneipe hinten beim Theater. Sie wollten etwas trinken und vor allem essen.«

»Hat sie irgendwas gesagt?«

»Zu deiner Balletteinlage im Brunnen? War übrigens eine perfekte Interpretation des sterbenden Schwans, wenn ich das so sagen darf.« Klaus lachte.

»Haha. Sehr witzig.« Mit Schwung warf Clemens sein nasses Hemd über die Kabinentür.

»Hey! Du Ekel!«, rief Klaus, den er offenbar getroffen hatte.

»Was sind das eigentlich für Klamotten?«, fragte Clemens, nachdem sich Klaus wieder beruhigt hatte.

»Meine. Die ich höchstpersönlich und nur für dich von zu Hause geholt habe. Da mir das Wohl meiner Freunde am Herzen liegt. Ich bin nicht so wie du, der du deinen besten Freund mit nasser Oberbekleidung bewirfst.«

»Ich dachte, du gehst zu mir und holst Klamotten. Wozu sonst hast du meinen Schlüssel?«

»Jetzt beschwer dich nicht auch noch!« Klaus klang gespielt genervt. Offenbar amüsierte ihn die Situation. »Ich bin zu uns, weil unser Haus viel näher liegt als deines, und meine Größe müsste dir allemal passen. Extra für dich hab ich sogar eins meiner guten Hemden rausgesucht.« Clemens hörte ihn lachen.

»Jaja, klar. Seit wann trägst du karierte Holzfällerhemden?«

»Hey, das ist mein *Berg*-Hemd, das wird nicht beleidigt«, spielte Klaus auf das alljährliche Fest-Highlight in Erlangen an, die Bergkirchweih. »Noch nicht einmal von dir.«

Plötzlich öffnete sich die Tür zu den Toilettenräumen, und Cora, Kriminalkommissarin und Clemens' Partnerin, steckte den Kopf durch den Rahmen.

»Sieh mal einer an, da seid ihr also! Die Kollegen haben mir schon von dem Reinfall«, sie kicherte, »berichtet und mir gesagt, wo ich euch finde. Und ich dachte immer, nur Frauen gehen zu zweit aufs Klo. Ist der werte Herr denn bereits trockengelegt?« Sie trat in den Raum, lehnte sich mit dem Rücken an die gekachelte Wand und verschränkte die Arme vor der Brust.

»Ein Weibsbild auf der Herrentoilette! Weh mir! Weiche, oder ich rufe die Polizei!«, flötete Klaus in den höchsten Tönen, während Clemens aus der Kabine trat und ihn mit einem zweifelnden Blick bedachte.

»Oh, sie ist schon da, die Polizei. Na, das ging aber fix«, ergänzte Klaus und musterte Clemens von oben bis unten.

»Ich pack's nicht.« Cora lachte lauthals los und konnte sich nur mit Mühe wieder beruhigen. »Dass ich das noch erleben darf! Clemens Sartorius im Holzfällerlook. Isser nich schick? Das ist natürlich mal was ganz Neues für unser reiches Diplomatensöhnchen.«

Klaus grinste über das ganze Gesicht.

»Ich hab schon verstanden.« Clemens verzog keine Miene. »Wer solche Freunde hat wie euch, braucht keine Feinde mehr.«

»Jetzt hab dich nicht so, du siehst doch in allem schick aus«, versuchte Cora, ihn aufzumuntern, und strich ihm mit dem Zeigefinger über die Wange. »Oha, sogar frisch rasiert.«

»Klar frisch rasiert. Was glaubst du denn? Dass ich unrasiert aufs Schlossgartenfest gehe, oder was?« Allmählich gewann Clemens wieder Oberwasser.

»Was weiß denn ich, warum du überhaupt auf diese Protzveranstaltung gehst?«

»Weil das romantische Ambiente kaum zu überbieten ist und ich die Gelegenheit nutzen wollte, um Delphine endlich zum Tanzen aufzufordern.«

»Del-phine.« Cora dehnte die zwei Silben. »Tja, dumm gelaufen, würde ich sagen. Nun muss sie wohl solo tanzen. Und woanders.«

»Oder gar nicht«, ergänzte Klaus. »Ich lass euch beide Hübschen jetzt mal allein und suche die reizende Damenwelt auf. Soll ich Delphine etwas von dir ausrichten, Clemens?« Er hatte bereits die Tür geöffnet.

»Sag ihr, dass es vermutlich spät wird heute Abend und es mir leidtut. Ich rufe sie dann morgen an.« Clemens zog unbewusst die Schultern hoch.

Klaus hob kurz die Brauen, schwenkte dann die Hand zum Gruß und eilte nach draußen.

Clemens warf einen prüfenden Blick in den Spiegel und strich sich die Haare zurecht.

»Meine Güte, Darling, du bist ja schlimmer als jede Frau. Du bist schön genug, lass uns jetzt endlich gehen und unsere Arbeit machen«, drängelte Cora und versuchte, Clemens am Arm durch die Tür zu ziehen.

»Ich komm doch schon«, sagte der. »Mein Tesla steht in der Halbmondstraße. Lass uns sehen, ob wir die Eltern der Toten heute noch erreichen. Färber, so heißen die, glaube ich.« Ein Blick auf sein Smartphone verriet ihm, dass die Adresse, die er von der Buchhändlerin erhalten hatte, inzwischen von den Kollegen bestätigt worden war.

Sie stiegen die Treppen nach oben und verließen die Orangerie. Clemens zog sein Jackett über das blau karierte Hemd in der Hoffnung, dass es so nicht allzu stark auffiel. Um nicht ein weiteres Mal am Brunnen vorbeizumüssen und am Ende dabei noch Hackebeil über den Weg zu laufen, marschierten er und Cora durch den Ausgang am Café »Mengin« und wandten sich auf dem Schlossplatz nach links.

»Ach ja«, seufzte Cora, »es gibt doch nix Schöneres, als kurz vor elf Uhr abends jemandem eine Einladung zur Identifizierung einer Leiche zu überbringen.«

Sonntag, 9:00 Uhr

Was für eine Nacht! Kurz war sie gewesen. Zu kurz. Clemens stand am Fenster seines Büros und blickte auf den Parkplatz der rot geklinkerten Polizeidienststelle. Nur wenige Autos verirrten sich an einem Sonntag hierher. Wenigstens schien es, als würde es heute nicht ganz so heiß wie gestern werden. Aber das konnte sich noch ändern, es war ja erst früh am Morgen.

Nach dem Besuch bei Johanna Färbers Eltern war Clemens gegen Mitternacht nach Hause gekommen. Wider alle Vernunft hatte er gehofft, Delphine würde dort auf ihn warten, aber sein Bungalow am Burgberg lag in tiefer Dunkelheit. Gemäß dem Rat von Klaus hatte er Vitamin C und Zink eingeworfen und sich eine Kleinigkeit zu essen gemacht. Baguette mit Gruyère und Tomatenscheiben. Schon beim Besuch der Eltern des Opfers hatte sein Magen Geräusche von sich gegeben, die mit denen einer Löwenfamilie im Kampf um eine gerade erlegte Antilope hätten konkurrieren können. Vor Scham wäre er am liebsten im Boden versunken.

Prompt war ihm das späte Essen auf den Magen geschlagen, und er hatte ewig keine Ruhe gefunden. Erst gegen drei Uhr morgens war er eingeschlafen. Bis dahin waren verschiedene Bilder in Endlosschleife durch seinen Kopf gegeistert.

Zum Beispiel Johanna Färbers Eltern, die zutiefst schockiert gewesen waren. Die Situation erinnerte ihn an damals, als seine Mutter und sein Vater die Nachricht vom Tod seiner Schwester erhalten hatten. Doch im Gegensatz zu damals hatten die Eltern ihrer jetzigen Toten immer noch den Funken von Hoffnung, dass die Person, die sie heute auf dem Seziertisch identifizieren sollten, nicht ihre Tochter war. Schließlich konnte sich die Buchhändlerin auch getäuscht haben. Auch wenn es nicht sehr wahrscheinlich schien. Trotzdem hatte Cora letzte Nacht auch Johanna Färbers

Schwester, Annette Färber, angerufen und zu ihren Eltern gebeten, ebenso den psychologischen Dienst. Dennoch war Clemens mit einem unguten Gefühl und schlechtem Gewissen nach Hause gefahren, weil er diese Familie in ihrem Elend allein ließ. Kein Wunder, dass er nicht in den Schlaf gefunden hatte. Dafür schien es seiner Gesundheit wider Erwarten besser zu gehen. Außer einer leicht laufenden Nase war nichts von dem unfreiwilligen Bad im Brunnen geblieben.

Die Bürotür öffnete sich, und Cora trat vor den Beamten Frank Wiesner, Michael Cento und Bernd Diebold ein, womit Clemens' Team komplett war. Sie setzten sich an den runden Tisch vor dem Fenster. An der Wand stand ein ziemlich großes Whiteboard, auf dem erste Ergebnisse schon handschriftlich und per Magneten festgehalten waren. Wie gern hätte Clemens mit moderneren Mitteln gearbeitet, zum Beispiel mit einem Smartboard. Oder, noch besser, mit einer Glaswand, auf der man mit einem Wischen per Hand die Ergebnisse digital einfliegen lassen konnte. Aber beides würde wohl noch länger ein Traum bleiben. Neben dem Whiteboard stand ihm noch ein Flipchart zur Verfügung. Und eben sein Laptop, vor dessen Display sich alle quetschen mussten.

Clemens ließ die gestrigen Ereignisse Revue passieren, als sein Telefon ihn unterbrach. Nach einem kurzen Gespräch wandte er sich wieder seinen Kollegen zu.

»Das war Professor Dr. Mengler. Johanna Färbers Eltern haben bestätigt, dass es sich bei der Toten um ihre Tochter handelt.«

Für einen Moment herrschte Stille. Es schien, als müsste jeder die Information erst einmal sacken lassen.

»Nichtsdestotrotz werden Cora und ich die beiden im Anschluss an unsere Lagebesprechung befragen. Ihr wisst, in einem Mordfall zählt jede Stunde, und wir können es uns nicht leisten, bei einem derart medienlastigen Ereignis bis morgen zu warten. Im Bestfall sollten wir dann bereits erste Ergebnisse aufweisen können.« Clemens schaute in die Runde, blickte jeden Einzelnen ein paar Sekunden lang an.

»Also, was wissen wir bisher?«, fuhr er schließlich fort. »Mengler konnte den Todeszeitpunkt schon etwas enger eingrenzen, auf vorgestern zwischen zwanzig und zweiundzwanzig Uhr. Sicher ist auch, dass das Opfer nicht im Schlossgarten umgebracht wurde. Zu der vermutlichen Tatzeit waren noch einzelne Leute mit dem Aufbau für das Schlossgartenfest beschäftigt, der Mörder muss die bereits Tote also nach zweiundzwanzig Uhr dorthin geschafft haben. Wer das war, wie er sie an den Fundort gebracht hat und wo er sie vorher getötet hat, das gilt es jetzt herauszufinden.« Er wandte sich an Frank Wiesner: »Sie befragen dazu die Nachbarn rund um das Schlossgelände. Vielleicht ist einem von denen was aufgefallen.«

Frank Wiesner nickte und notierte sich etwas mit der Memofunktion seines Smartphones.

»Darüber hinaus hat mich unser Rechtsmediziner noch auf ein kleines, aber feines Detail aufmerksam gemacht. Die Tote hat ein Tattoo auf dem linken Schulterblatt, ein barockes Motiv. Hier ist ein Foto.« Clemens öffnete eine Datei auf seinem Laptop und drehte den Bildschirm so, dass ihn alle sehen konnten. »Ich habe es Ihnen bereits per Mail zugeschickt. Das wäre jetzt eine Aufgabe für Sie, Herr Cento«, sagte er zu dem Beamten ihm gegenüber. »Laut Mengler ist das Tattoo noch nicht sehr alt, er tippt auf ungefähr drei Monate. Klappern Sie alle Tattoostudios in der Umgebung ab. Vielleicht haben wir Glück, und sie war nicht allein dort, hat etwas zu dem Motiv erzählt oder sonst irgendwas. Es muss nichts bedeuten, aber trotzdem. Wir wollen auf Nummer sicher gehen.« Clemens räusperte sich.

»Wie wäre es mit einer Kaffeepause?«, fragte Cora in die Runde.

Clemens nickte, dankbar um die Redepause, und Cora verließ das Büro Richtung Küche. Cento folgte ihr. Ein paar Minuten später kehrten sie mit einem Tablett voller Tassen nebst Milch und Zucker und einer Thermoskanne zurück.

Während sich alle bedienten, ging Clemens noch einmal im Geist durch, was er seinen Kollegen mitgeteilt hatte. Hatte er nicht etwas vergessen? Da fiel es ihm wieder ein.

»So, nachdem jetzt jeder etwas Warmes für die Seele hat, geht es gleich weiter im Text«, sagte er, als alle an ihren Kaffeetassen nippten. »Herr Diebold, Sie nehmen sich die Aussagen und Personalien der gestern beim Schlossgartenfest Anwesenden vor und überprüfen sie mit unserer Datenbank. Vielleicht ergibt sich da ja was.«

Der Angesprochene verschüttete prompt Kaffee auf dem Tisch. Cora reichte ihm ein Taschentuch.

Doch, es hatte schon etwas für sich, dass die Unterlagen heutzutage direkt per Mail an die Kollegen weitergeleitet wurden. Weniger fleckenübersäte Dokumente. Clemens verkniff sich ein Lächeln.

»Herr Wiesner, Sie fordern bitte noch das Telefonprotokoll von Johanna Färber an. Wir haben bei ihr kein Handy gefunden, aber laut ihren Eltern und ihrer Schwester besaß sie eines. Notieren Sie sich die Nummer.« Er diktierte Frank Wiesner die Ziffern.

»Hoffentlich geht das einigermaßen schnell mit den Telefongesellschaften. Sie wissen ja, wie die sich querstellen können«, erwiderte der Beamte. »Ohne richterliche Anordnung machen die ja kaum mehr was.«

»Ich bin mir vollkommen sicher, Sie kriegen das hin, Herr Wiesner. Ich vertraue da ganz auf Ihre Taktik.« Clemens nickte dem Kollegen aufmunternd zu. »Darüber hinaus brauchen wir noch alle Informationen zur finanziellen Situation von Frau Färber. Herr Cento, klemmen Sie sich bitte dahinter.«

Der Angesprochene streckte kurz den Daumen nach oben. »Geht klar, Chef.«

Clemens blickte erneut länger in die Runde. »Wenn Sie dann keine weiteren Fragen mehr haben, danke ich Ihnen für die Aufmerksamkeit. Lassen Sie uns loslegen!«

Kurz darauf baten Clemens und seine Partnerin Johanna Färbers Eltern in einen kleinen Besprechungsraum. Der Vater, August Färber, ein zweiundsechzigjähriger Industriekaufmann bei Siemens, zog sein linkes Bein gerade so stark nach, dass es dem aufmerksamen Beobachter auffiel. Seine Augen waren von einem wässrigen Blau und dunkel umschattet. Er wirkte deutlich älter als der Mann, den sie gestern beim Überbringen der Hiobsbotschaft angetroffen hatten. Die Mutter, Gisela Färber, war zwei Jahre jünger als ihr Ehegatte und klein und stämmig. Ihre kurzen blonden Haare waren zerzaust, und die Frau, die sonst als Verkäuferin bei Tchibo arbeitete, hinterließ den Eindruck, als wäre sie nicht anwesend. Zumindest nicht geistig. Mit ihrem Blick schien sie durch die Beamten hindurch unzählige imaginäre Punkte an der Wand zu fixieren.

»Frau Färber, Herr Färber, erst einmal unser herzlichstes Beileid zu Ihrem Verlust«, begrüßte Clemens die Eltern der Toten, nachdem sie Platz genommen hatten.

Herr Färber zuckte zusammen, als er seinen Namen hörte, Frau Färber zeigte keine Regung.

»Ich weiß, das ist jetzt eine sehr schwere Situation für Sie, und wir würden Ihnen wirklich gern diese Fragen ersparen, aber leider –« Weiter kam er nicht.

»Wer hat das getan? Wer hat meine Tochter getötet? Dieses Schwein! Wenn ich den erwische!« August Färber sprang von seinem Stuhl, verzog aber gleich darauf das Gesicht und griff sich nach Luft japsend an sein linkes Bein. »Ahh, verdammt! Ständig macht dieses beschissene Bein Probleme, obwohl es seit über dreißig Jahren nur noch eine Prothese ist.«

Cora trat zu ihm und half ihm wieder zurück auf den Stuhl. Dann füllte sie Wasser, das bereitstand, in ein Glas und reichte es August Färber.

»Danke, aber ein Schnaps wäre besser«, murrte er, während seine Frau der ganzen Vorstellung noch immer keine Beachtung schenkte.

»Herr Färber«, versuchte Clemens es erneut, »wir werden

wirklich alles in unserer Macht Stehende tun, um den Mörder Ihrer Tochter zu finden. Wenn Sie uns dabei unterstützen wollen, beantworten Sie uns bitte einige Fragen. Wir müssen Johanna besser kennenlernen. Wer war sie? Wie sah ihr Tagesablauf aus? Hatte sie Freunde? Feinde? Hatten andere Personen Grund zur Eifersucht oder zum Neid? Fühlen Sie sich dazu in der Lage?«

Bevor August Färber noch etwas sagen konnte, erhob sich seine Frau.

»Die Johanna war ein gutes Kind, immer brav und zuverlässig. Ein jeder hat sie gerngehabt. Sie hatte keine Feinde, keinen einzigen!« Genauso schnell, wie sie aufgestanden war, saß sie wieder und richtete ihren Blick in die Ferne.

»Beachten Sie sie nicht weiter«, bemerkte ihr Mann, während er ihr die Hand tätschelte. Er schien sich wieder gefasst zu haben. »Sie hat ziemlich starke Beruhigungsmittel von der Ärztin bekommen. War alles ein bisschen viel für sie. Aber sie hat recht. Unsere Tochter war ein zauberhaftes Wesen, immer freundlich und zuvorkommend. Sie hatte viele Freunde, fühlte sich in ihrer WG zu Hause, aber es gab, soweit ich weiß, keinen festen Freund. Falls man das heute überhaupt noch so sagt. Sie studierte hier in Erlangen an der Philosophischen Fakultät am Lehrstuhl für Bayern oder so. Ich habe mir die Bezeichnung nie wirklich merken können. Sie war gerade dabei, ihre Doktorarbeit zu schreiben, Thema war irgendwas mit Brauereien. Johanna war so fleißig.« Er stockte, kämpfte mit den Tränen und holte schließlich ein Taschentuch aus seiner Hosentasche, in das er sich laut schnäuzte.

»Welches Verhältnis hatte Johanna zu ihrer älteren Schwester?«, fragte Cora.

»Zu Annette? Die beiden waren ein Herz und eine Seele, selbst als Kinder haben die sich kaum gestritten.«

Gisela Färber erwachte aus ihrer Starre und warf ihrem Mann einen Blick zu, der verriet, dass sie völlig einer Meinung mit ihm war.

Clemens hatte allerdings so seine Zweifel. Er nahm an, dass

die Eltern so einiges verklärten. Eine ganz normale Reaktion, aber wenig hilfreich.

»Und was ist mit Ihnen? Wie war Ihr Verhältnis zueinander?«, fragte Cora.

»Was soll das? Wollen Sie vielleicht andeuten, dass wir keine guten Eltern waren? Unseren Töchtern hat es an nichts gefehlt. Niemals! Wir haben alles für sie getan. Jeden Euro haben wir dreimal umgedreht und alles, was ging, zur Seite gelegt, weil sie es einmal gut haben sollten. Und nichts geht über eine ordentliche Ausbildung! Jeden Sonntag sind wir mit ihnen in die Kirche gegangen und haben dem lieben Gott gedankt, dass er uns mit zwei so wunderbaren Kindern gesegnet hat. Geliebt haben wir sie, alle beide. Immer.« August Färber entfuhr ein Schluchzen, welches er mit einem erneuten Schnäuzen ins Taschentuch sofort überspielte.

»Gott wird ihren Tod richten.« Seine Frau legte beide Handflächen vor ihrem Herzen aneinander und fing an zu beten.

Clemens beschloss, die Befragung hier zu beenden. Das brachte so doch nichts. Doch dann fiel ihm noch etwas ein. »Wissen Sie zufälligerweise, wann und wo sich Ihre Tochter Johanna das Tattoo auf dem linken Schulterblatt hat stechen lassen?«

Die Eltern schauten sich fragend an und schüttelten dann die Köpfe.

»Die Johanna hat ein Tattoo gehabt? Das ist mir neu«, meinte der Vater.

Gisela Färber schluchzte kurz auf. Das alles war wohl wirklich zu viel für ihre Nerven.

Nachdem er sich von den Färbers verabschiedet hatte, verließ Clemens mit Cora den Raum und fuhr sich durch die grau melierten Haare.

»Das hat uns nicht wirklich weitergeholfen«, sagte er. »Lass uns zu Johanna Färbers WG fahren, vielleicht haben ihre Mitbewohner ein klareres Bild von ihr. Die Uni muss sowieso bis morgen warten.«

Sonntag, 11:00 Uhr

Clemens' mitternachtsblauer Tesla Model S nahm die Kurve von der Neuen Straße zum Katholischen Kirchenplatz nahezu lautlos. Clemens und Cora bogen noch einmal links ab, dann erreichten sie die Vierzigmannstraße. Natürlich war keine Parkmöglichkeit in Sicht. Hier gab es nur Stellplätze für Anwohner. Sie folgten der Straße ein paar Meter, bis Clemens rechts in die Harfenstraße fuhr. Aber auch hier bot sich ihnen dasselbe Bild: kein Parkplatz weit und breit.

»Und das an einem Sonntag!«, wetterte Clemens und schlug mit der flachen Hand auf das Lenkrad.

»Ich hab dir doch gesagt, dass du auf den Parkplatz vom Uniklinikum fahren sollst. Aber nein, du wusstest es ja mal wieder besser. Und jetzt dreh schön um mit deiner Luxuskarosse, hier ist nämlich Sackgasse.«

»Das weiß ich auch. Aber um wieder zur Vierzigmannstraße zu kommen, muss ich einmal um den gesamten Block fahren, weil ich hier nicht links einbiegen darf.«

Clemens hasste die vielen Einbahnstraßen in Erlangen aus ganzem Herzen. Hatte man sich einmal verfahren, musste man im Normalfall mehrere Kilometer Umweg in Kauf nehmen, um wieder auf die Originalroute zurückzukehren. Erlangens Innenstadt war in dieser Hinsicht die reinste Hölle.

»Fahr halt einfach die Harfenstraße in die andere Richtung weiter, über die Neue Straße, und park auf dem Theaterparkplatz. Dann laufen wir eben ein Stück. Wird uns schon nicht umbringen«, wandte Cora ein.

Clemens rollte mit den Augen, sagte aber nichts und wendete seinen Tesla. Dabei achtete er sorgfältig darauf, nicht eins der niedrigen, sich exakt auf Stoßstangenhöhe befindenden Holzzäunchen zu streifen, die zusammen mit einem schmalen Grünstreifen den Fuß- und Radweg, der direkt an der Schwabachanlage entlangführte, von der Straße trennten.

»Wenn du noch langsamer wendest, kauf ich dir demnächst einen gehäkelten Klopapierschutz fürs Auto und melde dich zum Sicherheitstraining an«, motzte Cora.

»Ist ja auch nicht dein Auto, das ständig irgendwelchen Unwägbarkeiten im Straßenverkehr ausgesetzt ist.«

»Unwägbarkeiten! Klar. Ein Tipp: Fahr doch einfach wie ich mit dem Fahrrad, dann hast du das Problem nicht mehr. Oder nimm einen Dienstwagen. Schließlich hast du Anspruch auf einen.«

»Du weißt ganz genau, was ich von diesen sogenannten Dienstwagen halte. Bei meinem Tesla weiß ich wenigstens, woran ich bin, den kenne ich in- und auswendig. Außerdem ist er umweltfreundlich, daher ökologisch sinnvoll, und darüber hinaus hat er eine viel bessere Beschleunigung als unsere Karossen samt einer Reichweite von mehr als fünfhundert Kilometer. Also, sag ja nichts Falsches über mein Auto, sonst kannst du in Zukunft zu Fuß zu unseren Tatorten gehen. Oder mit deinem geliebten Fahrrad fahren.«

Als die Ampel an der Kreuzung Harfenstraße und Neue Straße auf Grün sprang, trat Clemens mit so viel Schwung auf das Gaspedal, dass der Wagen einer Rakete ähnlich nach vorne schoss.

»Holla, ich glaub dir ja schon, dass dein Liebling megamäßig beschleunigen kann. Außerdem weiß ich doch, dass dir nichts über dein Auto geht.« Cora lächelte.

»Mach dich nur über mich lustig. Wenn ich dich das nächste Mal stehen lasse, lachst du nicht mehr«, erwiderte Clemens noch immer säuerlich und steuerte stumm den Theaterparkplatz an, wo er in einer der vielen Lücken parkte.

Kurze Zeit später standen sie vor der Adresse, die sie von der Buchhändlerin sowie von Johanna Färbers Eltern bekommen hatten. Hinter ihr verbarg sich ein dreistöckiges, gelb getünchtes Gebäude älterer Bauart. Der Putz blätterte an mehreren Stellen ab, die hölzerne Eingangstür schien seit Jahren nicht gestrichen worden zu sein, und die sechs Klingelschilder links daneben waren bereits mehrfach weiß überklebt. Auf den meisten Zetteln standen mehrere Nachnamen, handschriftlich geschrieben, was auf eine hohe WG-Dichte schließen ließ. In einer der Wohnungen stand ein Fenster weit offen, laute Musik drang nach draußen.

»Da ist wohl einer Fan von Olly Murs«, kommentierte Cora den schnellen Rhythmus.

Clemens warf ihr einen entgeisterten Blick zu. »Du kennst diesen Lärm?«

»Ach, Darling, manchmal bist du doch schon sehr weltfremd. Hörst du auch mal Radio oder Musik auf Streamingplattformen?«

»Natürlich höre ich Radio. Sogar übers Netz. ›Klassik Radio‹ empfange ich digital, aber von Streamingplattformen lasse ich die Finger. Die wollen einem doch nur das Geld aus der Tasche ziehen.«

»›Klassik Radio‹. Alles klar. Danke für das Gespräch, ich werde nie wieder darauf zurückkommen.«

»Was denn? Nichts geht über Tschaikowskys Klavierkonzert Nr. 1 morgens zum Aufstehen. Oder Schumanns Kinderszenen zum Entspannen. Oder Rachmaninows 3. Klavierkonzert, ein Traum! Und erst Gustav Mahlers Symphonie Nr. 5! Das vierte Adagietto daraus hat Visconti übrigens als Musik für seinen berühmten Film ›Der Tod in Venedig‹ gewählt. Derart ergreifend ...«

»Beruhig dich mal wieder.« Cora klopfte Clemens mehrfach sanft auf die Schulter, woraufhin er den Mund zu einem schmalen Strich verzog.

»Gib's doch einfach zu, dass du keine Ahnung hast, wovon ich rede, du Kulturbanausin.«

»Und wenn schon. Da bin ich lieber Kulturbanausin, als mir derartige Musik anhören zu müssen. Sorry, aber das ist einfach nicht mein Ding. Ich bin eben etwas moderner unterwegs als du.« Sie grinste.

»Und damit willst du mir auf freundliche Art zu verstehen geben, dass ich unmodern bin?«

»In manchen Dingen, lieber Clemens, bist du wirklich älter als mein Opa. Aber lassen wir das, wir haben, zumindest, soweit mir das bekannt ist, hier noch etwas zu tun.« Cora drückte die Klingel der WG der Toten. »Und, Darling, bevor du wieder einen Kulturschock bekommst: Wir betreten gleich eine Wohngemeinschaft mit jungen Leuten, deren Ansprüche nicht an deine heranreichen dürften.«

Clemens biss die Zähne zusammen. Fehlte nur noch, dass seine Partnerin ihm sanft über den Kopf strich und ihn an die Hand nahm. »Ja, Mama«, antwortete er und blinzelte ihr mehrfach hintereinander zu, auf seinen Lippen ein maskenhaftes Grinsen.

Cora knuffte ihn in die Seite. »War nicht so gemeint.«

In diesem Moment ertönte ein Summen, und die Tür ließ sich öffnen.

An der Wohnungstür im zweiten Stock wurden sie von einer jungen Frau erwartet. Sie trug blaue Sweatshorts und ein roséfarbenes Trägertop, unter dem ein blauer BH hervorspitzte. Ihre dunkelbraunen Haare hatte sie lässig zu einem Knoten hochgezwirbelt. Als sie sie fragend ansah, hielt Clemens ihr seinen Ausweis hin.

»Guten Tag, mein Name ist Clemens Sartorius, Kriminalhauptkommissar, und das hier ist meine Kollegin Cora Eisenstein. Dürfen wir kurz reinkommen?«

Braune Augen flitzten von einem Gesicht zum anderen, dann wieder zurück zum Ausweis. Schließlich bat die junge Frau sie mit einer Handbewegung herein und führte sie durch einen langen Flur mit mehreren Türen in eine geräumige Wohnküche. Die Musik, die sie bereits unten auf der Straße gehört hatten, war jetzt ohrenbetäubend. Zwei Frauen, maximal Mitte zwanzig, tanzten im Rhythmus des Songs und sangen lauthals mit. Sie hatten sichtlich Spaß. Die blonde Langhaarige trug offenbar nur ein Oversized-Shirt, das gerade so ihren Hintern verdeckte. Die etwas Pummeligere mit dem kurzen Fransenschnitt hatte sich in eine unvorteilhafte

Leggings gezwängt und dazu ein locker geknotetes Shirt an. Beide waren barfuß. Auf dem Tisch verteilten sich ein großes Vorratsglas Müsli, eine offene Milchpackung, mehrere Kaffeebecher mit Sprüchen darauf sowie einige Schälchen und Löffel. In einer Ecke des Raums stand ein Kasten mit Wasserflaschen, auf dem Regalbrett über der Küchenzeile reihten sich ebenfalls Flaschen, allerdings mit hochprozentigem Inhalt. Alle waren leer. Für die Mädels schien das Leben eine Party zu sein, dachte Clemens.

»Pia, Lea, das hier sind zwei Polizisten!«, schrie die junge Frau mit dem Dutt gegen den Lärm an und berührte den Touchscreen eines iPads, das ebenfalls auf dem Tisch lag. Sofort verstummte die Musik, und die Angesprochenen erstarrten in ihren Bewegungen. Clemens erinnerte die Situation an dieses Kinderspiel, bei dem man sich auf ein bestimmtes Wort hin so lange nicht mehr rühren durfte, bis man wieder erlöst wurde. Bewegte man sich vorher, war man raus. In diesem Fall hätte es die Blonde erwischt.

»Waren wir zu laut? Hat sich jemand beschwert?«, fragte sie etwas außer Atem.

»Nein, keine Sorge«, beruhigte sie Cora, obwohl es Clemens nicht gewundert hätte, wenn dem tatsächlich so gewesen wäre.

»Sie kennen eine Johanna Färber«, stellte er fest, zog kurzerhand einen der Stühle zu sich hin und setzte sich. Auch Cora und die Mädchen nahmen daraufhin Platz.

»Klar, die wohnt hier«, antwortete die Blonde, dann bot die Pummelige den Kommissaren einen Kaffee an, den sie dankbar annahmen. Clemens war positiv überrascht. Er schmeckte besser als erwartet.

»Sie ist nur gerade nicht da, falls Sie mit ihr sprechen wollen«, ergänzte die mit dem Dutt.

»Darf ich erst einmal nach Ihren Namen fragen?« Clemens zückte sein Smartphone.

Die jungen Frauen sahen sich gegenseitig an.

»So ist es einfacher für uns, Sie anzusprechen«, erklärte Cora.

Die Pummelige nickte. »Na gut, ich bin Pia Weiß.«

»Und ich Leandra Sebald«, ergänzte die Blonde.

»Marlene Leitner.« Die junge Frau, die ihnen geöffnet hatte, fummelte an ihrem Dutt herum, aus dem sich immer mehr Strähnen ihren Weg in die Freiheit erkämpften.

Clemens nickte. »Danke. Also, wann haben Sie Ihre Mitbewohnerin das letzte Mal gesehen?«

»Freitagfrüh beim Frühstück«, antwortete Leandra.

»Nein, sie war danach noch mal da, so gegen Mittag«, widersprach Marlene. »Sie hat was aus ihrem Zimmer geholt und gemeint, wir sollen abends nicht auf sie warten. Ich hab sie gefragt, ob sie sich wieder mit ihrem geheimnisvollen Liebhaber trifft.« Sie schmunzelte.

»Und?« Clemens forderte sie mit einer Handbewegung auf fortzufahren.

»Nix und. Johanna hat nur gegrinst und ist gegangen.«

»Wer ist denn dieser Liebhaber?«, wollte Clemens wissen.

»Keine Ahnung«, erwiderte Marlene. »Eigentlich ist das eher ein Running Gag, weil sie so oft verschwindet, aber nie sagt, wohin oder mit wem. Sie macht ein ziemliches Geheimnis daraus, ist fast schon ein bisschen zu viel.«

»Wieso wollen Sie das alles eigentlich wissen? Ist was mit Johanna? Hat sie was angestellt?«, fragte Pia.

Clemens tauschte mit Cora einen raschen Blick. Sein Magen rumorte. Gleich würde das Leben der Mädchen nicht mehr so sorglos sein wie noch in diesem Moment.

»Johanna Färber wurde gestern Abend tot aufgefunden. Jemand hat sie erdrosselt und danach in markgräflicher Kleidung im Brunnen des Schlossgartens versteckt.«

»Sie war die Leiche im Brunnen? Wegen der das Fest abgesagt wurde?«, stammelte Leandra.

Clemens nickte stumm. Natürlich hatte sich die Neuigkeit bereits über die Medien in Erlangen und Umgebung verbreitet.

»Aber das kann nicht sein! Wer sollte Johanna denn umbringen?«, fragte Leandra.

Die anderen beiden schwiegen betroffen. Leandra reichte Pia, der einige Tränen über die Wangen kullerten, ein Taschentuch und nahm sie in die Arme. Marlene schluckte und blinzelte mehrmals. Ihre Finger verkrampften sich in ihrem Schoß ineinander, sodass die Knöchel weiß hervortraten.

Clemens gönnte allen einen Augenblick, um sich wieder zu fassen. Er hasste es, derartige Nachrichten zu überbringen. Cora war darin eindeutig besser. Auch jetzt lenkte sie mit behutsamen Worten die Aufmerksamkeit zurück auf den Grund ihres Besuchs.

»Das muss ein ziemlicher Schock für Sie sein. Wir hätten Ihnen das gern erspart, aber leider drängt die Zeit. Fühlen Sie sich imstande, uns einige Fragen zu beantworten? Vielleicht können Sie uns damit dabei helfen, Johannas Mörder zu finden.«

»Sicher.« Leandra hatte sich als Erste der drei gefangen. »Was wollen Sie wissen?«

»Dazu kommen wir gleich. Vorher würde ich gern einen Blick in Johannas Zimmer werfen«, schaltete sich Clemens wieder ein. Während er sich erhob, lächelte er Cora kurz an und hoffte, sie würde verstehen, dass er ihr damit danken wollte.

»Kommen Sie mit.« Leandra wies Clemens den Weg.

Das Zimmer war klein, hatte maximal zwölf Quadratmeter. Die Möblierung war schlicht: ein Holzbett von Ikea, eine Schreibtischplatte auf zwei Holzböcken, davor einer dieser Sitzbälle auf einer ringförmigen Halterung, ein dreitüriger, verspiegelter Kleiderschrank. Die Wände waren von unten bis zu einem Drittel der Wandhöhe altrosa und darüber weiß gestrichen. Getrennt wurden die beiden Farben von einer bordeauxfarbenen Klebebordüre. Auf dem Schreibtisch standen ein Laptop und ein Drucker. Daneben lagen Fachbücher und jede Menge ausgedruckter sowie mit Hand beschriebener Blätter. Auf der hinteren Längsseite der Schreibtischplatte hatte Johanna mehrere gerahmte Fotografien ihrer Eltern und ihrer Schwester arrangiert. An der Wand neben dem Schreibtisch hingen in einem Mehrfachbilderrahmen verschiedene Schnappschüsse von Johanna zusammen mit ihren Freundinnen. Cora, die nach Clemens das Zimmer betreten hatte, nahm eine Postkarte in Schwarz-Weiß aus einer Metallhalterung auf dem Nachttisch. Sie zeigte ein sich küssendes Paar inmitten einer an ihm vorbeihetzenden Menschenmenge. Das Foto strahlte eine eigenartige Form von Ruhe aus, die Clemens' Herz berührte. Er ertrug es nicht, die Postkarte länger anzusehen. Zu sehr erinnerte ihn das Bild an vergangene Zeiten, als er und Susanne noch glücklich zusammengelebt hatten. Sie war die Liebe seines Lebens gewesen. Jetzt war es Delphine. Vielleicht.

Cora drehte die Karte um. »Das Motiv heißt: ›Kiss by the Hotel de Ville, Paris, 1950‹. Dazu ein handschriftliches ›Ich liebe dich‹. Keine Unterschrift.«

Clemens nickte nur. Er öffnete die Schubladen des Schreibtischunterschranks, begleitet von den neugierigen Blicken der drei Frauen, die das Ganze von der Tür aus beobachteten. In der ersten lag ein in rosa Samt gebundenes Tagebuch, das mit einem Schloss gesichert war. Er reichte es Cora, die es fachmännisch untersuchte.

»Dafür braucht man keinen Schlüssel, eigentlich ist das nur Deko. Jeder kriegt das auf.«

In einer weiteren Schublade stieß Clemens auf eine Schatulle aus schwarzem Leder mit einem Klickverschluss. Er öffnete sie.

»Na, das ist mal eine nette Ausbeute, würde ich sagen.« Er ließ sich auf den Sitzball fallen und entnahm dem Kästchen eine Kette. Der Anhänger bestand aus einem Herz, geformt aus zwei Goldsträngen, in deren Mitte drei rote Steine und ein weißer gefasst waren.

»Kein Modeschmuck?«, zweifelte Cora.

»Nein, 333er-Gold. Und das hier sind Rubine und ein Diamant. Glaub mir, damit kenne ich mich aus. Meine Mutter hat mich als Kind mehr als einmal zum Juwelier mitgeschleift. Ich fand es immer sehr faszinierend, wenn ich einen Blick in die Werkstatt werfen durfte. Wäre ich nicht Kommissar geworden, dann vielleicht Goldschmied. Ich schätze, diese Kette kostet im Handel um die fünfhundert Euro.«

»Fünfhundert Euro?«, quiekte Leandra. »Das Ding? Johanna hat immer gemeint, das sei gar nicht echt. Sie hätte auch gar nicht so viel Geld gehabt, um sich echten Schmuck zu leisten. Und ihre Eltern auch nicht.«

»Interessant, vor allem, weil es sich nicht um das einzige wertvolle Stück in dem Kästchen handelt.« Clemens hielt ein Paar silberne Ohrringe hoch und wippte auf dem Ball auf und ab. Gar nicht so unbequem, dachte er, als Cora sich neben ihn stellte.

»Echtes Silber?«, fragte sie. »Aber ich dachte immer, das sei nicht so teuer. In der Drogerie kriegst du schon Ohrringe und Ketten aus Silber für um die zwanzig Euro.«

Clemens schenkte ihr ein gefälliges Lächeln. »Stimmt. Aber schau mal hier.« Er deutete auf einen winzigen Prägestempel im Inneren der kleinen, matt polierten Creolen.

»Pt950«, las Cora vor und runzelte die Stirn.

»Das bedeutet, dass diese Ohrringe nicht aus Silber, sondern zu fünfundneunzig Prozent aus Platin bestehen. Ich schätze ihren Wert auf siebenhundert bis neunhundert Euro.«

Leandra blieb der Mund offen stehen, Pia riss weit die Augen auf.

Nur Marlene fing hysterisch zu kichern an. »Da fragen wir uns jeden Monat, wie wir die Miete aufbringen sollen, und Johanna hortet hier einen Schatz?« Sie beruhigte sich gar nicht mehr.

»Können Sie sich vorstellen, woher sie diesen Schmuck hatte?«, fragte Cora.

»Keinen Plan, echt nicht. Bis jetzt wussten wir ja nicht einmal, dass er echt ist. Oder wie sieht's bei euch aus?« Leandra drehte sich zu ihren Mitbewohnerinnen, die stumm die Köpfe schüttelten.

Während Clemens den Schmuck wieder sorgfältig verpackte, wandte sich Cora seufzend dem Kleiderschrank zu.

»Holla!«, entfuhr es ihr bei der überbordenden Vielfalt an Klamotten.

Clemens erhob sich, trat neben sie und musterte die einzelnen Kleidungsstücke. »Madame lebte auf großem Fuß. Das da ist von Chloé.« Er zeigte auf ein zartes, geblümtes Seidenkleid.

»Oh mein Gott!« Cora konnte ihre Begeisterung nicht überspielen. »Das ist jetzt aber nicht, was ich meine, oder?« Sie hielt ein Paar petrolfarbene Pumps in die Höhe, in deren Fußbett eindeutig die Worte »Manolo Blahnik« zu lesen waren. »Meinst du, die sind echt?«, fragte sie Clemens.

Er warf nur einen kurzen Blick darauf und nickte, während er einen Mantel aus dem Schrank nahm. »Hugo Boss.«

»Und hier, schau mal.« Cora kriegte sich gar nicht mehr ein. »Eine Kelly Bag! Weißt du, wie lange ich mir schon so eine wünsche?«

Clemens wusste genau, wovon sie sprach. Coras Zukünftiger sollte auf jeden Fall über das notwendige Kleingeld verfügen, um ihr ihre Wünsche zu erfüllen. Cora war definitiv keine günstige Frau, und bis sie sich selbst dieses Luxusmodell von Hermès leisten könnte, würden bei ihrem Beamtengehalt noch Jahrzehnte vergehen. Wichtiger war jetzt allerdings etwas anderes. Woher hatte Johanna Färber das Geld gehabt, um sich derartige Luxusartikel zu leisten?

»Was passiert jetzt mit den ganzen Sachen?«, wollte Pia wissen.

»Leider können Sie sie nicht behalten.« Cora zwinkerte ihr zu. »Und ich auch nicht. Wir versiegeln das Zimmer jetzt, und später werden sich ein paar Kollegen von der Spurensicherung darum kümmern und alles einpacken, was ihnen wichtig erscheint.« Alle fünf verließen das Zimmer. Während Cora das Siegel anbrachte, verlagerte Clemens das weitere Gespräch wieder in die Küche.

»Gibt es nicht doch noch etwas, was uns weiterhelfen könnte?«, fragte er.

»Na ja, eigentlich nicht. Johanna war oft über Nacht weg, ohne zu sagen, wohin sie geht, aber das haben wir ja schon erzählt«, erwiderte Leandra. »Sie wurde nie von jemandem abgeholt, ist immer allein los. Wenn sie nach Hause kam, haben ihre Klamotten manchmal nach Rauch gerochen. Wir haben uns nie etwas dabei gedacht. Sie schien glücklich zu sein.«

»Hmm.« Clemens verzog enttäuscht das Gesicht. »Falls Ihnen noch etwas zu Johanna einfällt, und sei es in Ihren Augen auch noch so unwichtig, rufen Sie mich bitte an.« Mit diesen Worten reichte er den jungen Frauen seine Visitenkarte.

Während Clemens und Cora zurück zum Theaterplatz schlenderten, hing jeder seinen Gedanken nach.

»Meinst du, es fällt auf, wenn ich die Kelly –«, begann Cora, brach aber mitten im Satz ab. »Ach, vergiss es bitte gleich wieder. Ich hab nie was gesagt.«

Clemens grinste. Typisch Cora. »Hast du eine Idee, wie unsere Tote zu so viel Geld gekommen sein könnte? Und hat ihre finanzielle Situation etwas mit ihrer Ermordung zu tun?« Er warf Cora einen Blick zu, während sie an der Ampel warteten.

»Nun ja, da gäbe es einige Möglichkeiten. Vom horizontalen Gewerbe bis hin zur Erpressung. Alles Gründe für viel Geld und unter Umständen ein schnelles Ableben.«

»Oder dieser ominöse Freund hatte die Spendierhosen an«, mutmaßte Clemens.

»Vielleicht ein Gönner, womit wir indirekt doch wieder beim horizontalen Gewerbe wären. Könnte sie ausgehalten haben. Johanna war ein ziemlich hübsches Mädchen.«

»Hast du zu viele schlechte Filme gesehen?«

»Ich doch nicht«, wehrte Cora ab. »Aber jetzt mal ehrlich, diese Geheimniskrämerei, dass sie nicht sagt, wohin sie geht und wann sie wiederkommt, dazu die teuren Klamotten und der Schmuck, das alles schreit doch förmlich nach einer Affäre mit Gegenleistung.«

Clemens konnte Coras Hand gerade noch ausweichen, so weit hatte sie bei ihren Ausführungen ausgeholt. Sie kicherte.

»Ich werde mir dieses Tagebuch vorknöpfen«, sagte sie. »Mal sehen, was für Schweinereien mir da über den Weg laufen. Der Samteinband ist jedenfalls ziemlich verheißungsvoll.«

Clemens schüttelte lächelnd den Kopf. »Deine Phantasie geht wieder mit dir durch. Mir wäre bereits mit sachdienlichen Hinweisen geholfen. Vielleicht ist dieser ominöse Liebhaber ja das Puzzlestück, das uns fehlt.«

Sonntag, 15:00 Uhr

»Ich nehme eine Kugel Schwarze Mamba.«

Mit gierigem Blick verfolgte Feli, wie der junge Mann hinter dem Tresen eine Mischung aus dunkler Vanille und Amarena-Kirsche in einen Becher füllte. Schon bei dem Anblick gerieten ihre Geschmacksnerven in Ekstase, sodass ihr ein vorfreudiges »Hmmmm« entwich. Sie war nie eine große Eisesserin gewesen, doch das hatte sich mit der Entdeckung der »Eisliebe« in der Hauptstraße geändert. Der Laden verkaufte vor allem so exotische Geschmacksrichtungen wie Mohn-Marzipan oder Matcha-Limette. Sie hatte sie alle durchprobiert und war bei Schwarzer Mamba hängen geblieben.

Feli bezahlte und nahm ihren Becher entgegen. Noch im Gehen ließ sie den ersten Löffel Eis auf der Zunge zergehen. Sofort fühlte sie sich in die Gassen von Sirmione am Gardasee zurückversetzt, durch die sie nach dem Abendessen schlenderte, während eine warme Brise über ihre nackten Arme strich.

Vor der »Eisliebe« saß Boschi auf einem der blauen Stühle und hielt sein Gesicht in die Sonne. Er sah immer noch ein wenig blass aus, gab sich aber entspannt, was bei seinem dünnen Nervenkostüm einem kleinen Wunder gleichkam.

»Willst du mal probieren?«, fragte sie und hielt ihm den Löffel vor den Mund, während sie sich neben ihn setzte.

»Vergiss es. Ich kann frühestens wieder in drei Tagen was essen.« Er öffnete nicht einmal die Augen.

Feli schmunzelte. Tatsächlich hatte sie damit gerechnet, dass er den Tag heute leidend auf dem Sofa verbringen würde. Aber dann war er gegen Mittag überraschend vor ihrer Wohnung aufgetaucht, und sie hatte ihn zu einem kleinen Spaziergang überreden können. Während sie schweigend ihre Kugel Schwarze Mamba genoss, beobachtete sie die Fußgänger.

Obwohl der Morgen angenehm kühl gewesen war, herrschte jetzt wieder eine Hitze, die die ganze Stadt in einen Zeitlupenmodus versetzte. Sogar die Autos schienen langsamer als sonst zu fahren.

»Was hältst du davon, wenn wir Annette besuchen?«, fragte sie zwischen zwei Löffeln Eis.

»Ich weiß nicht, Karotte«, antwortete Boschi mit noch immer geschlossenen Augen. »Ihre Schwester ist gerade ermordet aufgefunden worden. Da kommt es vielleicht nicht so gut, wenn am nächsten Tag zwei alte Klassenkameraden vor der Tür stehen, oder?«

Feli musste sich eingestehen, dass sie das auch schon gedacht, den Gedanken jedoch wieder verworfen hatte. »Gut möglich«, meinte sie. »Es könnte aber auch sein, dass sie froh über unser Auftauchen ist, weil sie Unterstützung braucht. Außerdem waren wir mal richtig gut mit ihr befreundet.«

Jetzt öffnete Boschi doch die Augen und richtete sich auf. »Du warst gut mit ihr befreundet, Karotte. Mich hat sie nur geduldet, weil du mit mir befreundet warst.«

»Das stimmt doch so gar nicht«, stritt Feli sofort ab. »Wir waren öfter zu dritt unterwegs und haben uns gut verstanden. Kannst du dich noch an unsere Radtour nach Bamberg erinnern, als du mit dem Fahrrad gestürzt bist und dir dein Bein aufgeschrammt hast? Du bist völlig ausgeflippt, weil du dachtest, dass dich eine Blutvergiftung dahinraffen würde. Aber Annette hatte Desinfektionsspray und Pflaster dabei und hat es geschafft, dich zu beruhigen. Sie mochte dich.«

»Trotzdem hat sie immer wieder einfließen lassen, was sie von Homosexuellen hält.«

»Das darfst du ihr nicht übel nehmen, bei dem Hintergrund.«

»Du meinst ihre Eltern?«

»Ja.« Sofort tauchten vor Felis geistigem Auge der humpelnde Vater und die labile Mutter Färber auf, für die nichts im Leben wichtiger gewesen war, als aus ihren Kindern rechtschaffene Menschen zu machen. »Bei der Erziehung hätte es mich nicht gewundert, wären Annette und Johanna ins Kloster gegangen.«

Boschi lehnte sich wieder zurück.

Feli ließ einen weiteren Löffel Schwarze Mamba in ihrem Mund zergehen. »Sie wohnt in der Bayreuther Straße. Zu Fuß sind wir gleich da.«

»Ich weiß nicht«, wand sich Boschi. »Ein Beautynachmittag würde mir besser gefallen. Ich habe doch noch diese neue Gesichtsmaske von –«

»Aber ich schulde Annette etwas«, unterbrach ihn Feli.

Boschi sah sie fragend an. »Wie meinst du das?«

Sie antwortete nicht gleich, atmete ein paarmal laut durch. »Es gibt da etwas, das ich dir noch nie erzählt habe.« Sie hielt inne, schluckte. Bei der Erinnerung an das Erlebnis, an das sie seit gestern Abend pausenlos denken musste, war selbst das köstlichste Eis der Stadt nicht mehr genießbar.

»Ist es was Schlimmes, Karotte?«

Sie ließ ihren Eisbecher sinken. »Schon«, presste sie hervor.

Boschi legte ihr den Arm um die Schultern. »Willst du es mir jetzt erzählen?«

Feli lächelte ihn traurig an. Wenn sie es überhaupt jemandem erzählte, dann diesem schlaksigen, schwulen Kerl mit seinen braunen Locken, der ihr seit der Schulzeit unerschütterlich beistand. Ohne ihn hätte sie ihr Leben bisher nicht so gut gemeistert, obwohl es, wenn sie ehrlich war, gar nicht so schwer gewesen war. Sie war bei liebevollen Eltern im nahe gelegenen Langensendelbach aufgewachsen, hatte vor ein paar Jahren von ihrer Tante Angelika deren Buchhandlung am Bohlenplatz geerbt und war seit letztem Herbst wieder Single, weil ihr Langzeitfreund Tobias lieber in Berlin Karriere machen wollte, als mit ihr eine Familie zu gründen. Eigentlich ein solides Leben ohne große Höhen und Tiefen. Und doch gab es da diesen einen dunklen Punkt, von dem sie selbst Boschi nichts erzählt hatte. Vielleicht, weil nie Redebedarf bestanden hatte. Doch der Mord an Johanna hatte einiges in ihr in Bewegung gebracht.

Ohne es gemerkt zu haben, war sie aufgestanden und überquerte jetzt die Hauptstraße.

»Du musst nicht darüber reden, Karotte«, sagte Boschi, als er sie eingeholt hatte.

Sie liefen an der Parfümerie vorbei Richtung Martin-Luther-Platz. Trotz der Hitze fröstelte Feli. Schon beeindruckend, wie schnell der menschliche Körper auf Gedanken und Gefühle reagiert, dachte sie und schmiss den noch halb vollen Eisbecher in einen Abfalleimer.

»Vielleicht ist es ganz gut, wenn ich endlich darüber rede«, sagte sie mit leiser Stimme. Hieß es nicht immer, man sollte sich seinen Traumata stellen, statt sie zu verdrängen? Vielleicht war jetzt der richtige Zeitpunkt dafür.

»Du weißt, dass ich *der* Spezialist in der Stadt für Probleme bin«, ermutigte sie Boschi.

Feli schenkte ihm ein warmherziges Lächeln und nahm ihren ganzen Mut zusammen. Jetzt oder nie. »Ich war mal sehr leichtsinnig und bin deshalb in eine unschöne Situation geraten.«

»Echt? Kann ich mir gar nicht vorstellen«, antwortete ihr Freund süffisant. Wahrscheinlich dachte er an den gestrigen Abend und ihre verrückte Aktion im Gastrozelt. »Aber okay, ich höre.«

Feli holte Luft. »Annette und ich waren mal zusammen auf dem Berg auf dem Erich-Keller. Damals lernten wir zwei Kerle kennen. Wir waren erst sechzehn, die beiden mindestens schon Mitte zwanzig. Sie wirkten so erwachsen, ganz anders als die Jungs aus unserer Klasse. Ich fand das ziemlich aufregend.«

Boschi warf ihr einen entsetzten Blick zu, sagte aber nichts.

»Jetzt schau nicht so. Dich natürlich ausgenommen. Auf jeden Fall haben die sich für uns interessiert. Sie haben uns Komplimente gemacht und mit der größten Selbstverständlichkeit Bier spendiert. Einer hieß Volker, der andere Tommie. Tommie sah ein wenig aus wie der junge Brad Pitt, so mit kurzen blonden Haaren und blauen Augen. Er war ein

Traumtyp, und er schien mich toll zu finden.« An dieser Stelle machte sie eine Pause und holte Luft.

Boschi war ganz Therapeut und nickte verständnisvoll. »Das hat dir gefallen.«

»Natürlich. Ich habe mich lebendig und begehrt gefühlt und war total aufgedreht. Außerdem war der Abend superlustig, ich habe so viel gelacht wie davor noch nie in meinem Leben, was vermutlich an den zwei Maß lag, die ich getrunken hatte. Zwei Maß! Kannst du dir das vorstellen?« Sie wartete seine Antwort gar nicht ab, sondern redete weiter. Jetzt, wo sie einmal angefangen hatte, flossen die Worte nur so aus ihr heraus. »Natürlich war ich irgendwann hackedicht. Annette hat auch mitgetrunken, aber nicht so viel wie ich. Du weißt ja, wie sie war. Jedenfalls war sie noch einigermaßen nüchtern. Ich kann mich noch erinnern, dass die Kapelle ›Lili Marleen‹ gespielt hat, Tommie und ich uns in den Armen gelegen und mitgesungen haben. Ich war berauscht, im wahrsten Sinne des Wortes.« Feli machte eine Pause und blieb stehen.

»Und wie ging's dann weiter?«, fragte Boschi vorsichtig.

»Tommie schlug einen Mondscheinspaziergang vor.« Feli setzte sich wieder in Bewegung, ihr Freund schloss zu ihr auf. »In meinen Ohren klang das vollkommen harmlos. Ich dachte mir noch, wie romantisch der ist, und war ganz von den Socken.« Sie bogen von der Hauptstraße ab und steuerten den Altstädter Kirchenplatz an.

»War er aber nicht.«

»Nein.« Feli sprach so leise, dass sie kaum noch zu verstehen war. Die Erinnerung kroch wie ein gefährliches Tier in ihr hoch, längst vergessen geglaubte Panik machte sich in ihr breit.

»Karotte.« Boschi legte den Arm um sie und führte sie zu einer Bank, wo er sich neben sie setzte und ihr über den Rücken strich.

»Irgendwann waren wir im Wald. Ich glaube, es war zwischen dem Berg und Bubenreuth, genau weiß ich das nicht mehr. Es war stockdunkel. Vom Mond weit und breit keine

Spur.« Die Tränen flossen ihr jetzt übers Gesicht, sie wischte sie mit dem Handrücken weg. »Der Kerl ist plötzlich über mich hergefallen. Ich hab gar nicht gewusst, wie mir geschah. Auf einmal lag ich auf dem Boden, und er war über mir, und ich hab keine Luft mehr gekriegt, und seine Hände ...« Die Angst von damals war wieder da, als wäre das alles erst gestern geschehen. Felis Herz raste, sie rang nach Atem.

»Mein Gott, Karotte!«, flüsterte Boschi.

Die Glocke der Martin-Luther-Kirche schlug zweimal zur halben Stunde, irgendwo bellte ein Hund.

»Er hat mir den Mund zugehalten, und er war so stark. Ich hatte keine Chance.« Feli schluchzte hemmungslos. Das Gefühl der Ohnmacht von damals schnürte ihr jetzt noch die Kehle zu.

Boschi sprang auf, ging ein paar Schritte, kehrte zurück und setzte sich wieder neben Feli. »So ein Mistkerl! Wenn ich den in die Finger kriege, mach ich Hackfleisch aus ihm!«, rief er.

Die Vorstellung, wie der schmächtige Boschi den athletischen Tommie von vor zwanzig Jahren in die Mangel nahm, war so absurd, dass Feli trotz ihres desolaten Zustandes auflachte. »Der ist längst über alle Berge. Außerdem kam Rettung.«

»Wie jetzt?«

Langsam löste sich die Spannung in Feli. Es tat unendlich gut, endlich darüber zu reden.

»Plötzlich stand Annette neben uns. Sie war mit einem Stock oder Ast bewaffnet und hat damit auf den Kerl eingedroschen und ihn beschimpft wie eine Marktfrau einen Dieb.

»Ist nicht wahr. Wo kam die denn auf einmal her?« Boschi schaute Feli fragend an.

»Sie hatte sich unter einem Vorwand von Volker abgeseilt und war uns gefolgt. Hatte geahnt, dass der Typ nicht ganz sauber war. Jedenfalls hat sie ihn mit ihrer Aktion in die Flucht geschlagen und mich vor einer Vergewaltigung gerettet.«

Felis Tränen versiegten allmählich. Etwas in ihr löste sich. Zwei Jahrzehnte lang hatte sie den Alptraum mit sich herumgetragen. Als sie sich zurücklehnte, blieb ihr Blick an einer Taube hängen, die auf dem Kopfsteinpflaster Krümel aufpickte.

»Warum hast du damals keine Anzeige erstattet?«, wollte Boschi wissen.

Sie lachte kurz auf. »Weil ich dumm war und mich außerdem geschämt habe. Ich hatte das Gefühl, ich sei schuld daran, weil ich freiwillig mitgegangen bin. Heute weiß ich natürlich, dass das Unsinn ist, aber mit sechzehn …« Sie hob die Hände in einer hilflosen Geste. »Damals hab ich noch nicht kapiert, dass ich das Opfer war.«

Boschi seufzte und nickte bedächtig.

»Verstehst du jetzt, dass ich zu Annette muss? Ohne sie wäre die Sache in einer Katastrophe geendet. Und wenn ich ehrlich bin, ist es mir auch ein Bedürfnis, ihr in dieser Situation beizustehen. Ihre kleine Schwester wurde ermordet, und du weißt, wie nahe sich die beiden standen. Ich mag gar nicht daran denken, wie es ihr jetzt gehen muss.«

Boschi senkte in einer Geste der Kapitulation den Kopf. »Okay, okay. Und natürlich begleite ich dich, was sonst.« Er griff in seine Hosentasche, holte das Fläschchen mit seinen Globuli heraus und schmiss fünf Stück davon ein. »Aber langsam komme ich echt an meine Belastungsgrenze.«

»Ich glaube ja, du bist stärker, als du denkst«, antwortete Feli und brachte ein Lächeln zustande.

»Bin ich nicht.«

»Doch, mein Held.«

»Held?«

»Komm her.«

Sie umarmte ihren Freund und drückte ihn fest an sich. Sie wusste, egal, in welche Richtung das Leben sie beide schleuderte, Boschi würde immer bei ihr bleiben und sie bei ihm, so wie die Martin-Luther-Kirche hinter ihr immer in Erlangen stehen würde. Wieder einmal wurde ihr bewusst, was für ein Glück sie hatte, ihn zum Freund zu haben.

Sonntag, 16:00 Uhr

Mit mulmigem Gefühl drückte Feli auf den Klingelknopf neben dem Namensschild mit »A. Färber« in der Bayreuther Straße. Seit Annette ihre Ausbildung als Krankenschwester beendet hatte und im Uniklinikum arbeitete, lebte sie hier in einer Zwei-Zimmer-Wohnung.

In Gedanken suchte Feli bereits nach ein paar tröstenden Worten für ihre Freundin aus Schultagen, fragte sich aber gleichzeitig, ob man einem Menschen, der einen solch unfassbaren Verlust erlitten hatte, überhaupt etwas sagen konnte, das ihn tröstete.

Auch Boschi schien eine innere Unsicherheit zu plagen, jedenfalls sah er sich in alle Richtungen um, fast so, als hielte er nach einem Fluchtweg Ausschau.

Dann summte der Türöffner, und wenig später stand ihnen Annette am Wohnungseingang gegenüber und schaute sie aus verquollenen Augen an. Schulterlange dunkelblonde Haare umrahmten ihr blasses Gesicht. Sie sah erschöpft aus, als hätte sie die ganze Nacht nicht geschlafen, was wahrscheinlich der Fall war. Obwohl sie fast eins siebzig maß, wirkte sie klein und zerbrechlich, wie jemand, aus dem sämtliche Kraft gewichen war. Und sie zitterte.

»Ihr?«, fragte sie verwundert.

»Annette.« Feli legte alle Warmherzigkeit, zu der sie fähig war, in ihre Stimme. »Wir wissen, was passiert ist. Deshalb sind wir hier.«

Sofort traten Annette Tränen in die Augen, woraufhin Feli einem inneren Impuls folgte und sie schweigend in die Arme nahm. Es brauchte keine Worte. Jetzt ging es einzig darum, für ihre frühere Freundin da zu sein und ihr in dieser schweren Zeit beizustehen, das wurde ihr mit einem Mal klar. Und das wollte sie mit jeder Faser ihres Herzens.

Aus den Augenwinkeln sah sie, wie Boschi angestrengt an

die Decke guckte. Die Situation überforderte ihn offenbar maßlos.

Irgendwann löste sich Annette von ihr und wischte sich mit dem Handrücken die Tränen weg. »Woher wisst ihr …?«

»Können wir erst einmal reinkommen?«, fragte Feli.

Ihre Freundin nickte und ging voraus ins Wohnzimmer.

Seit Feli vor Jahren das letzte Mal bei einer Feier hier gewesen war, hatte sich nichts geändert. Die hellgraue Wohnlandschaft mit dem Glastisch, auf dem Zeitschriften lagen, das übervolle Billy-Regal, in dem Krimis, Liebesromane und medizinische Fachbücher eine friedliche Koexistenz führten. Der Essbereich und die Bilder an den Wänden – allesamt Schnappschüsse aus Annettes Leben. Auf vielen davon war Johanna zu sehen. Und das Kreuz mit einer Jesusfigur an der Wand neben der Tür.

Feli setzte sich neben ihre Freundin auf das Sofa und legte ihr die Hand auf den Rücken. Boschi nahm in einem der Sessel gegenüber Platz und reichte Annette ein Papiertaschentuch.

»Also, woher wisst ihr …?«, fragte sie und schnäuzte sich.

Feli berichtete, dass sie Gäste auf dem Schlossgartenfest gewesen waren und welche Rolle sie bei Johannas Auffinden gespielt hatten. Sie endete mit den Worten: »Es tut uns so schrecklich leid.«

»Ich kann einfach nicht verstehen, dass jemand Johanna das angetan hat«, sagte Annette. Sie wirkte jetzt ein wenig gefasster und lehnte sich auf dem Sofa zurück. »Ich meine, sie war ein Engel, im wahrsten Sinne des Wortes. Und dann so was … Ich fasse es nicht.«

Feli sah hilfesuchend zu Boschi, aber vergeblich. Er rümpfte nur die Nase und holte mit offenem Mund tief Luft, bevor er die Augen zusammenkniff und ein geräuschvolles »Haaatschii« von sich gab. Und gleich darauf noch einmal: »Haaatschschii.«

Hoffentlich bekam er jetzt, wo er seine Magenverstimmung einigermaßen überwunden hatte, keine Erkältung, dachte sie, während er sich wie eine feine Dame die Nase mit einem Taschentuch abtupfte.

»Eigentlich kann es nur die Tat eines komplett Irren gewesen sein«, mutmaßte Annette, die die Unterbrechung nicht wahrgenommen zu haben schien. »Ich meine, Johanna hatte keine Feinde, nur Freunde. Das war an der Uni so und im Privatleben auch. Gerade hat sie an ihrer Doktorarbeit geschrieben, und an den Wochenenden ist sie manchmal mit ein paar Freunden klettern gegangen. Wenn nicht, haben wir uns sonntags bei unseren Eltern zum Mittagessen getroffen und sind vorher noch zusammen in die Kirche gegangen. Ihr Leben war so was von solide, solider ging es gar nicht. Und dann so was. Ich versteh das einfach nicht.« Sie lehnte ihren Kopf an die Sofalehne und blickte starr zur Decke.

»Hatte sie denn keinen Freund?«, machte Boschi jetzt zum ersten Mal seinen Mund auf und kratzte sich am Arm.

»Nicht dass ich wüsste. Aber sie –«

»Haaatschii, haaatschii, haaatschii!«

Feli warf Boschi einen sorgenvollen Blick zu.

»Sie hat von einer Familie geträumt«, beendete Annette den angefangenen Satz. »Leider war der Richtige noch nicht in Sicht.«

»Und in letzter Zeit ist dir gar nichts an ihr aufgefallen, eine Veränderung oder so was?«, wollte Feli wissen und dachte, dass genau dieselbe Frage auch Clemens Sartorius stellen könnte.

»Ich weiß nicht.« Annette setzte sich aufrecht hin und zog die Beine aufs Sofa. »Wobei … doch, aber es waren nur Kleinigkeiten.«

»Was für Kleinigkeiten?«, fragte Feli und registrierte, dass Boschis Augen anfingen zu tränen. Er wischte mit seinem Tempotaschentuch daran herum und schnäuzte sich dann in Anbetracht der Flüssigkeiten, die seine Nase absonderte, äußerst geräuschvoll. Unter Garantie lief das auf eine Krankmeldung hinaus, dachte Feli im Stillen. Dann würde sie wohl in den nächsten Tagen allein im Laden stehen. Super! Denn abgesehen von der EDV kümmerte er sich auch mit um den Verkauf.

»Ich kann das nur schwer in Worte fassen«, fuhr Annette fort. »Sie hat manchmal so abwesend gewirkt. Es kam vor, dass ich ihr etwas erzählt habe und sie überhaupt nicht richtig zugehört hat. Das war schon merkwürdig.«

»Hast du sie darauf angesprochen?«, wollte Feli wissen.

»Natürlich. Aber sie hat abgewunken und gemeint, dass alles in Ordnung wäre und sie einfach nur sehr angespannt sei wegen der Doktorarbeit. Aber ich hab mir gedacht, dass noch was anderes dahinterstecken muss.«

»Sag mal, hast du einen Hund?«, wollte Boschi wissen und rieb sich das Gesicht, bevor ihm wieder ein unüberhörbares »Haaatschii« entfuhr.

»Ja, den Schnuffi«, antwortete Annette.

»Schnuffi?«

»Der West Highland Terrier meines Freundes, der seit ein paar Monaten hier wohnt.«

Das war ja eine Neuigkeit und eine gute noch dazu. Feli kannte Annette nur als Single und freute sich ehrlich, dass sie einen Mann gefunden hatte, mit dem sie es offensichtlich ernst meinte. Konservativ, wie sie war, hätte sie ihn sonst niemals bei sich einziehen lassen, so viel stand fest.

»Und wo sind die beiden jetzt?«, erkundigte sie sich.

»Gassi gehen, der Schnuffi hat seine festen Zeiten.«

»Haaatschiii! Haaatschiii«, ertönte es wieder von Boschi. Während aus seinen geröteten Augen die Tränen nur so seine Wangen hinabliefen, japste er nach Luft. »Ich muss … hier raus. Oder ihr könnt gleich … den Notarzt – hahahaaaatschi! – rufen.«

Er schoss hoch und rannte in den Flur, als wäre er auf der Flucht. Dann riss er die Wohnungstür auf, stolperte ins Treppenhaus und keuchte einige Augenblicke lang so schwer wie ein Marathonläufer unmittelbar hinter der Ziellinie. Schließlich konnte Feli hören, wie er keuchend eine Stufe nach der anderen nach unten nahm.

»Kommst du, Karotte? … In diesem Zustand kannst du … mich doch nicht … allein lassen!«, rief er gequält und musste immer wieder Pausen machen, um Luft zu holen.

Feli war im Zwiespalt. »Aber Annette kann ich doch auch nicht allein lassen!«, rief sie ihm hinterher.

»Doch, doch.« Ihre Freundin wedelte beschwichtigend mit den Armen. »Geh ruhig. Ich habe einen großartigen Freund, der sich supergut um mich kümmert. Der Schnuffi und er müssten jeden Moment von ihrem Spaziergang zurück sein, mach dir also um mich keine Sorgen.«

Sie begleitete Feli bis zur Tür und umarmte sie. »Danke, dass ihr gekommen seid.«

»Das ist jetzt wirklich blöd, aber wenn du uns brauchst, wir sind immer für dich da. Du hast noch meine alte Handynummer, oder? An der hat sich nichts geändert.«

Annette nickte.

Feli löste sich von ihr und hatte sich schon zum Gehen gewandt, als ihr ein Gedanke kam. »Sag mal, hat die Johanna eigentlich noch in ihrer Studenten-WG in der Vierzigmannstraße gewohnt?«

»Ja, warum fragst du?«

»Ach, ist mir nur gerade so in den Sinn gekommen. Eine Freundin hat mich ein paarmal zu Partys dorthin geschleppt, deswegen kenne ich die Mädels ein bisschen.« Sie umarmte Annette noch einmal kurz, dann eilte sie die Treppe hinunter. Fest stand, dass der Mord an Johanna für alle, die sie gekannt hatten, eine Tragödie war. Auch bei ihren Mitbewohnerinnen musste er Bestürzung ausgelöst haben. Sie beschloss, in den nächsten Tagen einmal in der WG vorbeizuschauen und mit den Mädels zu reden. Irgendwie waren sie ja auch von dieser schrecklichen Tat betroffen, da lag es doch nahe, ein bisschen zusammenzurücken. Und vielleicht konnte sie bei der Gelegenheit ein paar Fragen anbringen, ganz unverbindlich natürlich. Womöglich wussten die Mädels, welches Geheimnis Johanna gehütet hatte, denn dass dem so war, hielt Feli nach dem, was Annette ihr gerade erzählt hatte, für durchaus denkbar.

Sie nahm die letzten beiden Treppenstufen auf einmal und riss die Haustür so schwungvoll auf, dass eine junge Frau, die mit einem Eisbecher vom »Venezia« nebenan davorstand, erschrocken aufschrie.

»'tschuldigung«, sagte Feli und schlängelte sich an ihr vorbei zu Boschi, der ein paar Meter entfernt auf dem Gehsteig auf sie wartete und bereits wesentlich ruhiger atmete. Offensichtlich tat ihm die frische Luft gut, soweit man die Luft in der Bayreuther Straße als frisch bezeichnen konnte, denn auch an diesem Sonntagnachmittag waren zahlreiche Autos unterwegs.

»Wo bleibst du denn, Karotte?«, fragte er empört, während er mit konzentrierter Miene seinen Puls fühlte.

»Ich komme, Boschi. Ich bin schon da!«

Sonntag, 17:00 Uhr

»Was darf ich Ihnen bringen?«, fragte die Bedienung des »Steinbachbräu« in der Vierzigmannstraße.

Klaus hob vier Finger seiner rechten Hand, was die junge Frau in einem roten T-Shirt mit dem Logo-Aufdruck der Brauerei mit einem Nicken quittierte.

»Dann vier Storchen.« Sie notierte die Bestellung auf ihrem Block und ging zum nächsten Tisch. Hier im »Steinbachbräu« war es üblich, dass die Bedienung zwar das Bier brachte, das Essen sich jedoch jeder Gast an der Theke holte.

Klaus und Cordula hatten Clemens und Delphine vorgeschlagen, den Tag im Biergarten ausklingen zu lassen, und einen Tisch am Rand des Innenhofes gefunden, wo es nicht so laut war wie in der Mitte. Der Duft frisch gegrillter Bratwürste hing in der Luft und übertünchte die Ausdünstungen der schwitzenden Kundschaft.

Als Clemens sich umsah, konnte er einen Blick auf das Storchenpaar erhaschen, das auf dem Dach der Brauerei brütete. Gerade eben schnäbelten die beiden Vögel miteinander. Ein schöner Anblick. Fasziniert beobachtete er das Schauspiel.

»Sag mal, Klaus, sind Störche nicht monogam, also, ihr ganzes Leben lang?«, fragte er seinen besten Freund.

»Ich bin Mediziner, kein Biologe, woher soll ich das wissen?«

»Du weißt doch sonst immer alles.«

»Mooomennnnt«, konterte Klaus, »›alles‹ und ›immer‹ sind zwei ganz gefährliche Wörter. Das bringt man schon kleinen Kindern bei, wenn sie mal wieder rumkrakeelen, dass immer sie den Müll rausbringen müssen oder die Geschwister immer alles dürfen, sie selbst aber nix. Da wird nämlich schon die Krux an der Sache deutlich. Denn wie so oft sind diese Aussagen eben nur Behauptungen, entsprechen also in den meisten Fällen nicht der Wahrheit. Wenn jemand also von

›immer‹ und ›alles‹ spricht, ist davon auszugehen, dass diese Aussage so nicht stimmt.«

Clemens schüttelte den Kopf und grinste. »Hörst du dir eigentlich manchmal selbst zu, oder ist das ein Beispiel für eine Grundsatzdiskussion Marke Klaus, ein Exkurs der modernen Polemik oder einfach nur Dummschwätzen für Anfänger?«

»Ich muss doch schon sehr bitten«, fiel ihm Klaus ins Wort, aber seine Mundwinkel zuckten, und an den Augen bildeten sich Lachfältchen.

Cordula seufzte. »Mal was ganz anderes, falls ihr jetzt endlich fertig seid mit eurer tiefschürfenden Erörterung: Was wollt ihr essen? Dann würden Delphine und ich uns nämlich schon mal anstellen.«

»Drei Bratwürste mit Kartoffelsalat«, erwiderte Klaus. »Und du?« Er blickte seine Frau an.

»Ich auch, aber mit Kraut«, antwortete sie ohne Zögern.

»Ich nehm diesen angemachten Camembert«, meldete sich Delphine zu Wort.

»Als Salat?«, fragte Clemens.

»Nein, den Camembert, der mit roter Paprika, Kümmel, Frischkäse und Zwiebeln zermatscht wird. Ich kann dieses Wort einfach nicht aussprechen.« Sie strich sich ihre langen tiefschwarzen Haare aus dem Gesicht.

»Obatzter!« Klaus grinste. »Ja, das Wort ist nix für französische Muttersprachler. Dann fehlt ja nur noch unser Herr Kommissar. Wie ich ihn kenne, könnte es allerdings etwas länger dauern, bis er sich entschieden hat.«

Clemens blickte missmutig zu der Tafel neben der Essensausgabe, auf der die Gerichte des Tages aufgelistet waren: Bratwürste mit Sauerkraut oder Kartoffelsalat, Steak mit Kartoffelsalat, Obatzter mit Treberbrot, Wurstsalat, Großer Salatteller, Breze, Matjes mit Ofenkartoffel, Ofenkartoffel mit Kräuterquark und noch einiges mehr.

»Diese Bratwürste sind doch ziemlich fett. Keine Ahnung, was ihr immer an denen findet. Und der Camembertmatsch spricht mich auch nicht an. Matjes bei uns im Süden? Nicht wirklich. Ich glaube, ich nehme die Ofenkartoffel mit Kräuterquark. Da kann man vermutlich nicht allzu viel falsch machen.«

Delphine rollte mit den Augen, sagte aber nichts und stellte sich gemeinsam mit Cordula ans Ende der Warteschlange.

»Meine Güte, manchmal ist es echt ein Kreuz mit dir.« Klaus blinzelte Clemens an. »Hat dir schon mal jemand gesagt, dass Essen mit Genuss zu tun hat? Ob sie jetzt fett sind oder nicht, du isst doch nicht jeden Tag Bratwürste. Außerdem ist Fett ein natürlicher Geschmacksträger, deshalb lieben wir Menschen es so. Deine Askese macht auf Dauer wirklich keinen Spaß. Freu dich lieber mal des Lebens, es ist kurz genug.«

»Du hast leicht reden. Deine dich liebende Frau sorgt sich auch um dich und kocht ganz wunderbar. Aber ich muss mich allein versorgen und komme meistens nicht einmal zum Einkaufen, geschweige denn Kochen. Auswärts essen steht für mich praktisch täglich auf der Tagesordnung. Und ob da immer alles so gesund ist …«

»Ganz bestimmt, wie ich dich kenne. Außerdem dachte ich, du wolltest Nägel mit Köpfen machen. Zieht Delphine nicht bald bei dir ein?«

»Wenn es nach mir ginge, schon.«

»Aber?«

Clemens seufzte und beugte sich näher zu Klaus. »Sie ziert sich, möchte ihre Eigenständigkeit nicht verlieren. Außerdem findet sie, dass es die Beziehung belebt, wenn man sich auch mal rarmachen kann. Fürs Erste will sie ihre Wohnung auf jeden Fall noch behalten.«

Klaus verzog den Mund. »Was natürlich so gar nicht in deinem Interesse ist.«

»Wem sagst du das. Da habe ich das Gefühl, nach so langer Zeit endlich wieder eine Frau gefunden zu haben, mit der es sich lohnt, über das Thema Familie nachzudenken, und alles, was sie will, ist eine dauerhaft belebte Beziehung. Überspitzt formuliert.«

Die Bedienung erschien mit den Bierkrügen. Clemens war kein wirklicher Biertrinker, seine Vorliebe galt eher edlem Rotwein, aber heute hatte er bei der Bestellung nicht schnell genug sein Veto eingelegt.

»Geht auf mich«, sagte Klaus und zückte sein Portemonnaie. »Und was willst du jetzt machen?«, fragte er, sobald er das Wechselgeld verstaut hatte.

»Was wohl? Warten, bis sie zur Vernunft kommt. Oder eher darauf hoffen.« Clemens machte eine kurze Pause. »Ich liebe Delphine wirklich. Sie ist eine wunderbare, in jeglicher Hinsicht faszinierende Frau. Vielleicht braucht sie einfach nur noch ein bisschen Zeit.«

»Dein Wort in Gottes Gehörgang.« Klaus stieß mit Clemens an, und sie nahmen einen großen Schluck aus ihren Krügen.

Kurze Zeit später hörte man nur noch genüssliches Schmatzen am Tisch.

»Oh, isch liebe diesen Matsch!« Delphine garnierte ihr dick mit Obatzter bestrichenes Brot mit Radi- und Zwiebelscheiben und biss herzhaft hinein. »Aber heute könnte ich sowieso die ganze Welt umarmen.«

»Ich stelle mich freiwillig zur Verfügung!« Klaus öffnete die Arme und beugte sich ihr entgegen. Clemens legte den Kopf schräg und durchbohrte ihn geradezu mit seinem Blick.

Cordula schüttelte nur lächelnd den Kopf. »Und warum bist du so gut gelaunt?«

»Das fragt ihr noch?« Die grünen Augen der Physiotherapeutin leuchteten. »*Vive la France!* Gestern vier zu drei gegen Argentinien! *Et bien*, was ist mit den *Allemands*? Für euch ist das Turnier zu Ende. Wartet's nur ab, dieses Jahr, das spüre ich, dieses Jahr holen sich *les Bleus* den Pokal.«

»Dafür, dass du nur zur Hälfte Französin bist, bist du ganz schön hämisch unterwegs«, stellte Klaus fest.

Sie strahlte ihn an. »Mein *papa* ist mit meiner *maman* zurück in ihre Heimat, die Bretagne, gezogen, wo ich aufgewachsen bin, also komme ich trotz deutschem Vater einer Vollblutfranzösin ziemlich nahe, findest du nischt?«

Clemens liebte ihren kleinen Akzent, der stärker wurde, wenn Delphine etwas getrunken hatte. Obwohl sie perfekt Deutsch sprach, fühlte sie sich im Französischen mehr zu Hause.

Nach einer Stunde, in welcher selbstverständlich auch der Mord im Schlossgarten zur Sprache kam, wurde Clemens zusehends stiller. Es war ein anstrengender Tag gewesen, ohne wirkliche Erholungsphasen. Er wollte heim, sich mit Delphine einen netten Abend machen, gemeinsam etwas lesen oder klassische Musik hören und sie einfach nur in seinen Armen halten. Außerdem spürte er, wie die Magensäure in seiner Speiseröhre zu tanzen begann. Vielleicht war die Idee mit der Ofenkartoffel doch nicht die beste gewesen.

Nachdem sie sich von Klaus und Cordula verabschiedet hatten, begleitete Delphine ihn nach Hause zu seinem Bungalow am Burgberg. Ihr leichtes grünes Seidenkleid umspielte elegant ihre Rundungen. Dazu die blasse Haut und der zartrote Lippenstift – der Prototyp eines Schneewittchens. Sein Schneewittchen. Er würde jederzeit meilenweit reiten, um sie daran zu hindern, in den vergifteten Apfel zu beißen. Sie sah das umgekehrt offensichtlich nicht so.

»Weißt du, isch finde das ziemlich blöd, dass du immer so früh nach Hause willst. Isch möchte mit dir auch mal was erleben, feiern gehen, tanzen.« Sie warf ihm einen vorwurfsvollen Seitenblick zu.

»Aber ich kann doch nichts dafür, dass auf dem Schlossgartenfest eine Leiche aufgetaucht ist«, verteidigte sich Clemens. »Ich hätte liebend gern mit dir den ganzen Abend lang getanzt, und das weißt du auch.«

»Aufgetaucht ist gut. Stattdessen ist der werte Herr Kommissar abgetaucht, in jeglicher Hinsicht!« Ihre Stimme triefte vor Spott, eine gewisse Schärfe war unüberhörbar. »Du hättest zumindest anrufen können. Das ist doch nicht zu viel verlangt.

Stattdessen hocke ich den ganzen Abend allein mit Cordula in dieser Kneipe und warte auf ein Lebenszeichen von dir.«

Clemens fühlte jetzt nicht nur seinen Magen rumoren, sondern hörte auch ein leises Surren im Ohr. Er blinzelte und schluckte, um dadurch die unterschiedlichen Druckverhältnisse im Hals-Nasen-Rachenraum auszugleichen, aber es half nichts. Das Surren entwickelte sich zu einem hohen Piepen. Er versuchte, sich auf Delphines Stimme zu konzentrieren.

»Wenn es dich so wenig kümmert, was isch tue oder wie es mir geht, dann muss isch mich ernsthaft fragen, ob du echtes Interesse an mir hast.« Sie verzog die Lippen zu einem perfekten Schmollmund.

Wie konnte eine wütende Person nur so hinreißend sein? Clemens nahm sie fest in die Arme.

»Ich weiß, ich bin ein elendiger Stoffel und habe dich gar nicht verdient«, erklärte er.

An seine Schulter gelehnt blinzelte sie ihn an.

»Ich verspreche dir, wenn dieser Fall gelöst ist, fahren wir gemeinsam weg, irgendwohin, wo uns niemand stören kann. Am besten eine ganze Woche. Was meinst du?«

Delphine schüttelte den Kopf. »Du glaubst immer, du kannst alles mit ein paar schönen Worten wiedergutmachen. Aber isch möchte sehen, nein, isch will spüren, dass du mich liebst. Dass du mich brauchst und ohne mich nicht leben kannst.« Sie löste sich von ihm und sah ihm fest in die Augen.

Er seufzte. »Ich liebe dich über alles, Liebling, aber ich bin nun einmal Kriminalhauptkommissar. Mein Beruf bringt es mit sich, dass ich nicht immer reguläre Arbeitszeiten habe und manchmal auch Termine platzen lassen oder verschieben muss. Aber das mache ich doch nicht, weil mir nichts an dir liegt. Wenn ich könnte, wie ich wollte, würde ich viel mehr Zeit mit dir verbringen«, versuchte er, sie zu beschwichtigen.

»Immer deine Arbeit! Isch bin diese Ausrede so was von leid. Isch bin dir gar nicht wichtig. Weshalb arbeitest du überhaupt? *Alors*, deine Familie hat doch so viel Geld, dass du dein Leben lang nichts tun müsstest, als es gewinnbringend anzulegen. Aber nein, du schuftest jeden Tag, jede Nacht, bist ständig müde und ausgelaugt und zu nichts anderem mehr zu gebrauchen. *Et bien, que je doit faire avec toi?*« Wie immer, wenn sie sich in Rage geredet hatte, verfiel sie ins Französische.

Was sollte sie mit ihm machen? Während sie an der Osteria am Burgberg vorbeigingen, grübelte Clemens im Stillen vor sich hin. Wobei die Stille ständig durch das Piepen in seinem Innenohr unterbrochen wurde. Er hatte wirklich gehofft, Delphine würde ihn verstehen, seinen anstrengenden Job akzeptieren, der nicht nur seine Arbeit, sondern sein Leben, seine Berufung war. Er hatte diesen Weg gewählt, um anderen Menschen zu helfen. Mit jedem abgeschlossenen Fall, so hoffte er, erlöste er Hinterbliebene von einer quälenden Ungewissheit. Führte einen Täter seiner gerechten Strafe zu. Etwas, worauf seine Familie bisher hatte verzichten müssen. Und was in diesem Leben vermutlich auch nicht mehr passieren würde. Wieso verstand sie das nicht? Er hatte es ihr doch schon so häufig erklärt.

Inzwischen waren sie an seinem Bungalow angekommen. Er öffnete die Tür und ließ sie ein. »Delphine, es tut mir leid, wenn du das alles so siehst, aber ich liebe meinen Job.«

»Und mich? Liebst du deinen Job mehr als mich?« Ihre Stimme war nur mehr ein Flehen.

»Natürlich nicht. Aber tief in mir drinnen weiß ich, dass ich meine Arbeit nicht einfach aufgeben kann.«

Ihre Augen glänzten in der Dunkelheit. Er war sich nicht sicher, ob das nur der Effekt des fahlen Mondlichts war, das durch das Fenster in den Flur fiel, oder ob sie weinte. Er küsste sie.

»Ich brauche dich. Das weißt du. Und es tut mir leid, dass ich so wenig Zeit für dich habe. Ich werde mich bessern, versprochen.« Er küsste sie wieder, und jetzt erwiderte sie seine Avancen. Der Pfeifton in seinem Ohr ließ schlagartig nach. Sie roch so gut, ihre Haut, ihre Haare. Ein leichter Vanilleton mit einem würzigen Hauch. Clemens wollte ganz und gar in ihr versinken.

Als sie sich nach einer gefühlten Ewigkeit wieder von ihm löste, hatte sich ihre Laune merklich gebessert. »Soll ich dich etwas massieren?« Ihre Augen wirkten wie zwei große Smaragde, die im Feuerschein flackerten.

»Das ist eine zauberhafte Idee. Ich bin dermaßen verspannt, das glaubst du gar nicht.« Clemens drehte seinen Kopf von rechts nach links, und es knackte vernehmlich.

Delphine knuffte ihn in die Seite. »Das kommt von deiner Arbeit. Aber eines sage isch dir, wenn du am Mittwoch immer noch so schlecht gelaunt und müde bist, dann überlege isch mir ernsthaft, mir einen neuen *ami* zuzulegen.« Sie lachte, aber ihre Augen blieben ernst.

Auch Clemens fand ihre Andeutung nicht komisch. Einen anderen Freund wollte er unter allen Umständen verhindern. Für Mittwochabend hatten sie Karten für das Markgrafentheater, wo im Gedenken an den großen Franken-Krimi-Autor Georg Neuner sein letztes Werk »Tod im Hühnerstall« aufgeführt wurde. Der Termin stand bereits seit mehreren Wochen in seinem Kalender. »Den Teufel wirst du tun. Wir beide werden jetzt zu unserer Massage noch ein schönes Glas Syrah trinken, und am Mittwochabend, das verspreche ich dir, gehöre ich ausschließlich dir.«

Montag, 9:00 Uhr

Clemens und Cora hatten sich gerade erst bei der Sekretärin am Lehrstuhl für Bayerische und Fränkische Landesgeschichte angemeldet, als ein schlaksiger Mann um die sechzig ihnen auf der Eingangstreppe der Philosophischen Fakultät der Friedrich-Alexander-Universität entgegenflog.

»Sie sind aber schnell, ich habe doch gerade erst angerufen. Sie sind doch von der Polizei, oder?« Ihr Gegenüber keuchte nach der Anstrengung. Die welligen, schulterlangen grauen Haare fielen ihm über Augen und Ohren und verfingen sich teilweise in seinem ebenfalls ergrauten Vollbart. Mit einer Handbewegung wischte er sie sich aus dem Gesicht. Sein dürrer Körper steckte in einem etwas zu großen beigen Anzug, eine bordeauxrote Fliege mit Paisleymuster komplettierte sein Outfit. Gewöhnungsbedürftig. Äußerst gewöhnungsbedürftig.

Clemens riss sich zusammen und beantwortete die eben gestellte Frage des Mannes mit einem Nicken. Wobei er sich wunderte, wann und warum dieser in der Dienststelle angerufen hatte. Bis jetzt war Clemens davon ausgegangen, dass er und Cora Johanna Färbers Lehrstuhl einen Besuch abstatten würden, um herauszufinden, mit wem sie zusammen an welchen Projekten im Rahmen ihrer Doktorarbeit gearbeitet hatte. Und das, ohne sich vorher anzukündigen. Weshalb also hätte dieses klapprige Gestell vor ihnen sie kontaktieren sollen?

»Wunderbar. Wie ich gerade ins Institut gekommen bin, ist mir gleich aufgefallen, dass hier etwas nicht stimmt. Das ganze Büro ist verwüstet! Ich habe sofort bei der Polizei angerufen, das war vor gerade mal zehn Minuten. Sie müssen in einem Affenzahn hierhergedüst sein. Respekt!«

»Moment, Moment.« Clemens streckte abwehrend die Hände nach vorne. »Immer mit der Ruhe und vor allem nacheinander. Wer sind Sie, und welches Büro ist verwüstet worden?«

»Aber wissen Sie das nicht? Ich hatte doch mit Ihnen telefoniert. Oder sind Sie nicht der Herr Diebold?«

»Nein, mein Name ist Clemens Sartorius, Kriminalhauptkommissar. Das hier«, er deutete auf Cora, »ist meine Kollegin Frau Eisenstein, ihrerseits Kriminalkommissarin. Und Sie sind?«

»Oh. Da ist wohl einiges schiefgelaufen. Ich bin Professor Dr. Theobald von Grassnitz und leite den Lehrstuhl für Bayerische und Fränkische Landesgeschichte.« Auf dem faltigen Gesicht des Mannes erschien ein verhaltenes Lächeln, und ein feinherber Duft reizte Clemens' Nase. Mehrere Studenten liefen lachend die Treppe hinunter an ihnen vorbei. Ein Mädchen schaute sich über die Schulter noch einmal nach ihnen um, dann tuschelte es mit einer Kommilitonin.

Clemens ließ sich dadurch nicht beirren. »Dann hätten wir das immerhin schon mal geklärt. Sie sagten, Sie hätten mit meinem Kollegen Diebold gesprochen?«

»Ja, genau. Weil hier am Wochenende eingebrochen wurde. Das Büro einer meiner Doktoranden wurde komplett verwüstet. Ich habe es natürlich sofort verschlossen, ich weiß ja, Spurensicherung und so, da darf man nichts anfassen oder verändern.« Von Grassnitz kratzte sich an der Stirn. »Ebenfalls seltsam ist, dass die Doktorandin, die in diesem Büro arbeitet, heute noch nicht erschienen ist. Dabei ist sie normalerweise ein Musterbeispiel für Disziplin und Pünktlichkeit. Nicht einmal über das Handy kann ich sie erreichen.«

Clemens warf Cora einen Blick zu. Sie griff wortlos nach ihrem Smartphone und zitierte die Spurensicherung herbei.

Clemens wandte sich wieder an den Lehrstuhlleiter. »Herr Professor von …«

»Grassnitz.« Lachfältchen erschienen in dessen Augenwinkeln.

»Grassnitz, genau. Ich würde vorschlagen, dass wir dieses Gespräch an einem anderen Ort fortsetzen. Wo es etwas ruhiger ist.« Clemens sah zum oberen Treppenabsatz hinauf, wo sich einige Studenten versammelt hatten und sie ohne Scham beobachteten. Ihre Worte hallten vermutlich im gesamten Treppenhaus wider, kein guter Ort für eine vertrauliche Unterhaltung.

»Natürlich«, lenkte der Professor ein. »Am besten gehen wir zu mir ins Büro. Vierter Stock. Aber keine Angst, wir können den Aufzug nehmen.« Zielstrebig steuerte er darauf zu und drückte den Schalter, auf dem die Spitze eines Dreiecks nach oben wies. Clemens und Cora folgten, und kurze Zeit später nahmen sie in Professor von Grassnitz' Büro Platz.

»Arbeitete in dem verwüsteten Büro zufälligerweise eine Johanna Färber?«, fragte Cora.

»Woher wissen Sie das?« Überrascht schaute der Professor die Kommissare an.

Mit einem Seufzen beugte sich Clemens in seinem Stuhl nach vorne. »Wir müssen Ihnen leider mitteilen, dass Ihre Studentin sich nie wieder bei Ihnen melden wird. Sie ist tot.«

»Nein! … Aber … Wie?«, stotterte der Professor. »Ich meine, warum? Hatte sie einen Unfall?«

Clemens schüttelte den Kopf. »Sie wurde erdrosselt.«

»Um Gottes willen!« Der Lehrstuhlinhaber fasste sich ans Herz.

»Sie wurde am Samstag im Brunnen des Schlossgartens gefunden«, sagte Clemens, nachdem er von Grassnitz einige Sekunden gegeben hatte, um sich zu fassen. »Sie war wie die Markgräfin Wilhelmine gekleidet, können Sie sich das erklären?«

»*Sie* war also die Brunnenleiche? Ich habe in der Zeitung davon gelesen. Welch ein Jammer.« Geräuschvoll ließ er seinen Atem entweichen. »Aber Sie wollten den Grund für ihre Aufmachung wissen. Nun, Johanna hat mir erzählt, dass sie des Öfteren Führungen rund um das Schloss gehalten hat, manchmal als Markgräfin Wilhelmine von Brandenburg-Bayreuth kostümiert. Dadurch hat sie sich etwas dazuverdient. Doktorandenstellen, die auch noch als solche bezahlt werden, sind rar. Wenn überhaupt, gibt es halbe Stellen, sodass unsere Doktoranden sich eine weitere Arbeit nebenher suchen müssen. Johanna haben diese Führungen sehr viel Spaß gemacht, und sie hat regelmäßig viel Trinkgeld bekommen, wie sie mal erwähnt hat.« Langsam strich er sich über den Bart. Seine Augen schimmerten feucht. Er griff sich in die Hosentasche und zog ein Stofftaschentuch hervor. Während er damit herumwedelte, dass es Clemens schon ganz schlecht wurde, weil er eine Wolke von Bakterien auf sich zufliegen sah, fuhr der Professor fort: »Johanna war eine wunderbare junge Frau, so fleißig und höflich. Immer gut gelaunt und zu jedem freundlich. Sie war wie eine Tochter für mich.« Er schnäuzte sich ausgiebig.

»Dann hatte sie also keine Feinde hier am Institut? Oder vielleicht mal Stress mit anderen Kommilitonen?«, fragte Cora, die ihr Smartphone herausgeholt hatte und die Aufnahmefunktion einschaltete.

»Natürlich nicht.« Von Grassnitz hielt kurz inne. »Obwohl, wenn ich genauer darüber nachdenke, gibt es tatsächlich jemanden, mit dem sie Probleme hatte. Einen anderen Doktoranden von mir, Martin Vogel. Akademisch nicht ihre Liga, der hätte ihr nie das Wasser reichen können. Aber er selbst war da natürlich komplett anderer Meinung. Er hatte sich in den Kopf gesetzt, seine Doktorarbeit unbedingt zur ›Geschichte der Erlanger Bergkirchweih von 1755 bis heute‹ zu schreiben. Richtig besessen war er davon. Dass er dabei von den Erlanger Kellern unterstützt werden sollte, war wahrscheinlich einer der Hauptgründe. Er lebte vom BAföG-Höchstsatz, wollte damit seine finanzielle Lage verbessern. Leider erweckte es bei mir den Anschein, dass Herr Vogel sich mehr um den Inhalt des Bieres als um den der Arbeit kümmern wollte, was für mich ausschlaggebend dafür war, dass ich Johanna mit dem Thema betraute.« Der Professor atmete einmal tief durch.

»Was Martin Vogel ihr wohl persönlich übel genommen hat. Zumindest ist mir zu Ohren gekommen, dass er des Öfteren Unterlagen, die für ihre Arbeit notwendig waren, entwendet haben soll. Wobei ihm das nie nachgewiesen werden konnte. Darüber hinaus konkurrierten die beiden um eine Privatdozentenstelle, die Mitte nächsten Jahres frei wird. Herr Vogel sah sich bereits in dieser Position. Aus mir unerfindlichen Gründen, wie ich betonen möchte, da es seiner Forschungsarbeit an jeglicher Grundlage mangelt. Ein wahres Musterbeispiel für fehlerhafte Recherche. Aber so verblendet, wie er ist, lobt er sich ständig selbst samt seiner Arbeit in den Himmel. Bis heute ist mir schleierhaft, weshalb er sich überhaupt zu einer Promotion entschlossen hat.« Von Grassnitz seufzte. »Weil mir klar war, dass ganz bestimmt nicht ihm, sondern Johanna die Stelle zustand, habe ich ihm dies letzten Freitag persönlich mitgeteilt.« Er hob den Blick. »Sagen wir es mal so, er hat die Nachricht nicht positiv aufgenommen. Ich musste ihn meines Büros verweisen.«

Clemens zog die Augenbrauen hoch. Ein eifersüchtiger Kommilitone. Soso. »Wo finden wir denn diesen Herrn Vogel?«, erkundigte er sich.

»Der arbeitet zwei Türen weiter an seiner Doktorarbeit. Sein neues Thema ist: ›Die Ehefrauen des Markgrafen Friedrich von Brandenburg-Bayreuth‹. Aber montags taucht er nie vor zehn Uhr auf.«

»Dann würden wir gern einen Blick in diesen Raum werfen, wenn das möglich wäre.«

Von Grassnitz nickte, woraufhin sich alle drei erhoben und das Zimmer verließen.

»Abgesehen davon benötigen wir von allen Studierenden des Lehrstuhls sowie von Ihnen Name und Adresse und Fingerabdrücke, um diese mit denen in Johanna Färbers Büro abgleichen zu können«, sagte Clemens, als sie den Flur entlanggingen. Mittlerweile begleitet von zwei uniformierten Kollegen, die eingetroffen waren. »Können Sie das für uns arrangieren?« Die Frage klang mehr wie eine Order.

»Gar kein Problem«, beeilte von Grassnitz sich zu versichern. »Unsere Sekretärin wird Ihnen die nötigen Unterlagen ausdrucken. Und Ihre Kollegen können gern mein Büro nutzen, um dort alle Fingerabdrücke der von Ihnen genannten Personen zu sichern.«

Clemens nickte und deutete einem der Polizisten an, sich in von Grassnitz' Büro zu begeben und die weiteren Schritte einzuleiten.

Die Tür zu Martin Vogels Büro war nicht abgeschlossen. Auf den ersten Blick war klar, dass der Doktorand nicht viel von Ordnung hielt. Bücher und Papiere türmten sich, der Computerbildschirm dazwischen wirkte wie ein verlorener Fels in der Brandung. Wie sollte man da etwas finden? Clemens konnte ein Seufzen nicht unterdrücken. Und vor allem: was?

»Sehen Sie mal hier«, sagte der Professor plötzlich aufgeregt und deutete auf zwei hellblau marmorierte Schnellhefter, die er unter einem Stapel im Regal herausgezogen hatte. »Vor Kurzem lagen auf Johannas Schreibtisch zwei davon in genau dieser Farbschattierung. Bestimmt handelt es sich um Teile ihrer letzten Recherchearbeit.« Von Grassnitz reichte die Hefter Clemens, der den ersten aufschlug.

Tatsächlich. In der Kopfzeile des ersten Blattes stand Johanna Färbers Name.

In diesem Moment betrat ein junger Mann den Raum. Er war dunkelhaarig, sein rundes Gesicht glänzte, und auf den Wangen schimmerten rote Äderchen. Unter den Achseln des grauen T-Shirts zeichneten sich dunkle Flecken ab.

Cora rümpfte die Nase, ging zum Fenster und öffnete es. Unterhalb des zu kurzen Shirts hing ein gewaltiger Rettungsring über den Hosenbund, der verdeutlichte, was Professor von Grassnitz zuvor über Martin Vogel gesagt hatte. Ein Wohlstandstempel, geformt von Bier und fettem Essen.

»Was machen Sie hier?«

Clemens musste sich zusammenreißen, als die überraschend hohe Stimmlage des Mannes sein Ohr vergewaltigte.

»Warum sind Sie in meinem Büro?« Diesmal klang die Frage schon fordernder.

Es gab keinen Zweifel: Martin Vogel könnte ohne Probleme als Kastratensänger auftreten. Clemens räusperte sich. »Herr Vogel?«

»Der bin ich. Und Sie? Und weshalb wühlen Sie in meinen Sachen rum? Dazu haben Sie kein Recht. Ich werde die Polizei rufen.« Erst jetzt schien er Professor von Grassnitz zu entdecken. »Sie auch hier? Was fällt Ihnen ein? Bloß, weil Sie den Lehrstuhl leiten, dürfen Sie noch lange nicht in meinen privaten Unterlagen rumschnüffeln.« Mit erstaunlicher Geschwindigkeit näherte sich Martin Vogel Professor von Grassnitz, der vor ihm zurückwich.

»Stopp!«, mischte sich Clemens ein, stellte sich zwischen die beiden und wedelte mit den Schnellheftern vor Martin Vogels Gesicht herum. »Zu Ihrer Information, Herr Vogel, wir sind von der Polizei. Genauer gesagt von der Kriminalpolizei. Und zuallererst begleiten Sie unseren Kollegen jetzt bitte in Herrn von Grassnitz' Büro, um dort Ihre Fingerabdrücke abzugeben.«

»Wie jetzt? Wieso? Was ist hier überhaupt los?« Der Doktorand trat ein paar Schritte zurück.

»Johanna ist tot«, sagte der Professor.

»Wie, tot?«

»Ermordet!«

»Was?« Vogel zog die Augenbrauen zusammen und schien kurz nachzudenken. »Verdächtigen Sie mich etwa?« Er verschränkte die Arme vor der Brust, wobei das Shirt noch ein Stück weiter nach oben rutschte und mehrere schwarze Haare ähnlich derer im Schambereich entblößte, die sich um seinen Bauchnabel kringelten.

Eine Gänsehaut überzog Clemens' Rücken und Arme. Er schüttelte sich. »Aber bevor Sie ins Nachbarbüro gehen, erklären Sie mir doch bitte, was das hier ist?« Er hielt dem Doktoranden die Schnellhefter vor die Nase.

Martin Vogel warf einen kurzen Blick darauf. »Hab ich noch nie gesehen«, antwortete er.

»Ach ja? Und wie erklären Sie sich dann, dass wir die gerade hier gefunden haben?«

»Was weiß denn ich! Hier kann ja offensichtlich jeder Depp reinlatschen, wie Sie gerade bewiesen haben.«

Clemens ließ sich durch den »Deppen« nicht aus der Fassung bringen. Vogels Einwand war leider nicht ganz von der Hand zu weisen. Trotzdem. »Wo waren Sie in der Nacht von Freitag auf Samstag?«

»Auf einer Studentenparty am Zollhaus, Sie wissen schon, das Stadtviertel gleich beim Lorlebergplatz«, antwortete Vogel schnell.

Zu schnell? Clemens war sich nicht sicher. »Das werden wir überprüfen. Und jetzt kommen Sie mit.« Er griff nach dem Arm des Doktoranden, der sich jedoch wehrte.

»Ich geh nirgendwohin! Was wollen Sie eigentlich von mir? Ich hab nix getan. Klar, ich bin mit der Johanna nicht besonders gut klargekommen, aber das heißt doch nicht, dass ich sie gleich umbringe. Außerdem muss ich Ihnen gar nix sagen. Ich will mit meinem Anwalt sprechen. So.« Vogel stellte sich breitbeinig hin. Sein Mund war ein schmaler Strich.

»Jetzt lassen Sie die Kirche mal schön im Dorf, Herr Vogel.« Cora baute sich in ihrer ganzen Pracht vor ihm auf. »Weder möchten wir Ihnen etwas anhängen, noch sind Sie verhaftet. Alles, was wir wollen, ist, dass Sie uns in aller Ruhe Ihre Version der Geschichte schildern, erklären, weshalb wir diese Unterlagen in Ihrem Büro gefunden haben, und uns Ihre Fingerabdrücke zum Abgleich geben. Das kann schnell gehen oder sich ziehen, es liegt ganz an Ihnen. In jedem Fall müssen Sie danach noch mit zur Dienststelle kommen, schließlich haben wir Unterlagen bei Ihnen entdeckt, die Johanna Färber gehören. Also machen Sie es sich und uns nicht so schwer und seien Sie vernünftig. Denken Sie an Ihre Kommilitonen, die uns bei unserem Eintreffen gesehen haben und nur darauf warten, dass hier etwas Spektakuläres passiert, das sie weitererzählen können.«

Clemens wandte seinen Blick nicht von seiner Kollegin. Das war wieder einmal einer dieser Momente, in welchen er Cora bedingungslos bewunderte. Auch wenn er ihr einen gewissen Hauch an Theatralik nicht absprechen konnte. Sie verstand es, Typen wie Vogel um den Finger zu wickeln.

»Hmm. Na, gut, ich komme mit – aber unter Protest«, fügte der Doktorand mit erhobenem Zeigefinger hinzu.

Cora lächelte Clemens zu.

Während Vogel von einem Beamten, der vor der offen stehenden Tür wartend das Spektakel verfolgt hatte, ohne weiteres Aufsehen in das Büro des Professors begleitet wurde, verabschiedeten sich die Kommissare von dem Lehrstuhlinhaber. Ob der Tatsache, dass fürs Erste im Institut wieder Ruhe einkehrte, atmete dieser hörbar aus.

»Strike!« Cora grinste von einem Ohr zum anderen, als sie und Clemens vor das Unigebäude traten.

»Nicht so eilig«, dämpfte Clemens ihren Überschwang. »Ob dieser Vogel wirklich unser Mörder ist, wird sich erst noch rausstellen.«

»Ein Dieb ist er allemal«, meinte sie leichthin. »Und alles andere wird sich finden.«

Montag, 12:30 Uhr

Wie es den Mädels in der WG wohl ging? Feli wusste nicht genau, wie eng sie mit Johanna befreundet gewesen waren, aber bei ihren Besuchen hatte sie den Eindruck gewonnen, dass die vier gut miteinander auskamen. Bestimmt hatten sie die Nachricht vom Tod ihrer Mitbewohnerin noch nicht verarbeitet, genau wie sie selbst. Immer wieder drifteten ihre Gedanken zum Schlossgartenfest, sah sie die Fotos der toten Johanna auf Boschis Superzoomkamera vor ihrem geistigen Auge und erschauerte.

Entsprechend unkonzentriert war sie. Am Vormittag hatte sie sich beim Wechselgeld vertan und Bücher falsch ins Alphabet einsortiert. Es schien, als würde sie heute selbst ihr geliebter Laden nicht beruhigen können. Und wie immer, wenn Feli emotional angeschlagen war, verspürte sie den dringenden Wunsch nach etwas Ordentlichem zu essen. Sie legte die Romane, die sie noch ins Regal räumen wollte, zurück auf das Bibliothekswägelchen. Jane Gardam, Paulo Coelho, Robert Seethaler: alles große Namen, und dennoch mussten sie bis nach der Mittagspause warten.

»Weißt du, was es heute bei Rieke gibt?«, fragte sie in Richtung Boschi, der vor dem Regal mit seinen Beautyratgebern stand und interessiert in einem davon blätterte.

»Hähnchencurry mit Paprika und Reis, glaube ich.«

»Echt?« Das war Felis absolutes Lieblingsessen, und in Riekes Café, wo sie und Boschi fast jede Mittagspause verbrachten, schmeckte das Curry genau so, wie sie es liebte: scharf. »Dann beeil dich, sonst ist nichts mehr davon da.«

Kurz entschlossen ging Feli zur Ladentür und hielt sie auf, während Boschi antrabte.

»Es gibt auch was leichtes Vegetarisches«, meinte er. »Gemüsesuppe. Mein Magen hat sich von der Schnittchenorgie am Samstag immer noch nicht vollständig erholt.«

»Die Gemüsesuppe wird dir guttun«, entgegnete Feli und wischte sich über die Stirn. Schon wieder herrschte eine Hitze in Erlangen wie in der Sahara, ohne Aussicht auf Abkühlung. Sie wollte eben die Tür des »Büchernests« abschließen, als ein Mann vom Bohlenplatz her über die Straße eilte und abrupt vor ihr stehen blieb.

»Sie schließen? Das ist jetzt aber blöd.«

Feli musterte ihn. Er war unleugbar attraktiv: Augen, so blau wie der Himmel, perfekt getrimmter Vollbart, die langen brünetten Haare zu einem Dutt zusammengebunden, etwa eins achtzig groß. Trotz ihrer Stimmung war sie von seinem Anblick so fasziniert, dass sie gar nicht anders konnte, als ihn wie hypnotisiert anzustarren. Der Typ kam ihrer Idealvorstellung eines Mannes verdammt nahe.

»Tut uns leid, aber wir machen jetzt Mittagspause. In einer Stunde sind wir gern wieder für Sie da«, sagte Boschi geschäftsmäßig.

Der Mann beachtete ihn nicht weiter, sondern wandte sich direkt an Feli. »Können Sie für mich nicht eine Ausnahme machen? Ich habe selbst gerade Mittagspause und nicht viel Zeit.«

Der Blick aus seinen blauen Augen war so intensiv, dass Feli spürte, wie ihr die Röte ins Gesicht schoss. »Ähm, was hätten Sie denn gebraucht?«, presste sie schließlich hervor und wunderte sich, dass sie tatsächlich einen vollständigen Satz zustande gebracht hatte.

»Einen Reiseführer über Indien.« Er lächelte sie an.

Aha, nach Indien wollte er also, interessant, dachte sie. »Da finden wir bestimmt etwas.« Sie öffnete die Tür und machte einen Schritt zur Seite.

Der Mann betrat das »Büchernest« und sah sich suchend um.

Boschi verdrehte genervt die Augen und blieb am Eingang stehen.

»Die Reiseführer sind hier hinten«, sagte Feli und ging durch den Laden, bis sie vor dem entsprechenden Regal stand.

»Leider haben wir keine besonders große Auswahl, dafür fehlt uns einfach der Platz.«

»Ich bin mir sicher, dass ich bei Ihnen schon das Richtige finden werde.« Wieder lächelte er sie so charmant an, dass sie glaubte, er wolle damit die Doppeldeutigkeit seiner Worte unterstreichen, was aber natürlich auch völliger Unsinn sein könnte. Trotzdem beschleunigte sich ihr Pulsschlag.

Mit zitternden Händen holte sie die in Frage kommenden Bücher aus dem Regal und breitete sie auf der Ablage davor aus. »Hier, Sie können gern ein paar Minuten darin stöbern.«

Als Feli sich zu Boschi wandte, stand der immer noch an der Ladentür, tippte sichtbar erbost auf seine Armbanduhr und sah sie vorwurfsvoll an. Sie zuckte hilflos mit den Schultern. Das, was hier gerade passierte, entzog sich ihrer Kontrolle, das war ein Selbstläufer mit ungewissem Ausgang. Unmöglich konnte sie diesen emotionalen Paukenschlag in ihrem Leben ignorieren und einfach zur Tagesordnung übergehen. Boschi war doch sonst immer so sensibel, wie konnte ihm entgehen, dass ihr eingeschlafenes Liebesleben gerade im Begriff war, wieder zu erwachen?

Der Typ griff nach den Reiseführern, ohne sie näher zu betrachten. »Ich mache keinen normalen Urlaub, wissen Sie«, plauderte er drauflos.

»Nein?«

»Es handelt sich gewissermaßen um eine Dienstreise.«

»Dann führt Sie also Ihr Beruf nach Indien?«

Er grinste. »So würde ich das nicht unbedingt sagen.«

»Also, das verstehe ich jetzt nicht.«

Sein Grinsen wurde breiter, und sein Blick schweifte in eine imaginäre Ferne: »Mein Reiseziel liegt am Meer an einem weißen Sandstrand, eingebettet in Palmenhaine. Ein Ort der Ruhe, den ich allerdings erst noch finden muss. Aber wenn ich ihn gefunden habe, werde ich dort längere Zeit bleiben, mich ausschließlich pflanzlich ernähren, meditieren und meine innere Balance finden. Ich hoffe, dass der Reiseführer mich inspiriert.«

Feli stutzte. »Das klingt jetzt wirklich nicht nach einer normalen Dienstreise.«

Er lachte. »Es handelt sich um eine ayurvedische Reise. Ich bin Yogalehrer, und die innere Balance ist die Grundlage meiner Arbeit. Wenn ich selbst nicht im Einklang mit mir, sondern ein Nervenbündel bin, kann ich keine authentischen Kurse geben. Deshalb werde ich die Sommerferien nutzen, wenn ohnehin Flaute im Geschäft herrscht. Ich hoffe, die Reise wird mich auf meinem Weg zu mir selbst ein ganzes Stück weiterbringen. Übrigens habe ich mein Yogastudio erst vor ein paar Monaten eröffnet, es heißt ›Be-Yoga‹ und ist gleich auf der anderen Seite des Bohlenplatzes.« Er legte die Bücher ab, holte ein Kärtchen aus seiner Hosentasche und reichte es Feli. »Falls Ihnen mal nach Entspannung ist, schauen Sie doch vorbei.« Und wieder dieser Blick aus himmelblauen Augen. Er drang in Felis Körper und ihre Seele, wirbelte darin herum wie ein Hurrikan der Stufe fünf und schaltete ihren Verstand aus.

»Karotte, kommst du endlich?«, hörte sie, wie Boschi einen neuen Versuch startete, die Mittagspause einzuläuten.

Als Antwort wedelte sie nur abwehrend mit der Hand, ohne ihren Blick vom Yogalehrer zu lösen. Ein paar Momente lang gab es nur sie und ihn, dann brach der Knall der zuschlagenden Tür den Zauber, und Feli zuckte kurz zusammen. Also war Boschi wieder einmal sauer und zog nun allein Richtung Rieke ab. Auch gut. Sie würde später mit ihm reden und die Sache wieder ins Lot bringen. Im Augenblick interessierte sie sich nur für dieses Prachtexemplar von Mann vor ihr.

»Ist Ihr Freund jetzt angefressen?«, fragte der Yogi.

»Das ist nicht *mein* Freund, sondern *ein* Freund und außerdem mein Mitarbeiter«, beeilte sie sich richtigzustellen. »Ich habe mich vor einem guten halben Jahr getrennt, nach fünfzehn Jahren Beziehung.«

»Dann müssen Sie gerade eine schwere Zeit durchmachen«, sagte er mitfühlend.

»Na ja, ich bin jetzt kein heulendes Elend. Ist ja schon ein bisschen her, und außerdem war die Entscheidung goldrichtig.« Sie lächelte ihn an. »Die Beziehung hatte keine Zukunft.«

»Umso besser für Sie.« Er lächelte zurück. »Ich bin übrigens Christoph Messingschlager.«

»Felicitas Reichelsdörfer.«

»Felicitas, ein schöner Name. Er bedeutet Glückseligkeit, nicht wahr?« Bei dem Wort »Glückseligkeit« hatte seine Stimme rauchig und gleichzeitig samtweich geklungen, wie Liebesgeflüster während des Aktes.

»Das stimmt«, antwortete Feli und versuchte, ihre Stimme ebenfalls rauchig und samtweich klingen zu lassen.

»Haben Sie vielleicht noch eine Empfehlung als Einstimmung auf die Reise, Felicitas?«

»Was lesen Sie denn sonst gern?«, erkundigte sie sich. Das war die Standardfrage zu Beginn eines jeden Verkaufsgespräches. Die Lage sondieren, Vorlieben herausfinden. Reine Routine, die dazu diente, die bestmögliche Beratung anzubieten. Feli lächelte in sich hinein. Immerhin beherrschte sie trotz ihrer Verwirrtheit noch die Basics ihres Berufs.

»Ich bin für alles offen«, antwortete Christoph Messingschlager in einem vielsagenden Tonfall.

»Wie wäre es mit dem ›Kamasutra‹?«, rutschte es Feli heraus. Sofort hielt sie die Luft an. Hatte sie das jetzt wirklich gesagt? Und wenn ja, warum öffnete sich nicht der Boden unter ihren Füßen, damit sie in ihm für immer versinken konnte. Oh Gott, war das peinlich!

Der Yogi grinste. »Also, damit hatte ich jetzt nicht gerechnet, aber wo Sie schon …«

»Vergessen Sie's!«, rief Feli schnell. »Das war natürlich nur ein Scherz. Buchhändler haben manchmal einen etwas seltsamen Humor. Nein, im Ernst, ich kenne da einen großartigen Roman für Sie, der in Indien spielt. Er heißt ›Shantaram‹ und handelt von einem australischen Verbrecher, der aus dem Gefängnis flieht und sich bis nach Mumbai durchschlägt, wo er in einem Slum den Armen hilft. Leider versinkt er immer wieder im Drogensumpf und landet am Ende … aber das nehme ich jetzt nicht vorweg. Eine beeindruckende Geschichte und außerdem autobiografisch.«

»Klingt interessant.«

»Ist es auch.« Froh, etwas tun zu können, ging Feli zum Taschenbuchregal und zog den Titel heraus. »Hier. Ist ein dicker Wälzer, aber Sie werden sich auf keiner Seite langweilen. Versprochen.«

»Wenn Sie das sagen.«

»Absolut.«

»Gut. Dann nehme ich das Buch und den Reiseführer hier.« Er hielt den dicksten der Auswahl hoch.

Nachdem er bezahlt hatte, begleitete Feli ihn zu Tür.

»Berichten Sie mir doch gelegentlich mal, wie Ihnen meine Empfehlung gefallen hat«, bemerkte sie so beiläufig wie möglich.

»Das werde ich, Felicitas. Und vielen Dank, dass Sie Ihre Mittagspause wegen mir verschoben haben.«

Wieder ein Blick aus seinen himmelblauen Augen.

»Ähm, gern doch, auf Wiedersehen und viel Spaß beim Lesen.«

Er reichte ihr zum Abschied die Hand und hielt sie länger als üblich. Dann ließ er sie los und ging über den Bohlenplatz.

Feli sah ihm nach, bis er in einem Hauseingang schräg gegenüber auf der anderen Seite verschwand. Sein Yogastudio war also nur einen Steinwurf von ihrer Buchhandlung entfernt, was für ein aufregender Gedanke. Wie ferngesteuert sperrte sie das »Büchernest« von innen ab, ließ sich in den Besuchersessel fallen und versuchte, das gerade Geschehene einzuordnen. War ihr die legendäre Liebe auf den ersten Blick begegnet? Sie seufzte. Oder war sie – und die Vorstellung war ebenfalls zum Seufzen, wenn auch aus einem gänzlich anderen Grund – einfach nur Opfer ihrer Sehnsucht nach einem neuen Mann in ihrem Leben geworden und interpretierte in dieses Zusammentreffen zu viel hinein? Aber nein, sie verwarf den letzten Gedanken sofort wieder. Da waren, metaphorisch gesprochen, zwei Güterzüge aufeinandergeprallt, und die dabei freigesetzte Energie war immer noch zu spüren.

Feli atmete tief ein und beschloss, sich noch ein paar Minuten zu gönnen, bis sie sich so weit wieder gefangen hatte, dass sie sich ins Café »Klein, aber Fein« in die Friedrichstraße aufmachen konnte, wo mit Sicherheit ein eingeschnappter Boschi auf sie warten würde. Und ein scharfes Curry. Von dem sie nach diesem Gefühlssturm gleich die doppelte Portion verdrücken würde.

Montag, 13:00 Uhr

Das Mittagessen fiel kurz aus. Clemens und Cora marschierten in die Biokantine des Naturkostladens »ebl« an der Karl-Zucker-Straße und bestellten an der Theke zweimal Süßkartoffel-Ingwer-Suppe mit einem Potpourri aus verschiedenen Salaten. Clemens nahm dazu gewohnheitsmäßig einen doppelten Espresso, seine Kollegin, ebenso der Gewohnheit folgend, einen Cappuccino. Der fair gehandelte Kaffee mit ausgewogenen Bitterstoffen weckte die müden Lebensgeister der Kommissare.

Während sie sich schweigend das Essen schmecken ließen, beobachtete Clemens die Kunden, die ein- und ausgingen. Mütter mit Kindern, Singles und ältere Ehepaare. Wieso konnte das Leben nicht immer so normal sein wie hier? Er nahm den letzten Schluck Espresso, der einen Rest Crema in der Tasse hinterließ, und nickte Cora zu. Es war Zeit zu gehen.

Als die beiden nach einem kurzen Spaziergang die Eingangstür der Dienststelle öffneten, hatte sie der Arbeitsalltag wieder eingeholt.

»Was glaubst du? Ob die von der Spusi schon mit der Fingerabdruckanalyse fertig sind?«, fragte Cora.

»Bestimmt. Zumindest, was den Abgleich von Martin Vogels Abdrücken mit denen in Johanna Färbers Büro angeht. Hoffentlich hat Wiesner inzwischen überprüft, ob das Alibi mit dieser Party am Zollhaus stimmt.« Clemens kaute an seiner Oberlippe herum.

»Jedenfalls waren die Unterlagen von unserem Opfer in seinem Büro«, sagte Cora. »Die Chancen stehen gut, dass er sie gestohlen hat.«

»Andererseits stimmt es, dass jeder in das Büro gehen kann, es war schließlich nicht abgeschlossen. Also hätte auch jeder die Möglichkeit gehabt, ihm die Papiere unterzuschieben.« Clemens lief gemeinsam mit Cora die Treppe nach oben in Richtung seines Büros, um die Fallakte für das Verhör zu holen.

»Leider. Der Typ ist so ein Kotzbrocken, der kann einfach nicht unschuldig sein. Und eklig ist er obendrein. Ich würde jede Wette eingehen, dass der noch nie in seinem Leben ein Deo gesehen hat.«

Clemens grinste. »Seine Umwelt mit den eigenen Körpergerüchen zu belästigen ist nicht schön, aber keine Straftat.«

»Was ziemlich schade ist.« Cora rümpfte die Nase.

Clemens öffnete die Tür zu seinem Büro, schnappte sich die Unterlagen vom Schreibtisch und eilte mit Cora zum Vernehmungsraum.

»Schon, aber wir müssen uns an die Fakten halten. Wenn wir Fingerabdrücke finden, die darauf hinweisen, dass er die Unterlagen entwendet hat, werden wir weitere Schritte einleiten. Genauso verhält es sich mit dem Alibi. Wenn er kein belastbares für den Tatzeitraum hat, schauen wir weiter. Aber selbst das wäre kein Beweis dafür, dass er der Täter ist. Ich weiß nicht, wie es dir geht, aber für mich ist Eifersucht auf ein Doktorarbeitsthema kein ausreichendes Mordmotiv.«

»Na ja, es sind schon Menschen aus weniger überzeugenden Beweggründen umgebracht worden«, konterte Cora.

»Ich weiß, du magst Martin Vogel nicht, aber nur wegen persönlicher Abneigung werden wir niemanden verhaften. Wie gesagt: Wir halten uns an Fakten, Fakten und nochmals Fakten.« Sie waren vor dem Vernehmungsraum angekommen, und Clemens hielt Cora die Tür auf.

Der Beamte, der im Inneren Martin Vogel Gesellschaft geleistet hatte, nickte kurz und verließ das Zimmer.

Bereits wenige Sekunden später wäre Clemens ihm für sein Leben gern gefolgt. Die Luft stand in dem kleinen Raum ohne Fenster. Trotz Klimaanlage begrüßte sie ein Aroma wie in einem Tigerkäfig – in dem ein ausgewachsenes männliches Exemplar mit Hang zur ständigen Reviermarkierung lebte.

Cora atmete hörbar durch den Mund ein und aus, während Clemens den Impuls unterdrückte, die Tür weit aufzureißen und ein Raumspray zu verlangen.

Stattdessen zwang er sich, sich an die eine Seite des weißen Tisches zu setzen, an dessen anderem Ende Martin Vogel bereits Platz genommen hatte. Als auch Cora sich neben ihm niedergelassen hatte, breitete Clemens seine Unterlagen auf der Platte aus und schaltete das kleine Mikrofon darauf an. Sicherheitskameras an den Wänden hielten jede Bewegung im Raum fest. In ihrem Rücken befand sich ein Spiegel, durch den die Beamten im Nebenraum das Gespräch verfolgen konnten, ohne dass der Verdächtige sie sah.

»Und, wie sieht's aus? Immer noch unschuldig?« Wieder mal fiel Cora ohne Umschweife mit der Tür ins Haus.

»Dass Sie mich hier festhalten, ist eine Frechheit! Ich möchte meinen Anwalt sprechen, und zwar sofort«, meckerte Martin Vogel prompt los.

»Na, na, na, jetzt beruhigen Sie sich mal wieder«, sagte Clemens und warf Cora einen kurzen, mahnenden Blick zu.

»Aber ich hab doch gar nichts –«

In dem Moment öffnete sich die Tür mit Schwung, und Diebold eilte wortlos auf Clemens zu, drückte ihm einen Ausdruck in die Hand und verließ den Raum wieder. Innerhalb von zwei Minuten studierte Clemens die neuesten Ergebnisse.

»Sie bleiben also bei Ihrer Aussage?«, fragte er kurz darauf Martin Vogel.

»Ja?« Die Antwort des Doktoranden klang wie eine Frage. In Kombination mit dessen piepsiger Stimme fühlte sich Clemens, als säße er nicht einem miefigen Tiger, sondern einer stinkenden Maus gegenüber.

»Lassen Sie mich mal zusammenfassen. Punkt eins: Sie waren bei der Studentenparty am Zollhaus.« Clemens beobachtete, wie Vogel sichtlich erleichtert seinen Rücken durchstreckte und sein Kinn hob.

»Punkt zwei: Sie hätten die Party jederzeit unbemerkt verlassen können, da sie nicht nur in den Zimmern, sondern auch auf dem Flur des Wohnheims stattgefunden hat. Und der ist auch noch über zwei Treppenhäuser und einen Aufzug zu erreichen. Ein Leichtes, da kurz mal zu verschwinden und einen Mord zu begehen.«

Die Mundwinkel des Verdächtigen wanderten augenblicklich nach unten. Als er sich vorbeugte, presste sich sein Bauch gegen die Tischkante. »Ich war es aber nicht! Bloß, weil ich die Möglichkeit gehabt hätte, unbemerkt von dort zu verschwinden, muss ich die doch nicht genutzt haben.«

Clemens nickte. »Stimmt. Dann fehlt uns noch Punkt drei: Wie erklären Sie sich, dass wir Ihre Fingerabdrücke an Johanna Färbers Schreibtisch gefunden haben?«

Vogel grinste ihn an, lehnte sich wieder auf seinem Stuhl nach hinten und verschränkte die Arme vor seinem Bauch. Am liebsten hätte Clemens sein T-Shirt über die entblößte Schwarte gezogen.

»Was soll ich da groß erklären?«, antwortete der Doktorand, und seine Stimme troff vor Sarkasmus. »Wie Sie schon bemerkt haben, stehen die Büros in unserem Institut tagsüber offen. Dann hab ich Johanna wohl mal besucht, hab was angefasst oder mich abgestützt. Wir haben uns gegenseitig Ratschläge gegeben, das ist völlig normal. Deshalb gehe ich jede Wette ein, dass Sie auch die Fingerabdrücke vieler anderer Kommilitonen dort entdeckt haben. Das ist ein Büro in einer Uni, kein privates Zimmer zu Hause.« Martin Vogel fühlte sich ihnen offensichtlich überlegen.

Doch dem würde das Lachen schon noch vergehen, dessen war sich Clemens sicher. Er hielt kurz genüsslich inne, um dann zum nächsten Schlag auszuholen.

»Unter gewöhnlichen Umständen hätten Sie sicher recht, Herr Vogel. Aber was, wenn wir Ihre Abdrücke, im Gegensatz zu denen der anderen, nahezu überall gefunden haben? Auf den Schreibtischschubladen, der Tastatur des Computers, selbst auf der Maus?« Clemens konnte sich ein Grinsen nicht verkneifen. Jetzt hatte er ihn!

Martin Vogels Blick verdunkelte sich. Der Doktorand kniff

die Lippen zusammen und starrte vor sich auf die Tischplatte. Es dauerte eine Weile, bis er wieder aufsah. Schweißtropfen standen auf seiner Stirn. »Ich sag jetzt nichts mehr. Holen Sie meinen Anwalt.«

Montag, 18:00 Uhr

Felis Gedanken hüpften abwechselnd zwischen Christoph Messingschlager in ihrem Buchladen und dem Mord an Johanna hin und her. Beide Ereignisse erachtete sie als einschneidend in ihrem Leben, und entsprechend aufgewühlt war sie. Sie hoffte inständig, dass der Yogalehrer in den nächsten Tagen wieder im »Büchernest« auftauchen würde, um zu berichten, wie ihm ihre Empfehlung gefallen hatte. In dem Fall, dessen war sie sich sicher, würde sich alles Weitere schon ergeben. Wobei allein die Vorstellung davon, was sie unter »alles Weitere« verstand, eine Hitzewelle in ihr auslöste und ein Ameisenvolk über ihre Haut laufen ließ. Meine Güte, sie erkannte sich gar nicht mehr wieder.

Und dann war da ja noch der Mord an Johanna. Sie würde wohl noch lange brauchen, um ihn zu verarbeiten. Gedankenverloren starrte sie durch das Schaufenster des »Büchernests« auf den Bohlenplatz, auf dessen Wiesen sich an diesem warmen Sommerabend unzählige Studenten zum Grillen niedergelassen hatten. Auf den Kieswegen dazwischen waren Spaziergänger unterwegs, und auf den Tischen und Bänken vor dem Haus der Kirche »Kreuz+Quer« lungerten Jugendliche mit Bierflaschen. Normalerweise gefiel Feli der vertraute Anblick, aber heute Abend drang er nicht bis zu ihr durch.
»Der wird Ihnen gefallen, viel Spaß damit«, sagte sie aus reiner Routine, während sie von Frau Stangl, der letzten Kundin des Tages, den neuesten Liebesroman von Nicholas Sparks abkassierte.

Dann brachte sie die alte Dame zur Tür, verabschiedete sich mit einem abwesenden Lächeln und schloss hinter ihr ab. Endlich Feierabend.

Boschi kam aus dem Hinterzimmer des »Büchernests«, das gleichzeitig sein Modeatelier war, wo er für Privatkundinnen die beeindruckendsten Kreationen nähte. In seinen Händen hielt er ein bunt bedrucktes, asymmetrisch geschnittenes Sommerkleid aus edlem Seidenchiffon. »Schau mal, ist das nicht eine Augenweide? Das ist für Frau Ebeling-Neubauer, du weißt schon, die mit den Pigmentflecken im Gesicht. Ich sag dir, wenn die dieses Kleid trägt, achtet da kein Mensch mehr drauf. Ich will ja nicht angeben, aber so gut wie …« Er machte eine Pause. »Erde an Karotte, jemand zu Hause?«

»Ähm …« Feli, die in Gedanken diesmal bei den Mädels von Johannas WG gewesen war, kehrte langsam in die Gegenwart zurück. »Ähm … also … das ist wirklich ein Meisterwerk. Für wen ist das noch mal?«

Boschi ließ das Kleid sinken und atmete geräuschvoll aus. »Ich präsentiere dir hier Haute Couture, und du bist irgendwo im Nirwana, jedenfalls nicht hier. Findest du das gut?«

Sofort bekam Feli ein schlechtes Gewissen. Wenn es um seine Tätigkeit als Modedesigner ging, verstand Boschi keinen Spaß. Jede Missachtung seiner kreativ-künstlerischen Qualitäten nahm er persönlich.

»Tut mir leid«, sagte sie. »Ich war wohl wirklich woanders.«

»Aha, und worüber hast du nachgedacht?«, fragte er.

»Über den Mord an Johanna natürlich«, antwortete sie. »Ich kann an nichts anderes mehr denken.«

Christoph Messingschlager unterschlug sie einer spontanen Eingebung folgend. Als sie in Riekes Café angekommen war und Boschi von der Begegnung mit ihm erzählt hatte, hatte er sofort seine Meinung über den Yogalehrer kundgetan. Er hielt ihn für einen Gockel, der sofort sein Gefieder spreizte, wenn ihm eine Frau über den Weg lief. Was Felis Meinung nach natürlich völliger Unsinn war.

Zum Glück zeigte sich Boschi jetzt versöhnlich. »Kann ich verstehen, die Sache will mir auch nicht aus dem Kopf gehen. Das ist schon eine Tragödie. Wir können nur hoffen, dass die Polizei den Mörder schnell findet und hinter Schloss und Riegel bringt.«

Damit ging er zurück ins Hinterzimmer und legte das Kleid

auf den Schneidetisch. Feli konnte sehen, wie er noch einmal zärtlich darüberstrich.

»Ich frage mich, wer das gemacht hat«, sagte sie, meldete die elektronische Kasse ab und hatte dabei Mühe, sich an die richtige Tastenkombination zu erinnern. Meine Güte, sie war wirklich durcheinander.

»Was hältst du davon, wenn wir in deine Wohnung raufgehen und uns was Leckeres kochen?« Boschi lehnte im Türrahmen des Hinterzimmers. »Dimitri wurde spontan für einen weiteren Zeichenkurs auf Rhodos gebucht und kommt erst Ende nächster Woche zurück. Ich bin also Strohwitwer, und dir würde ein wenig Gesellschaft auch nicht schaden. Vielleicht kommst du dann auf andere Gedanken.«

Wenn sein Lebensgefährte im Ausland war und Zeichenkurse gab, hing Boschi noch häufiger als sonst bei ihr herum oder sie in seiner Wohnung in der Bismarckstraße. Normalerweise fand Feli dieses Arrangement vollkommen in Ordnung, schließlich fühlte sie sich pudelwohl in seiner Gesellschaft, aber heute passte ihr sein Vorschlag so gar nicht ins Konzept.

Ohne zu antworten, marschierte sie mit der Kassenschublade an ihm vorbei ins Hinterzimmer und stellte sie in den Tresor, den sie verschloss.

»Redest du nicht mehr mit mir, oder was?«, fragte Boschi leicht verwundert.

»Natürlich, aber ich hatte mir überlegt, heute Abend mal bei Johannas WG vorbeizuschauen, ganz unverbindlich. Wenn du Lust hast, komm doch einfach mit.«

Insgeheim hoffte sie, ihn damit nicht vor den Kopf gestoßen zu haben, immerhin war es für ihn schon eine Überwindung gewesen, Annette zu besuchen.

»Und was willst du da?«, fragte er skeptisch.

»Nur mit denen reden. Ich meine, die müssen doch auch durch den Wind sein. Immerhin ist ihre Mitbewohnerin ermordet worden.«

Boschi schüttelte ungläubig den Kopf. »Woher kennst du die eigentlich, und überhaupt, wo wohnen die?«

Feli wedelte mit ihren Händen. »Erlangen ist ein Dorf, das weißt du doch. Erinnerst du dich an Nele, die etwas pummelige Germanistikstudentin, die eine Zeit lang nebenan in der Bäckerei Pickelmann gejobbt hat? Als unsere Kaffeemaschine kaputt war, bist du ständig rüber und hast dich dort mit Koffein versorgt. Auf jeden Fall war ich letztes Jahr öfter mit ihr joggen, weil sie abnehmen wollte, und wie es der Zufall so will, ist sie eine Cousine von der Leandra Sebald aus Johannas WG. Die Nele hat mich ein paarmal mit dorthin geschleppt, zu Partys oder einfach so. Irgendwie hat sich das dann wieder verlaufen, die Mädels sind ja auch einige Jahre jünger als ich. Doch seither weiß ich, dass Johanna in der Vierzigmannstraße in dem gelben Haus wohnt. Also, gewohnt hat.«

»Toll, dass du mal wieder jeden kennst. Das kommt dir ja jetzt sehr gelegen, oder?« Der Sarkasmus in seiner Stimme war nicht zu überhören.

»Wie meinst du das?«

»Ich glaube, dass es dir nicht nur darum geht, den Mitbewohnerinnen in dieser schweren Zeit beizustehen, sondern du sie auch über Johanna ausfragen willst, neugierig, wie du nun mal bist.«

Feli fühlte sich ertappt und fixierte ein Stück Stoff, das auf dem Boden lag. »Jetzt mach aber mal einen Punkt, Boschi. Es handelt sich doch nur um einen harmlosen Besuch, mehr nicht.«

»Ich glaub dir kein Wort, Karotte. Du willst ermitteln, das sehe ich dir doch an. Leugnen hat keinen Zweck, schließlich kenne ich dich. Oder vielmehr – ich erkenne dich nicht wieder.«

Feli wollte etwas erwidern, aber Boschi war nicht zu stoppen.

»Hat dir dein Abenteuer letzten Herbst nicht gereicht? Hast du vergessen, dass du verprügelt, geknebelt und eingesperrt wurdest? Daraus sollte doch selbst ein Dickkopf wie du etwas lernen. Aber nein, du bist offensichtlich wild entschlossen, genau denselben Fehler wieder zu machen, oder warum sonst willst du jetzt bei dieser WG vorbeigehen?«

»Aber das war doch eine ganz andere Situation«, versuchte Feli, ihren Freund zu beschwichtigen. »Ich will mit den Mädels nur ein bisschen reden, das ist vollkommen ungefährlich. Oder glaubst du etwa, die werden mir etwas antun?«

»Woher soll ich das wissen? Vielleicht ist eine davon ja die Mörderin, oder die stecken alle unter einer Decke und haben Johanna gemeinsam ermordet und dann in den Brunnen gesetzt. Kann doch sein. Wenn ich im letzten Herbst etwas gelernt habe, dann, dass nichts unmöglich ist. Aber du bist gegen solche Erkenntnisse ja immun. Für dich existieren nur dein Bauchgefühl und deine Neugierde.« Er atmete tief durch. »Ich bleib dabei, du willst wieder ermitteln und gibst nur vor, vorbeischauen zu wollen, um die Mitbewohnerinnen seelisch zu unterstützen. Dir selbst kannst du vielleicht etwas vormachen, aber mir nicht!«

Boschi hatte sich so in Rage geredet, dass sein Gesicht dunkelrot angelaufen war. Jetzt funkelte er sie an, mit einer Genugtuung im Blick, die sagte: »Ich habe recht, versuch gar nicht erst, mir zu widersprechen.«

Feli starrte ihn mit offenem Mund an. Lag er mit seiner Meinung eventuell sogar richtig? Nach nur kurzem Nachdenken musste sie sich – verflixt noch mal – eingestehen, dass er nicht nur recht, sondern den Nagel auf den Kopf getroffen hatte. Sie wandte sich von ihm ab und fuhr sich mit den Händen durch ihre rote Mähne.

»Okay, Boschi«, begann sie schließlich und drehte sich wieder zu ihm, »ich gebe es zu. Mich zieht es zu den Mädels, um herauszufinden, ob sie einen Verdacht haben, wer hinter dem Mord an Johanna steckt. Das kannst du jetzt von mir aus«, sie malte zwei Gänsefüßchen in die Luft, »ermitteln nennen. Ich würde sagen, ich stelle einfach nur ein paar Fragen, aber im Grunde läuft es auf dasselbe hinaus.«

»Ha!«, entfuhr es Boschi, und der Ausruf klang wie ein Paukenschlag.

»Ganz ehrlich, ich habe auch keine Erklärung, warum ich meine Nase unbedingt da reinstecken will. Ich weiß, es geht mich nichts an, aber in mir ist halt so eine Neugierde, ein innerer Drang, der mir keine Ruhe lässt. Kannst du das nicht wenigstens ein bisschen verstehen?«

Boschis Augen verengten sich zu Schlitzen. »Nein, überhaupt nicht«, donnerte er. »Du bist doch mit Leib und Seele Buchhändlerin, hast ein geregeltes Leben, und plötzlich fängst du an, dich wie eine Privatdetektivin oder Ermittlerin oder was auch immer aufzuführen. Bist du denn total verrückt geworden?«

»Jetzt wirst du aber unfair. Ich bin doch nicht verrückt, nur weil ich eine neue Seite an mir entdeckt habe. Und hör bitte auf, dich deshalb so aufzuregen.«

»Ich will mich jetzt aber aufregen!«, rief Boschi mit sich überschlagender Stimme. »Du bist leichtsinnig und übergriffig, und ich glaube nicht, dass du weißt, auf was du dich da einlässt.« Er ging ein paar Schritte im Laden auf und ab. Offensichtlich brauchte er Bewegung, um seine Wut abzubauen. Der Hüftschwung, den er dabei an den Tag legte, hätte jedes Laufstegmodel vor Neid erblassen lassen.

Irgendwann baute er sich wieder vor Feli auf und redete tatsächlich in einem etwas ruhigeren Tonfall weiter: »Ich war immer an und auf deiner Seite, auch wenn du es manchmal mit deinen verrückten Ideen übertrieben hast. Weißt du noch, wie wir damals bei den Nachbarn deiner Eltern in Langensendelbach eingebrochen sind und deren selbst gebrannten Zwetschgenschnaps geklaut haben?«

Feli nickte. Das nachfolgende Besäufnis würde sie nie vergessen.

»Das war so was von verrückt, und anschließend bin ich auch noch mit einer Alkoholvergiftung im Krankenhaus gelandet.« Sogar Boschi musste bei der Erinnerung schmunzeln. »Aber es war in Ordnung. So bist du halt, und ich hatte ja auch meinen Spaß dabei, zumindest bis mir kotzübel wurde. Was ich damit sagen will: Ich liebe dich. Und deine verrückten Ideen auch, weil sie ein Teil von dir sind. Aber dass du dich jetzt schon zum zweiten Mal in die Aufklärung eines

Mordfalls einmischen willst, das kann ich beim besten Willen nicht verstehen und werde dich dabei auch nicht unterstützen. Das ist mir viel zu gefährlich!« Lang und schmal, wie er war, stellte er sich kerzengerade wie ein Ausrufezeichen vor sie hin. »Diese neue Seite an dir gefällt mir überhaupt nicht, Karotte!« Damit stürmte er aus dem Hinterzimmer und knallte die Tür zu, die ins Treppenhaus führte. Und anschließend die Haustür.

Feli riss die Augen auf und sah Boschi nach, wie er hüftschwingend am Schaufenster des »Büchernests« vorbei Richtung Bismarckstraße zu seiner Wohnung abzog. Dann ließ sie sich auf das Blümchensofa im Hinterzimmer plumpsen und holte ein paarmal tief Luft. So wütend hatte sie ihren besten Freund in all den Jahren, die sie sich kannten, noch nie erlebt, und das machte ihr Angst.

Montag, 19:30 Uhr

Mit gemischten Gefühlen marschierte Feli vom »Büchernest« zur Mädels-WG in der Vierzigmannstraße. Es war ein warmer Sommerabend, eigentlich wie gemacht für einen Besuch auf dem »Entlas Keller« oder im »Storchenbräu«, aber sie musste ihrem inneren Drang folgen. Und das, obwohl sie ein schlechtes Gewissen Boschi gegenüber plagte, der sich im Grunde nur um sie sorgte. Dass er allerdings so abrupt abgedampft war, nahm sie ihm übel. In den vielen Jahren ihrer Freundschaft waren sie sich nicht immer einig gewesen, aber so heftig gestritten wie vorhin hatten sie sich noch nie. Feli spürte, dass etwas zwischen ihnen zerbrochen war, und das verunsicherte sie zutiefst.

Sie überquerte die Neue Straße, stiefelte am kleinen Park bei der Herz-Jesu-Kirche vorbei und erreichte wenig später das gelbe Haus.

Auf ihr Klingeln hin öffnete Leandra und zog überrascht die Augenbrauen hoch: »Hallo, Feli! Lange nicht gesehen.«

»Allerdings. Mein Besuch hat leider keinen erfreulichen Grund.«

»Da bin ich aber gespannt. Komm rein.« Leandra machte eine einladende Geste und ging Feli voran in die Küche, wo Marlene in kurzen Hosen und ärmellosem T-Shirt an der Küchenzeile stand und Tomaten für einen Salat schnitt.

»Haaai«, begrüßte sie Feli gedehnt.

Auf dem Tisch standen schon ein Körbchen mit Weißbrotscheiben, eine Schüssel mit Zaziki und eine angebrochene Flasche Rotwein. Es roch nach Knoblauch und Duschgel, aus einem iPad plätscherte leise Klaviermusik.

»Willst du mitessen?«, fragte Leandra und strich sich eine blonde Strähne hinters Ohr. »Ist genug da.«

»Ich weiß nicht, also, eigentlich bin ich jetzt nicht zum Essen vorbeigekommen«, antwortete Feli, spürte aber, wie ihr

Magen zu knurren begann. Bevor sie ihre Wohnung verlassen hatte, hatte sie nur schnell ein Brot mit Gemüseaufstrich in sich reingestopft.

»Klar isst du mit«, entschied Marlene.

Leandra holte Teller, kleine Salatschüsseln und Besteck aus dem Küchenschrank und verteilte sie auf dem Tisch. Die Stimmung der Mädels wirkte auf Feli gedrückt, ihre Bewegungen waren seltsam langsam und von dem üblichen lebhaften Geplapper keine Spur.

»Jetzt interessiert mich aber schon, weshalb du gekommen bist«, sagte Leandra. »Weißt du, wir sind gerade alle ziemlich fertig.«

»Ich bin im Bilde«, antwortete Feli und ließ sich mit einem Seufzer auf einem der Küchenstühle nieder. »Deswegen bin ich auch hier.« In knappen Sätzen berichtete sie von dem Schlossgartenfest und dass sie diejenige war, die Johanna im Brunnen entdeckt hatte.

Leandra und Marlene hörten ihr fassungslos zu, dann holte Leandra Weingläser aus dem Küchenschrank und schenkte ihnen von dem Roten ein. »Wer immer das getan hat, er gehört für den Rest seines Lebens in ein dunkles Loch gesperrt.«

»Da bin ich ganz deiner Meinung«, antwortete Feli und nahm einen tiefen Schluck. Der Wein schmeckte samtig weich mit einem Hauch Süße, genau so, wie sie ihn mochte. »Gibt es denn schon was Neues?«

In dem Augenblick kam Pia mit ihrem Handy in der Hand in die Küche gestürmt. »Martin Vogel ist heute verhaftet worden!«

»Der andere Doktorand aus Johannas Institut? Dieser widerliche Typ?«, fragte Leandra.

»Genau der.«

Pia setzte sich an den Küchentisch und schenkte sich ebenfalls ein Glas Rotwein ein. Er jetzt bemerkte sie den Besuch. »Oh, hallo, Feli! Du warst ja ewig nicht mehr hier. Hast du schon von der Geschichte mit Johanna gehört?«

»Ja. Einfach schrecklich.«

»Ich hab gerade mit meiner Mama telefoniert«, fuhr Pia fort. »Deren Freundin ist die Sekretärin von Professor von Grassnitz, dem Doktorvater von Johanna und von Martin Vogel. Na ja, auf jeden Fall war Johannas Büro heute Morgen total verwüstet. Der Professor persönlich hat die Polizei angerufen, woraufhin ein geschniegelter Kommissar zusammen mit einer Kollegin im Institut aufgeschlagen ist. Bestimmt die beiden, die gestern bei uns waren. Wie hieß der Typ noch mal?«

»Sartorius«, warf Feli ein.

»Wie, du kennst den?« Pia sah sie erstaunt an.

»Ist eine längere Geschichte. Erzähl ich euch ein anderes Mal.«

Pia zog die Augenbrauen hoch, ließ die Sache aber auf sich beruhen. »Jedenfalls wusste meine Mama keine Einzelheiten von ihrer Freundin, aber dass Martin Vogel, der kurze Zeit nach dem Professor auftauchte, prompt von seinem Büro weg verhaftet wurde.«

Feli war verwirrt. War der Täter etwa schon gefasst oder das verwüstete Büro nur ein Nebenschauplatz? »Dass dieser Martin Vogel verhaftet wurde, heißt aber nicht zwingend, dass er auch der Mörder ist, oder was meint ihr?«, warf sie in die Runde.

»Keine Ahnung«, sagte Pia. »Jedenfalls sieht alles danach aus, als wäre er irgendwie in die Sache verwickelt. Warum sonst haben die ihn gleich mitgenommen?«

»Aber welches Motiv könnte er gehabt haben, Johanna zu ermorden?«

»Ich weiß nur, dass es zwischen ihm und Johanna öfter zu Streitereien wegen ihrer Doktorarbeit gekommen ist. Sie hat über die Geschichte der Erlanger Bergkirchweih geschrieben, ein Thema, auf das ursprünglich der versoffene Vogel scharf war. Aber weil Professor von Grassnitz es Johanna zugewiesen hatte, hat Vogel ihre Arbeit torpediert und ihr wohl sogar ein paarmal Unterlagen geklaut.«

»Aber wegen einem Doktorarbeitsthema bringt man doch

niemanden um, das kommt mir schon ziemlich weit hergeholt vor«, meinte Feli und nahm einen weiteren Schluck Wein.

Pia zuckte nur mit den Schultern.

»Die beiden haben auch noch um die freie Stelle am Institut konkurriert«, warf Marlene ein, während sie sich setzte, nachdem sie die Schüssel mit dem Tomatensalat auf den Tisch gestellt hatte. »Hat mir Johanna neulich erzählt. Allerdings hatte sich der Professor wohl bereits für sie entschieden.«

»Martin Vogel hatte also wieder einmal Johanna gegenüber das Nachsehen«, bemerkte Leandra und verteilte den Salat.

»Sieht ganz so aus.« Marlene nickte.

»Aber dann hatte er doch ein Motiv, oder vielmehr gleich mehrere«, meldete sich Pia wieder zu Wort. »Neid, Missgunst, Missachtung seiner akademischen Fähigkeiten, von einer Frau überflügelt, die Karriere ruiniert, schon bevor sie begonnen hat. Also, für mich reicht das als Grund aus. Ich glaube, der Vogel war es.«

Feli stand auf und stellte sich ans offene Fenster, während die Mädels am Tisch weiterdiskutierten. Sie atmete ein paarmal tief ein und aus. Die Luft war immer noch aufgeheizt. Auf einem Fensterbrett des Hauses gegenüber lag eine Katze und schien sie anzuschauen. Feli lehnte sich mit der Schulter an die Wand und ließ die neuen Informationen sacken. Sollte dieser Martin Vogel tatsächlich Johannas Mörder sein, dann konnte er, wenn es nach ihr ging, im Gefängnis verrotten.

Bestimmt würde sich Clemens Sartorius die Hände reiben, weil er mit der Lösung dieses Mordfalls eine neue persönliche Bestzeit aufgestellt hatte. Auch gut. Felis Ermittlerdrang war hingegen ausgebremst worden. Enttäuschung machte sich in ihr breit, weil ihre Energien jetzt ins Leere liefen, aber gleichzeitig war sie erleichtert, dass Johannas Mörder offensichtlich schon gefasst war. Sie horchte in sich hinein. Ja, wenn sie ehrlich war, überwog sogar die Erleichterung.

»Jetzt setz dich halt wieder zu uns, Feli«, forderte Marlene sie auf, während sie einen Korkenzieher in den Korken der nächsten Weinflasche drehte.

Mit einem Mal fühlte sich Feli gut aufgehoben bei den Mädels, obwohl sie etliche Jahre jünger waren. Sie nahm wieder Platz, tunkte Weißbrot in Zaziki, aß Salat dazu und trank noch ein paar Gläser von dem Roten. Währenddessen drehte sich das Gespräch immer wieder um Johanna und darum, was für eine strebsame Studentin sie gewesen und was für eine Tragödie ihr Tod war.

»Ich würde nur gern wissen, woher sie den teuren Schmuck und die edlen Klamotten hatte«, sinnierte Marlene zu fortgeschrittener Stunde.

Feli, die gerade an ihrem Wein nippen wollte, horchte auf. »Was für Schmuck und Klamotten?«

Aufgeregt berichteten ihr die Mädels, auf welche Schätze Sartorius und seine Kollegin bei der Durchsuchung von Johannas Zimmer gestoßen waren.

»Ist nicht wahr!« Feli lehnte sich zurück und blickte mit großen Augen in die Runde. »Und ihr habt keine Ahnung, wie sie dazu gekommen ist?«

Die drei schüttelten die Köpfe. »Wir waren genauso perplex wie du jetzt«, sagte Leandra.

Die Entdeckung der Wertsachen warf natürlich Fragen auf und ließ Johanna plötzlich in einem anderen Licht erscheinen. War sie wirklich so eine brave junge Frau gewesen, wie es den Anschein hatte? Oder hatte sie im Verborgenen ein Doppelleben geführt und war nur nach außen hin die strebsame Doktorandin gewesen, die sich finanziell gerade so über Wasser halten konnte? Das Gespräch mit Annette ging Feli wieder durch den Kopf. Sie hatte gemeint, ihre Schwester sei in letzter Zeit unkonzentriert und nervös gewesen. Wahrscheinlich hatte es tatsächlich ein Geheimnis in Johannas Leben gegeben, genau wie Annette es vermutete. Fragte sich nur, worum es sich dabei handelte. Feli stützte ihre Arme auf die Tischplatte und legte ihr Kinn in ihre Handflächen. Ihre Ermittlungen nahmen wieder Fahrt auf.

Dienstag, 9:15 Uhr

Unruhig lief Clemens in seinem Büro zwischen der Sitzgruppe und dem Schreibtisch auf und ab. Hin und wieder warf er einen Blick auf das Whiteboard vor der Wand, auf dem Cora alle Ergebnisse der letzten Tage fein säuberlich festhielt. Die Kollegen Diebold, Wiesner und Cento waren damit beschäftigt, anhand ihrer Unterlagen die Daten zu ergänzen. Als Wiesner auf seine Uhr schaute und mit dem Finger darauf herumwischte, wunderte Clemens sich. Er hätte Wiesner nie und nimmer eine Smartwatch zugetraut. Er musste sich zwingen, seinen Blick wieder auf das Board zu richten.

»Kurze Zusammenfassung für alle«, begann er schließlich, »Professor Mengler hat den Todeszeitpunkt unseres Opfers jetzt genauer auf Freitagabend gegen einundzwanzig Uhr festgelegt. Vermutlich wurde Johanna Färber mit dem Seidentuch erdrosselt, das sie trug. Die Male an ihrem Hals weisen auf einen weichen Gegenstand als Tatwaffe hin, außerdem hat die Spusi neben den Tuchfasern keine anderen in ausreichender Menge an ihrem Hals gefunden. Fingerabdrücke an Hals und Tuch sind leider Fehlanzeige.« Clemens hielt kurz inne und warf einen Blick aus dem Fenster. Draußen strahlte die Sonne, in ihm dummerweise nichts. Er atmete einmal tief aus und fuhr fort.

»Am restlichen Körper der Toten konnte Mengler ebenfalls keine Fingerabdrücke sicherstellen. Und dennoch muss Johanna Färber sich gewehrt haben. Die Hautpartikel unter ihren Fingernägeln sind mittlerweile analysiert. Die DNS stammt eindeutig von einem Mann, der nicht in unserer Kartei verzeichnet ist. Momentan läuft der DNS-Test von Martin Vogel, vielleicht haben wir ja mit ihm als Verdächtigen ins Schwarze getroffen.«

Vielleicht. Aber wenn er ehrlich war und auf sein Bauchgefühl hörte, glaubte Clemens nicht daran.

»Das Telefonprotokoll lässt immer noch auf sich warten«, warf Wiesner ein. »Die Telefongesellschaft ziert sich, obwohl bereits eine Anordnung der Staatsanwaltschaft vorliegt. Dafür hat unser Computerspezialist das Passwort von Johannas Laptop geknackt. War wohl ein Kinderspiel. Leider konnte er auf dem Rechner nix finden, was uns weiterbringt. Nur die Unterlagen für ihre Doktorarbeit samt Recherchen, Fotos von ihr mit Freunden und Familie, Musikdateien und ein paar E-Books. Ihr Mailaccount hat ebenso wenig Aufschlussreiches geliefert. Keinerlei Hinweise auf einen Freund oder gar einen Liebhaber.«

Clemens hielt in seinem Zimmermarathon inne. Sie hatten nichts, aber auch gar nichts. Es war zum Verrücktwerden.

»Gibt wenigstens das Tagebuch irgendwas Vernünftiges her?«, fragte er Cora, als diese gerade hinter vorgehaltener Hand gähnte.

Sie streckte sich ausgiebig. »Puh, falls du jetzt erwartest, dass ich dir einen Namen nenne, muss ich dich enttäuschen. Aber es gab da jemanden. Also, nicht nur irgendjemanden, sondern schon jemanden sehr Spezielles. Aber unser Opfer war verdammt vorsichtig. Im Tagebuch findet sich weder Name noch Adresse desjenigen. Als hätte Johanna Färber geahnt, dass es später jemand auf der Suche nach Hinweisen lesen würde. Fragt sich nur, warum sie dann überhaupt etwas über ihn aufgeschrieben hat. Ziemlich kryptisch, das Ganze.«

»Vielleicht, weil sie mit niemandem darüber reden konnte«, mutmaßte Cento. »Manchmal hilft es, sich Dinge von der Seele zu schreiben.«

Clemens wiegte nachdenklich den Kopf. Sein Nacken schmerzte. »Was hat die Befragung der Besucher vom Schlossgartenfest ergeben?«, fragte er Diebold.

»Das ist ein Fass ohne Boden«, meinte dieser und zückte sein Handy. »Ich bin zusammen mit einigen anderen Kollegen wirklich Tausende von Protokollen durchgegangen, aber niemand will etwas gesehen oder gehört haben. Was allerdings nachvollziehbar ist. Der Kerl, der Johanna Färber umgebracht hat, hat sie bestimmt net am helllichten Tag dort abgelegt. Schon eher in der Nacht, gleich nach dem Mord.«

»Da gebe ich Ihnen recht. Da auch die Anwohner freitagnachts nichts gehört oder gesehen haben, muss der Täter sehr leise vorgegangen sein. Vielleicht besaß er sogar einen Schlüssel zu einem der Parktore. Die sind nachts ja immer verschlossen. Oder er hat einen Dietrich verwendet.« Clemens seufzte. »Aber auch das bringt uns nicht wirklich weiter.«

»Aber vielleicht das hier«, wandte Cento ein und wedelte mit einem Zettel. »Ich habe herausgefunden, wo das Tattoo auf der Schulter unserer Toten gestochen wurde.« Er grinste in die Runde.

»Jetzt lass dich halt nicht bitten, rück schon raus mit der Info!«, forderte Cora.

»Das Studio heißt ›Elbendesign‹. Der Inhaber, selbst von Kopf bis Fuß tätowiert und gut durchtrainiert, hat das Motiv erkannt.« Cento räusperte sich. »Also, dem will ich nicht gern nachts allein begegnen.«

»Das tut doch jetzt nichts zur Sache«, winkte Clemens ab und stützte sich mit beiden Händen auf die Rückenlehne des Stuhls, auf dem Cora saß.

»Schon gut. Jedenfalls war Johanna Färber vor etwa acht Wochen bei ihm und hat sich die barocke Lilie stechen lassen. Er hat unser Opfer auf dem Polizeifoto als seine Kundin identifiziert. Aber er meinte, dieses Tattoo sei ihm sowieso im Gedächtnis geblieben, da er das Motiv vor dem Tätowieren noch einmal für sie verändert habe, um es einzigartig zu machen. Viel wichtiger für uns ist allerdings, dass nicht Johanna Färber dafür gezahlt hat, sondern der sie begleitende Herr.« Cento strahlte.

»Ja, und?« Clemens richtete sich wieder gerade auf. »Wer war der Mann? Hat er vielleicht mit Karte gezahlt? Gibt es sonst irgendeinen verwertbaren Hinweis auf ihn?«

»Leider doppeltes Nein«, antwortete Cento zerknirscht. »Für die drei Stunden Arbeit hat er dreihundert Euro in bar auf die Theke geblättert.«

»Haben Sie gefragt, ob der Tätowierer sich in der Lage sieht, ein Phantombild zu erstellen?«

»Schon, aber eher nicht. Dummerweise. Er meinte, er habe es nicht so mit Gesichtern, sondern merke sich bei Menschen vielmehr ihre Tattoos. Außerdem sei das bereits acht Wochen her. Das Einzige, was er sagen wollte, war, dass der geheimnisvolle Mann an Johanna Färbers Seite einen tief sitzenden Hut, einen teuer wirkenden Anzug und eine dunkle Sonnenbrille trug. Was eine Schätzung seines Alters erschwert. Trotzdem glaubte der Tätowierer, dass er wesentlich älter war als unser Opfer, festnageln lassen wollte er sich aber nicht.« Cento fuhr sich mit der Hand über das Gesicht. Sein anfänglicher Stolz über die ermittelten Ergebnisse war verflogen.

»Eins noch«, ergänzte er, »die beiden sind ziemlich vertraut miteinander umgegangen, als kannten sie sich bereits länger. Und vor allem gut. Namen seien wohl keine gefallen, aber vielleicht hat sich unser Tattooboy auch einfach nicht mehr daran erinnert.«

»Mmh.« Clemens überlegte, während er seinen Rundgang durch das Zimmer wieder aufnahm und sich dabei in einem fort mit dem Zeigefinger auf die Nase tippte. Ein schwacher Vanilleduft schlich sich in seine Geruchssinneszellen, als er an Cora vorbeiging. »Immerhin wissen wir jetzt, dass es einen realen Mann in Johanna Färbers Leben gab.« Er hielt abrupt an und drehte sich zu seinen Kollegen um. »Und wir können davon ausgehen, dass er wahrscheinlich wesentlich älter war als sie und in der Öffentlichkeit nicht erkannt werden wollte.«

»Was die Vermutung nahelegt, dass die beiden eine heimliche Affäre hatten«, warf Cora ein. »Vielleicht, weil der Mann verheiratet ist?«

»Jedenfalls muss er ein paar Euronen auf der hohen Kante haben. Nicht jeder kann einfach so dreihundert Euro für eine Geliebte ausgeben«, ergänzte Cento.

»Das würde auch erklären, woher der Schmuck und die Markenkleidung im Zimmer der Toten stammen.« Cora lächelte.

»Das passt alles sehr schön zusammen, nur haben wir immer noch keine Spur von diesem ominösen Mann. Wie sieht's denn auf dem Konto unseres Opfers aus?«, wandte sich Clemens erneut an Cento, der die Schultern nach oben zog.

»Gähnende Leere. Keine Auffälligkeiten wie größere Ein- oder Ausgänge. Nur BAföG, Miete, das Gehalt der halben Stelle für die Doktorarbeit und für die Führungen, kleinere Abhebungen. Ansonsten absolut *niente*.«

»Womit wir mal wieder festhalten können, dass Johanna Färber ihren ungewöhnlichen Luxus nicht selbst finanziert haben kann.« Wiesner streckte seine langen Beine aus und rutschte auf dem Sessel nach hinten.

»Und wie steckt jetzt dieser Martin Vogel da mit drin?«, fragte Clemens.

»Er ist wohl kaum der geheimnisvolle Liebhaber«, spottete Cora. »Und nach Geld sieht der auch nicht aus. Geschweige denn, dass er das Opfer nach allem, was wir bisher wissen, sonderlich mochte.«

»Aber er hatte ein Motiv, und seine Fingerabdrücke waren wirklich überall im Büro von Johanna Färber, die die heiß begehrte Stelle bekommen sollte. Wenn er einigermaßen helle ist, wusste er doch, dass er erstens keine gute Bewertung seiner Doktorarbeit zu erwarten und zweitens nach seinem Abschluss keinen Job in Aussicht hatte. Wenn er am letzten Freitagabend noch mit Johanna Färber an der Uni oder sonst wo zusammengerauscht ist, vielleicht betrunken, weil er vorher auf dieser Party war, könnte er sie doch im Affekt getötet haben«, kombinierte Wiesner.

Clemens wiegte den Kopf. »Das alles passt zwar wunderbar zusammen, aber ganz egal, wie man es dreht und wendet, kein Mörder wäre so blöd, die Unterlagen seines Opfers bei sich im Büro zu verstecken und noch dazu überall an dessen Arbeitsplatz Fingerabdrücke zu hinterlassen.«

»Aber der Vogel ist blöd«, konterte Cora.

»Das sagst du nur, weil du ihn nicht leiden kannst«, erwiderte Clemens. »Hättest du recht mit deiner Einschätzung, wäre er doch nie so weit gekommen.«

»Wie du meinst.« Cora hob das Kinn und verschränkte die Arme vor der Brust. »Hast du denn was Besseres zu bieten?«

»Im Moment leider noch nicht. Aber wir haben auch keinen konkreten Beweis dafür, dass Martin Vogel Johanna Färber tatsächlich erdrosselt hat. Die Fingerabdrücke in ihrem Büro reichen nicht aus, um ihn festzuhalten. Uns fehlt der DNS-Nachweis, und den kriegen wir erst morgen.«

Es klopfte an der Tür. Als Clemens reagierte, öffnete Frau Gerber, die Abteilungssekretärin.

»Frau Färber und ihre Begleitung sind jetzt hier. Sie sagen, sie hätten einen Termin mit Ihnen.«

Clemens nickte. »Wunderbar. Bringen Sie sie doch bitte nach nebenan ins Besprechungszimmer, Cora und ich kommen gleich. Danke.«

Frau Gerber verschwand wieder, und Clemens wandte sich ein letztes Mal an seine Mitarbeiter. »Unsere dringlichste Aufgabe ist es jetzt, mehr über diesen geheimnisvollen Liebhaber in Erfahrung zu bringen. Martin Vogel läuft uns schon nicht weg, und sobald wir seine DNS haben, sind wir hoffentlich schlauer.«

Damit verabschiedete er sich von allen und eilte zu Annette Färber, der Schwester ihres Opfers. Cora folgte ihm auf dem Fuß.

Dienstag, 10:00 Uhr

Annette Färber und ihr Freund erhoben sich, als Clemens und Cora den Raum betraten. Sie, Mitte dreißig, ähnelte ihrer Schwester auffällig, nicht nur wegen des gleichen Blondtons der schulterlangen Haare. Ihre blauen Augen strahlten nahezu unwirklich in den dunklen Höhlen. Sie hatte in den letzten Nächten wohl wenig Schlaf abbekommen.

»Hallo.« Nachdem Annette Färber den beiden Beamten die Hand gereicht hatte, verknotete sie ihre Arme vor der Brust. Trotz der sommerlichen Temperaturen trug sie eine langärmelige Bluse, der Struktur nach aus Leinen.

»Nehmen Sie ruhig wieder Platz. Und Sie sind Herr Färber?«, fragte Clemens ihren Begleiter.

»So gut wie, könnte man sagen.« Sein Gegenüber strahlte ihn an und strich sich mit der Hand eine Strähne nach hinten. Lange Haare bei einem Mann, auch so was, dem Clemens nichts abgewinnen konnte. Immerhin wirkten sie gepflegt, als hätte er sie heute früh erst gewaschen und danach irgendwas reingeschmiert. Clemens hatte sofort das Arsenal an Haarpflegeprodukten vor Augen, das Delphine in seinem Bad deponiert hatte. Wollte der Typ irgendetwas mit seiner Haarpracht aussagen? Dazu noch dieser Vollbart. Einfach lächerlich in Clemens' Augen. Aber offenbar zog er damit den weiblichen Teil der Bevölkerung in seinen Bann. Als Clemens sah, wie Cora ihm ihr schönstes Lächeln schenkte, runzelte er die Stirn.

»Ich nehme dann später noch Ihre Daten auf«, flötete sie den Schönling prompt an. Oder flirtete sie?

Clemens verzog den Mund zu einer Grimasse, konzentrierte sich dann aber wieder auf den Grund des Treffens. »Frau Färber, erst einmal mein herzlichstes Beileid.«

Sie nickte und senkte den Kopf, während ihr Begleiter ihr beruhigend über den Rücken strich.

»Wie Sie wissen, haben wir bereits mit Ihren Eltern gesprochen. Sie haben uns erzählt, dass Ihre Schwester eine fleißige und beliebte Studentin war und sie sich keinen Grund vorstellen können, aus dem jemand sie getötet hat. Können Sie dem noch etwas hinzufügen?«, fragte Clemens.

»Johanna und ich hatten ein sehr enges Verhältnis, haben uns oft getroffen und telefoniert. Sie war wirklich sehr beliebt, immer fröhlich und gut gelaunt. Eine echte Optimistin. Sie hat das Leben geliebt.« Annette Färber schniefte kurz auf. Als Clemens ihr ein Taschentuch aus einer Tücherbox reichte, griff sie danach und schnäuzte sich. »Und ehrlich, sie hatte ja auch allen Grund dazu. Mit ihrer Doktorarbeit kam sie hervorragend voran, sie hatte eine nette WG und eine feste Stelle in Aussicht. Immer mal wieder hat sie von so einem Typ an der Uni erzählt, wie hieß der doch gleich? … Michael? Marc? Ich weiß es nicht mehr.« Sie zuckte mit den Schultern.

»Ihr Freund?«, fragte Clemens.

»Nein, nein, ganz im Gegenteil. Ein widerlicher Typ. Ständig hat er versucht, Johannas Arbeit zu sabotieren, weil er eifersüchtig auf ihr Können und ihre Erfolge war. Ein echter Kotzbrocken.«

»Sie meinen Martin Vogel«, half Clemens Annette Färber aus.

»Genau! Sie kennen ihn?«

Clemens nickte. »Wir haben ihn bereits ausführlich befragt.«

Annette Färber sah ihn aufmerksam an. »Und? Hat er meine Schwester auf dem Gewissen?«

»So, wie es bisher aussieht, nein. Aber wir haben Hinweise auf einen unbekannten Mann im Leben Ihrer Schwester gefunden. Hat sie jemals von einem Freund oder Liebhaber erzählt? Vielleicht sogar einen Namen fallen lassen?«

Annette Färber kräuselte die Stirn, während ihr Partner sie stumm anstarrte. »Von einem Freund weiß ich nichts. Sind Sie sicher?«

»Sehr sicher. Mehrere Anzeichen sprechen dafür, aber keiner unserer Befragten hat ihn zu Gesicht bekommen.«

»Vielleicht ist er verheiratet, und sie hat ihn mir deshalb verschwiegen«, mutmaßte Annette Färber. »Aber das hätte ihr gar nicht ähnlich gesehen. Die Ehe war ihr heilig, und sie war nie der Typ für Affären.« Sie knetete das Taschentuch in ihren Händen. »Haben Sie noch mehr Fragen? In einer Stunde muss ich am Uniklinikum sein. Ich bin dort Krankenschwester auf der Inneren. Heute ist mein erster Arbeitstag, seit«, sie stockte kurz, »seit Johanna tot ist. Abgesehen davon, dass ich heute aufgrund dieses Termins sowieso schon später anfange.«

»Nein, wir sind fürs Erste fertig. Aber hinterlassen Sie bitte bei meiner Kollegin«, Clemens wies auf Cora, »Ihre Kontaktdaten. Ich werde heute noch Ihre Eltern darüber informieren, dass die Leiche Ihrer Schwester freigegeben wurde. Ich hoffe, das hilft Ihnen etwas.« Er warf einen prüfenden Blick zu Annette Färber, die laut schnaubte.

»Helfen? Helfen würde es mir, wenn Sie den Mörder meiner Schwester finden.« Sie erhob sich und verließ grußlos den Raum.

Ihr Lebensgefährte sprang ebenfalls auf. »Sehen Sie es ihr nach, sie ist immer noch ziemlich aufgewühlt.«

»Was nur allzu verständlich ist«, säuselte Cora und zwinkerte ihm zu.

Ging's noch? Kopfschüttelnd verließ Clemens als Letzter das Zimmer und wurde auf dem Flur von Wiesner aufgehalten.

»Ich hätte da noch was. Leider keine guten Neuigkeiten. Vogels Anwalt war gerade hier und hat gedroht, uns die Hölle heißzumachen, wenn wir seinen Mandanten weiterhin festhalten. Ohne stichhaltige Beweise hätten wir dazu kein Recht.«

»Und?«, fragte Clemens.

»Wir mussten ihn gehen lassen. Anordnung von oben.«

»Verdammt! Wie ich befürchtet hatte.« Clemens ließ Wiesner einfach stehen und eilte vor sich hin schimpfend in sein Büro. Wieso kamen sie in diesem Fall nicht endlich voran?

Dienstag, 11:30 Uhr

Die Atmosphäre im »Büchernest« war so eisig wie noch nie. Den ganzen Vormittag hatte Feli kein persönliches Wort an Boschi gerichtet und er keines an sie. Der Streit vom Vortag hing immer noch über ihnen wie eine Gewitterwolke, die sich weder entladen noch verziehen wollte. Feli war sich im Klaren, dass es auf Dauer so nicht weitergehen konnte, aber im Augenblick hatte sie keine Ahnung, welche Brücke sie zu ihrem Freund bauen sollte. Sie überlegte fieberhaft, aber immer wieder meldete sich ihr Stolz und fragte sie, warum ausgerechnet sie den ersten Schritt machen sollte. Er war es doch gewesen, der türenknallend abgerauscht war.

Gerade dekorierte sie das Schaufenster mit Wohlfühlkrimis, auf deren Cover die Farbe Blau dominierte und die allesamt in Urlaubsregionen wie der Bretagne, der Provence oder der Atlantikküste Portugals spielten. Normalerweise waren sie zu dieser Jahreszeit heiß begehrt und spülten ordentlich Geld in die Kasse. Und trotzdem würde es für eine eigene Reise in den Süden sehr wahrscheinlich nicht reichen. Feli wischte sich den Schweiß von der Stirn, bevor sie sich daranmachte, ein selbst entworfenes Plakat mit dem Slogan »Ein Urlaub ohne Bücher ist wie ein Meer ohne Wasser« aufzuhängen. Als sie kurz den Kopf hob, entdeckte sie Christoph Messingschlager, der über den Bohlenplatz auf ihren Laden zusteuerte. Schon von Weitem winkte er ihr mit seinem Strahlelächeln zu. Schnell überprüfte sie den Sitz ihrer Haare, die sie sich heute absichtlich zerzaust hochgesteckt hatte.

Kurz darauf stand er im Laden. »Ihre Empfehlung war einfach großartig. Damit haben Sie genau meinen Geschmack getroffen.«

Feli kletterte so grazil wie möglich aus dem Schaufenster und drehte sich zu ihm um. Das Blut rauschte nur so durch ihre Adern. »Tatsächlich? Das freut mich.«

»Ich bin jetzt an der Stelle, wo die Hauptfigur im Slum lebt, aber immer wieder mit Drogen dealt und sich so die eine oder andere Nacht im Luxushotel finanziert. Dieses Pendeln zwischen den unterschiedlichen Welten hat mich so was von beeindruckt. Und dann noch diese … Liebesgeschichte.« Das letzte Wort hatte er schnurrend wie ein gekraulter Kater ausgesprochen.

Schnell warf Feli einen Blick über ihre Schulter zu Boschi, der im hinteren Teil des Ladens arbeitete. Natürlich verdrehte er die Augen. Sie hingegen bekam weiche Knie.

»Am beeindruckendsten fand ich bis jetzt die Beschreibung, wie der Protagonist in Mumbai angekommen ist und sofort gemerkt hat, dass das seine Stadt ist, in der er leben will«, schwärmte der Yogi weiter.

»Ich erinnere mich«, sagte Feli. »Für ihn war das wie eine Art Heimkehr. Als hätte seine Seele ein Zuhause gefunden.«

Er sah sie bewundernd an. »Sie sind ein tiefgründiger Mensch, Felicitas.«

Plötzlich spürte Feli, wie sie die negativen Wellen trafen, die Boschi aussendete. Klar, er hatte ihr unmissverständlich zu verstehen gegeben, dass er den Yogalehrer nicht mochte, aber deswegen musste er doch nicht ihr Gespräch mit ihm über ein Buch mental torpedieren. Sie warf ihrem Freund einen Blick aus schmalen Augen zu, bevor sie ihm demonstrativ den Rücken zuwandte.

Auch Christoph Messingschlager schien die unguten Schwingungen wahrzunehmen. Er blickte zu Boschi, dann zu Feli und verzog den Mund zu einem unsicheren Lächeln. »Was halten Sie davon, wenn wir zusammen einen Kaffee trinken gehen und unser Gespräch dabei vertiefen, Felicitas?«, schlug er kurzerhand vor. »Zufällig habe ich ein wenig Zeit, bis mein nächster Kurs beginnt.«

»Eine großartige Idee«, antwortete Feli und wandte sich jetzt doch wieder an Boschi. »Du hältst doch sicher solange die Stellung«, sagte sie, ahnend, dass seine Lunte bereits brannte.

Die Explosion folgte unmittelbar. »Soll das ein Witz sein?«, rief er und lief rot an. »Mittagspause ist erst um eins, und ich sehe nicht ein, dass ich bis dahin hier alles allein stemmen soll.«

»Ist doch gar nichts los.«

»Das ist mir egal. Es geht ums Prinzip!«, schimpfte er. Seine Gesichtsfarbe ähnelte jetzt einem satten Purpurrot.

Langsam, aber sicher wurde auch Feli wütend. Meine Güte, war Boschi angefressen.

»Beruhigen Sie sich doch. Aufregung ist pures Gift für Ihr inneres Gleichgewicht«, mischte sich jetzt Christoph Messingschlager ein. »Machen Sie es mir nach und atmen Sie tief ein.« Er schloss die Augen, legte sich die Hand auf den Bauch und nahm einen tiefen Atemzug. »Und dann lassen Sie die Luft wieder entweichen. Sooo.« Er ließ den Atem durch den Mund nach außen strömen, tat so, als würde er ihn mit den Händen von sich wegleiten, und öffnete die Augen wieder. »Sehen Sie, ist ganz einfach. Am besten stellen Sie sich beim Ausatmen noch vor, wie alle negativen Energien aus Ihnen rausfließen.« Er setzte einen beseelten Gesichtsausdruck auf.

»Ich weiß selbst, wie ich atmen muss!«, donnerte Boschi. »Lassen Sie mich bloß in Ruhe mit Ihren Ratschlägen.« Er wandte sich ab und sortierte Bücher, die auf einem Bibliothekswagen lagen, zu zwei Stapeln.

Feli war völlig überfordert. Drehte der jetzt total durch? »Ähm, Boschi«, lenkte sie schließlich ein, »also, wenn das so ein Problem für dich darstellt, dann bleib ich halt hier.« Sie ging ein paar Schritte in seine Richtung.

»Ich hab's mir anders überlegt.« Er drehte sich zu ihr und stieß sie mit einem wütenden Blick zurück. »Du kannst gehen. Nein, falsch: Ich möchte sogar, dass du gehst, weil ich momentan nicht mit dir in einem Raum sein will.« Er verschränkte die Hände vor der Brust und schaute in die Luft.

»Wie jetzt?«

»Mach schon die Mücke.«

»Lassen Sie uns einen Kaffee trinken gehen, Felicitas«, flüsterte Christoph Messingschlager plötzlich dicht hinter ihr. »Ihr Mitarbeiter wird sich schon wieder beruhigen, und Sie brauchen ein bisschen Abstand.«

»Pah«, stieß Boschi aus und inspizierte weiter die Decke des »Büchernests«.

Felis Kopf fühlte sich mittlerweile an, als würde sich ein Verkehrsknotenpunkt darin befinden. Zu viel Chaos. Dass Boschi zickte oder sich wie eine Diva aufführte, war sie ja gewohnt. Aber mit seiner Wut kam sie nicht klar. Der Yogalehrer hatte recht, ein bisschen Distanz, um sich zu sortieren, würde ihr guttun. »Ein wunderbarer Vorschlag, Christoph. Lassen Sie uns verschwinden«, entschied sie und marschierte ihm voraus aus dem »Büchernest«.

Wenig später schlugen sie im »Klein, aber Fein« auf, das Felis Freundin Rieke gehörte. Die vor Staunen fast das Tablett fallen ließ, als Feli sich mit ihrem attraktiven Begleiter an einen Zweiertisch setzte und sich eine rote Strähne, die sich aus ihrem Messy Dutt gelöst hatte, hinters Ohr strich.

»Nett hier«, meinte Christoph Messingschlager und ließ seinen Blick über die wenigen Glastische und die Rattanstühle schweifen. »Seltsam, dass ich hier bisher noch nie war.«

»Das ist mein zweites Wohnzimmer. Und der Kaffee ist superlecker«, schwärmte Feli. Sie hatte sich wieder etwas gefasst, war aber immer noch weit davon entfernt, tiefenentspannt zu sein. Trotzdem wollte sie sich die einmalige Möglichkeit, ihren Traummann besser kennenzulernen, nicht durch Gedanken an den Streit mit Boschi ruinieren.

Rieke trat an ihren Tisch. »Hallo, Feli.« Sie lächelte und warf dabei einen fragenden Blick auf den Yogalehrer.

Erwartete sie, ihm vorgestellt zu werden?, überlegte Feli. Nun, sie würde ihrer Freundin beim nächsten Besuch ausgiebig von ihrem Begleiter erzählen. »Ich nehme meinen Zaubertrank«, sagte sie und meinte damit einen Caffè Latte.

Rieke nickte.

»Haben Sie Kurkuma-Milch?«, fragte der Yogi.

»Kuhmilch?« Rieke stutzte sichtbar.

»Nein, Kurkuma-Milch. Eine ayurvedische Wunderwaffe gegen Entzündungen aller Art. Sie wird auch Goldene Milch genannt und besteht aus Milch, Kurkuma sowie etwas Pfeffer und Ingwer. Kann ich nur wärmstens empfehlen.«

Riekes Gesichtszüge entgleisten. »Tut mir leid, aber mit so was kann ich nicht dienen. Aber ich könnte Ihnen einen Chai Latte anbieten. Der ist bestimmt auch gut für die Gesundheit.«

»Selbstverständlich. Ein Chai Latte ist eine großartige Alternative.« Er schenkte ihr sein Strahlelächeln, unter dem Rieke prompt errötete.

Sie schwebte zum Tresen zurück, um die Getränke zuzubereiten.

Sieh an, sieh an, selbst die verheiratete Rieke reagierte also auf den Charme des Yogis. Feli konnte sich ein Schmunzeln nicht verkneifen. »Sie sind ein sehr gesundheitsbewusster Mensch«, stellte sie fest.

»Ernährung, innere Balance und Yoga, das sind die Säulen, auf denen mein Leben steht.« Er lehnte sich zurück und begann, von den Kursen zu schwärmen, die er gab, und davon, welche Befriedigung er selbst daraus zog, wenn er sah, wie die Teilnehmer mit der Zeit immer ausgeglichener und ruhiger wurden.

Feli hing förmlich an seinen Lippen.

»Wer regelmäßig Yoga macht, den bringt irgendwann nichts mehr aus dem Gleichgewicht. Seele und Geist befinden sich dann im Einklang, ein wunderbarer Zustand, den ich allen Menschen auf der Erde wünsche. Ein paar Stunden würden Ihnen auch nicht schaden, wenn ich so geradeheraus sein darf.«

»Oh, ich weiß, dass ich nicht die Ausgeglichenste bin.« Feli winkte ab. »Aber mittlerweile habe ich mich an diesen Zustand schon so gewöhnt, dass ich gar kein Verlangen danach habe, ihn zu ändern.«

»Das ist sehr bedauerlich.« Er sah ihr in die Augen.

Rieke kehrte zurück und stellte die Getränke auf den Tisch.

Feli bemerkte sie kaum, so war sie in das Gespräch mit ihrem Gegenüber vertieft. »Vielleicht sollte ich mich wirklich einmal zu einem Kurs bei Ihnen anmelden. Einen Versuch wäre es wert«, flüsterte sie.

Er beugte sich zu ihr herüber. »Ich gebe dir gern eine Privatstunde.«

Mit der größten Selbstverständlichkeit war er zum Du übergegangen, und während erotische Schwingungen sich mit dem Duft von Kaffee und Chai Latte vermischten, begann Felis Puls zu rasen.

»Ich komme bestimmt mal auf dein Angebot zurück«, sagte sie kokett und strahlte innerlich. Wie aufregend es war, endlich mal wieder zu flirten. Das Tal, das sie in dieser Hinsicht durchschritten hatte, war lang und dunkel gewesen. Trotzdem wollte sie die Sache nicht zu schnell angehen.

»Aber es gibt doch sicher noch etwas außer Yoga, innerer Balance und gesunder Ernährung, das wichtig ist in deinem Leben?«, fragte sie, um sich nach der beidseitigen Flirtoffensive wieder auf neutraleres Gebiet zurückzuziehen.

»Schon. Ich liebe Schlager, bin ein großer Fan von Helene Fischer, Andy Borg, Klubbb3 und wie sie alle heißen. Für eine Abendshow mit Florian Silbereisen im Fernsehen lasse ich jedes andere Vergnügen sausen.«

»Das ist jetzt nicht wahr.« Feli ließ sich perplex gegen die Rückenlehne ihres Stuhls fallen. Aber nur, um sich gleich darauf wieder vertraulich nach vorne zu beugen. »Kennst du ›Warum hast du nicht Nein gesagt?‹ von Maite Kelly und Roland Kaiser?«

Christoph klatschte vor Begeisterung in die Hände. »Das ist einer meiner Lieblingssongs.«

»Ernsthaft?« Feli starrte ihn an. »Ich kann das locker zehnmal hintereinander hören.«

»Und damit haben wir jetzt aber wirklich etwas gemeinsam, Felicitas.«

»Sieht so aus.«

»Darf ich dir ein Geheimnis verraten? Also, eigentlich ist es kein Geheimnis, aber ich erzähle nur ausgewählten Personen davon.«

Felis Herzschlag setzte kurz aus. Sie gehörte zu den von ihm ausgewählten Personen. Was für ein Privileg! »Mir kannst du alles anvertrauen, Christoph«, erwiderte sie in einem verschwörerischen Tonfall.

Er blickte sich nach allen Seiten um, als hielte er nach unerwünschten Zuhörern Ausschau. Obwohl er keine entdeckt hatte, beugte er sich Feli so nah entgegen, dass ihre Nasen sich fast berührten, und ließ die Katze aus dem Sack: »Ich arbeite an einer Karriere als Schlagersänger.«

»Jetzt bin ich aber sprachlos«, antwortete Feli und meinte es auch so.

»Ich finde, man muss wenigstens versuchen, nach den Sternen zu greifen. Deshalb nehme ich demnächst auch bei einer Castingshow auf einem Kreuzfahrtschiff teil, das in Hamburg liegt.«

»Also, ich weiß gar nicht, was ich sagen soll. Das ist … Das ist einfach großartig.« In Felis Kopf überschlugen sich die Bilder: Christoph auf der Bühne, wie er einen Schlager performte und die Massen ihm zujubelten. Sie sah ihn in den großen Samstagabendshows, die Florian Silbereisen und Carmen Nebel moderierten. Sie war sich sicher, bald würde sein Name in einem Atemzug mit Ben Zucker, Jürgen Drews und Beatrice Egli genannt werden. Er hatte die gewinnende Art eines Schlagerstars, sah gut aus, war präsent und würde schon allein mit seinem Strahlelächeln die Damenwelt zum Kollabieren bringen. Aber er würde nur Augen für sie haben, Felicitas Reichelsdörfer, die attraktive Rothaarige, die ihn zu allen Auftritten begleitete und auf die seine weiblichen Fans neidisch waren.

»Felicitas?«, holte sie seine Stimme in die Gegenwart und in Riekes Café zurück.

»Was? Ähm … Also … ich bin mir sicher, dass die anderen Teilnehmer dieser Castingshow keine Chance gegen dich haben werden. Ehrlich.«

»Danke, dass du an mich glaubst.« Er legte seine Hand für einen Augenblick auf ihre, und Stoßwellen von Adrenalin rollten durch ihren Körper. »Wenn meine Karriere richtig Fahrt aufnimmt, müsste ich mein Yogastudio natürlich verkaufen oder einen Geschäftsführer und einen Lehrer einstellen. Aber das lässt sich alles noch regeln, wenn es so weit ist«, verkündete er. Dann gab er sich weitere zehn Minuten lauthals der Vorstellung seiner bevorstehenden Aufnahme in den Schlagerolymp hin und dankte dem Schicksal, dass es ihn mit einem attraktiven Äußeren und einer noch beneidenswerteren Stimme ausgestattet hatte. »Bei Gelegenheit werde ich dir was vorsingen«, sagte er schließlich. »Aber jetzt habe ich die ganze Zeit nur von mir geredet. Wofür interessierst du dich denn noch so außer für Bücher?«

Feli, regelrecht berauscht von seinen Ausführungen, hatte Schwierigkeiten, sich wieder auf sich selbst zu konzentrieren. »Ich? Äh … Also ja, ich interessiere mich natürlich für Bücher. Und manchmal gehe ich auch ins Theater. Morgen zum Beispiel ins Markgrafentheater, da wird ›Tod im Hühnerstall‹ von Georg Neuner aufgeführt. Der Autor wurde letztes Jahr in meiner Buchhandlung ermordet.« Als Christoph sich ehrlich schockiert zeigte, erzählte sie kurz von den Geschehnissen im letzten Herbst. »Jedenfalls bin ich schon sehr gespannt auf das Stück«, schloss sie. »Die Buchvorlage ist ein Knaller.«

»Interessant. So einen Franken-Krimi als Theaterstück würde ich mir auch gern mal ansehen.«

Feli jubelte innerlich. Das war *die* Chance, Christoph schon sehr bald wiederzusehen. »Willst du vielleicht mitkommen?«, preschte sie vor. Eigentlich war die zweite Karte für Boschi vorgesehen, den sie damit hatte überraschen wollen. Aber so, wie es zwischen ihnen beiden gerade lief, hatte sie kein Problem damit, spontan umzudisponieren.

»Und ich hab schon gedacht, du fragst nicht«, antwortete er und grinste.

Feli brannte lichterloh. Sie hatte keinen Zweifel mehr daran, dass sich hier eine neue Liebe anbahnte, was auch ihre Körperzellen spürten, die einen feurigen Tanz aufführten.

»Dann sehen wir uns morgen um neunzehn Uhr dreißig am Theater«, sagte sie und lächelte.

»Ich werde da sein! Lass uns für alle Fälle noch die Handynummern austauschen.« Er zückte bereits sein Smartphone, und Feli kramte ihres hervor.

»Aber jetzt muss ich leider los. Mein nächster Kurs beginnt gleich«, meinte Christoph, nachdem er sein Telefon wieder verstaut hatte.

Als er sie zum Abschied auf beide Wangen küsste, schloss Feli kurz die Augen und nahm den Geruch von Ingwer und Zimt und von etwas anderem wahr, das sie nicht kannte.

Nachdem er für sie beide gezahlt hatte und gegangen war, trank sie einen Schluck von ihrem Caffè Latte. Er war kalt. Kein Wunder, sie hatte ihn total vergessen gehabt.

Mittwoch, 9:00 Uhr

»Das darf doch alles nicht wahr sein!« Clemens hieb mit der Faust auf seinen Schreibtisch ein. Der grüne Locher hüpfte wie ein großer Laubfrosch mehrere Zentimeter in die Höhe, bevor er mit einem satten »Wumpff« wieder auf der Holzplatte landete. Während Frank Wiesner, Michael Cento und Bernd Diebold nur kurz die Köpfe hoben, zuckte Cora merklich zusammen. Wie jeden Tag trafen sich die fünf Beamten in Clemens' Büro, um die neuen Ergebnisse im Schlossgartenfall zu besprechen. Wenn es denn etwas Neues gegeben hätte.

Clemens' Magen fühlte sich an, als würde in ihm ein Bienenschwarm rumoren. Hin und wieder wagte sich eine der Bienen bis in die Speiseröhre vor und gab ihm Saures. Irgendwie stießen sie mit jedem Tag auf noch mehr neue Probleme, anstatt die alten zu lösen. Es war zum Aus-der-Haut-Fahren.

Nicht nur, dass sie Martin Vogel hatten freilassen müssen, jetzt mussten sie auch noch einen weiteren Tag auf die Ergebnisse seiner DNS-Probe warten. Fehler in der Auswertung, Probe nicht lesbar. Das hieß, das Labor musste mit dem Rest des Speichels einen erneuten Versuch starten. War er denn nur von Idioten umgeben?

»Um es kurz zu machen: Gibt es heute auch nur irgendetwas Neues, das uns weiterbringen könnte?«, fragte er die Kollegen.

Cento schüttelte den Kopf.

Wiesner streckte den Rücken durch, dass seine Gelenke knackten. »Das Telefonprotokoll von Johanna Färbers Handy ist heute früh reingekommen.« Er atmete tief aus. »Ich habe schon einen Blick drauf geworfen. Eine Nummer taucht jeden Tag auf, manchmal sogar mehrmals täglich. Auch nachts. Könnte zu unserem ominösen Liebhaber gehören.«

»Und? Haben Sie sie schon überprüft?«, fragte Clemens.

»Natürlich, aber das Ergebnis wird Ihnen nicht gefallen.«

»Ich kann selbst entscheiden, was mir gefällt und was nicht«, blaffte Clemens Wiesner an. »Und jetzt rücken Sie schon raus, oder wollen Sie bis nach der Mittagspause damit warten, damit die Nachricht auch gut abgestanden ist?«

»Also«, antwortete Wiesner gedehnt, »das Problem ist, dass es sich bei dieser Nummer um die eines Prepaidhandys handelt. Das selbstverständlich ausgeschaltet und daher nicht nachverfolgbar ist.«

Clemens stöhnte.

»Interessant ist, dass von der Nummer seit Johanna Färbers Tod kein Anruf mehr einging. Als ob der Handybesitzer wusste, dass sie nicht mehr lebt.«

»Na, das ist ja nun wirklich kein Kunststück«, tat Clemens Wiesners Gedankengang ab. »Der Fall ist noch am Samstagabend durch alle Medien gegangen. Wer das nicht mitbekommen hat, muss jenseits der Digitalität leben.«

»Aber in den Medien wurde der Name von Johanna Färber nicht genannt«, warf Wiesner ein. »Es wurde nur von einem weiblichen Opfer gesprochen. Und die Anrufe hörten bereits mit dem letzten am Freitagabend auf. Normalerweise hätte der Typ sie am Samstagvormittag angerufen, hat er aber nicht.«

»Muss nichts heißen.« Clemens winkte ab. »Vielleicht hatten sie Streit oder bereits vorher geklärt, dass einer von beiden am Samstag nicht abkömmlich ist. Wenn dieser Freund wirklich verheiratet ist, kann er am Wochenende auch andere Verpflichtungen haben, als sein Liebchen anzurufen.«

»Gott, was bist du wieder arrogant. Sein Liebchen!« Coras Augen blitzten, dass jedes Gewitter seine Freude daran gehabt hätte.

Ein Blick von Clemens genügte, und sie verstummte. Weder heute noch an sonst irgendeinem Tag würde er sich von ihr vor seinem restlichen Team abkanzeln lassen. Und schon gar nicht so!

Cento unterbrach die darauf folgende unangenehme Stille, nachdem er eilig auf seinem Pad herumgewischt hatte. »Ich habe gerade eine Mail von unseren Computermäusen bekommen. Das könnte tatsächlich interessant sein.« Er zog die Stirn in Falten, während er las, dann sah er in die Runde. »Johanna Färber hatte ihr WhatsApp-Konto über eine App mit ihrem Laptop verbunden und hat regelmäßig ein Back-up erstellt, so konnten die Cracks ihren Chatverlauf auslesen.« Er grinste.

»Hoffentlich ist da wenigstens etwas Verwertbares dabei«, stöhnte Clemens.

»Moment.« Cento scrollte tiefer. »Anscheinend tauchen auffällig viele Nachrichten eines gewissen ›Meister Bob‹ darin auf, dessen Nummer«, er machte eine kurze Pause, »mit der des Prepaidhandys vom Protokoll identisch ist. Der Inhalt der Nachrichten bestätigt unsere Vermutung, sprich: Wir haben den geheimen Liebhaber.« Wieder glitt ein Grinsen über sein Gesicht. »Und was noch viel interessanter ist: Beide hatten sich für Freitagabend verabredet. Die entsprechende Nachricht wurde um achtzehn Uhr siebenundzwanzig von Meister Bob an Johanna Färber gesendet. Es war seine letzte an sie.«

Clemens strich sich nachdenklich über das Kinn, lehnte sich in seinem Bürostuhl zurück und überkreuzte die Beine. Ansonsten zeigte er keine Reaktion.

»Wissen wir, wo sie sich treffen wollten?«, fragte Cora.

»Leider nicht, hier steht nur ›am gewohnten Ort‹. Auch sonst konnten unsere Wühlmäuse keinerlei Namen oder Ortsangaben im Chatverlauf finden. Die sind wirklich verdammt vorsichtig gewesen.«

»Passt zu dem Prepaidhandy. Da hat es jemand mit der Geheimhaltung sehr genau genommen.« Cora knetete mit Zeige- und Mittelfinger ihre Unterlippe.

»Und danach hat er sie nicht mehr kontaktiert. Als hätte er tatsächlich gewusst, dass sie am Samstag nicht mehr antworten konnte.« Clemens erhob sich, umrundete den Schreibtisch, lehnte sich rücklings an dessen vordere Kante und verschränkte die Arme vor der Brust.

»Gerade eben hast du noch gemeint, dass sie sich gestritten haben könnten oder der werte Herr Liebhaber einfach nur anderweitig am Wochenende beschäftigt war. Woher der Meinungsumschwung?« Cora verschränkte ebenfalls die Arme vor der Brust und starrte Clemens mit erhobenem Kinn direkt ins Gesicht.

Clemens musste unwillkürlich lächeln. Cora war sauer auf ihn. Zum Glück konnten Blicke nicht töten. Trotzdem konnte er ihr nicht böse sein. So zornig erinnerte sie ihn an eine Rose, dornig, aber dennoch unglaublich grazil, sodass er nicht in der Lage war, sich ihr zu widersetzen.

»Jaja, du hast schon recht. Da war ich vielleicht etwas zu voreilig mit meiner Wochenendtheorie. Die Frage lautet nun also: War Johanna Färber an diesem Freitagabend an dem besagten gewohnten Ort? Und wenn ja, wo liegt dieser, und was ist dort passiert?«

»In dem Fall wäre unser geheimnisvoller Unbekannter vermutlich einer der Letzten, die Johanna lebend gesehen haben«, ergänzte Cento.

»Und vielleicht auch derjenige, der sie ermordet hat.« Cora spitzte die Lippen.

»Was ist mit dem GPS auf dem Handy der Toten?«, warf Diebold ein.

»Gute Frage«, lobte Clemens und sah Cento erwartungsvoll an.

»*Nope.* GPS war aus, genau wie das Handy jetzt. Keine Chance, es zu finden. Ich vermute mal, dass der Mörder es nach der Tat an sich genommen und weggeworfen hat. Oder zumindest die SIM-Karte entfernt und zerstört hat.«

Als die Tür zu Clemens' Büro sich mit einem Ruck öffnete, fuhr ein Luftzug durch den Raum, sodass die wenigen Papiere, die auf dem Schreibtisch lagen, zu Boden flatterten.

Clemens' Vorgesetzter Hans-Peter Beil schleppte seine gesamte Gewichtigkeit in den Raum, brachte sich vor den Beamten in Position und legte los: »Der Bürgermeister fordert die sofortige Aufklärung des Falls. Das Ansehen der Stadt steht auf dem Spiel. Wie sollen die Bürger denn Vertrauen in die Obrigkeit haben, wenn ein irrer Mörder noch immer auf freiem Fuß ist? Wenn das Schlossgartenfest am kommenden Samstag nachgeholt wird, muss für die Sicherheit aller garantiert werden können!« Mit einem Stofftaschentuch in schreiendem Pink wischte er sich den Schweiß von der Stirn. »Ich will jetzt sofort Ihre bisherigen Ergebnisse sehen.«

Clemens reichte ihm wortlos die angelegte Akte. Hackebeil überflog sie, indem er sich mit angelecktem Zeigefinger durch die Seiten blätterte. Clemens stellte es die Härchen auf seinen Armen auf.

»Das ist alles, was Sie nach drei Tagen vorzuweisen haben? Das ist ja weniger als nichts, geradezu amateurhaft!« Als Beil den Folder auf den Schreibtisch knallte, zuckte Cora erneut zusammen, während Clemens sich bemühte, nicht allzu offensichtlich den Kopf zu schütteln.

Er versuchte gar nicht erst, seinem Chef zu widersprechen. Aus Erfahrung wusste er, dass das die Situation nicht entschärfen würde. Besser war es, in Ruhe abzuwarten, bis Rumpelstilzchen sich ausgetobt hatte. Danach war immer noch genug Zeit, um zu reagieren.

»Ich sag Ihnen jetzt mal, was Sie tun werden«, polterte Beil weiter. Sein Bauchfett schwabbelte gefährlich, während seine Arme in sämtliche Richtungen fuchtelten. »Nach allem, was ich in Ihrer Akte gelesen habe, scheint mir Martin Vogel der perfekte Täter zu sein. Von jetzt an drehen Sie jedes Staubkorn in seinem Umfeld um, überprüfen jeden seiner Kontakte und folgen ihm überallhin, bis Sie mir stichhaltige Beweise liefern können, die ihn als Mörder überführen.« Speicheltröpfchen flogen durch die Luft und verfehlten Diebold, der mit dem Stuhl schon unauffällig ein Stück nach hinten gerutscht war, trotzdem nur knapp.

»Und Sie«, Beil wandte sich an Clemens, »mein werter Herr Kriminalhauptkommissar, werden höchstpersönlich Frau Färbers Laptop durchforsten. Gehen Sie alle Dateien durch und stoßen Sie auf etwas, das Martin Vogel eindeutig belastet. Morgen früh will ich Ergebnisse sehen.«

»Das kann nicht Ihr Ernst sein!« Jetzt wurde es Clemens

doch zu bunt. Er sollte seinen freien Abend opfern, um einen Täter ans Messer zu liefern, der vermutlich keiner war? Noch dazu einen Abend, den er Delphine fest versprochen hatte. »Herr Beil, bei allem Respekt, aber Martin Vogels mögliche Täterschaft wird uns geradezu auf dem Silbertablett serviert. Da hat jemand gezielt nachgeholfen, wenn Sie mich fragen. Höchstwahrscheinlich der echte Täter.«

»Ich frage Sie aber nicht. Das ist hier kein Wunschkonzert, sondern ein Befehl!«

»Ich denke trotzdem, es wäre sinnvoller, uns darauf zu konzentrieren, den geheimen Liebhaber zu finden, anstatt unsere Zeit mit Vogel zu verschwenden«, gab Clemens nicht auf. »Neue Indizien weisen darauf hin, dass Johanna Färbers Freund sofort nach dem Mord wusste, dass sie nicht mehr lebt. Vielleicht ist er sogar der Täter. Liebe und Eifersucht sind doch viel stärkere Mordmotive als die Wut darüber, dass jemand anderes das bessere Doktorarbeitsthema und eine feste Stelle an der Uni versprochen bekommen hat.« Doch Clemens' Bemühen war vergebens.

»Ich will nichts mehr davon hören, Sartorius.« Beil sah ihn mit einem Blick an, der einen erneuten Widerspruch zwecklos machte. »Ab sofort arbeiten Sie sich durch den Laptop und alle anderen Unterlagen das Opfer betreffend. Liefern Sie mir Vogel, oder Sie finden sich in Kürze im Streifendienst wieder!«

Beil drehte sich so schwungvoll zur Tür, dass ein Schweißtropfen den Weg von seiner Stirn auf Wiesners Wange fand. Erst nachdem der Chef den Raum verlassen hatte, holte Wiesner ein Taschentuch aus seiner Hosentasche und tupfte ihn angewidert weg.

Clemens wusste nicht, wohin mit seiner Wut. Er ballte die Hände zu Fäusten. Was für ein nicht enden wollender Alptraum!

Mittwoch, 12:00 Uhr

Es half alles nichts. Clemens blieb keine andere Wahl, als den gemeinsamen Theaterbesuch mit Delphine heute Abend abzusagen. Keine Chance, diese Masse an Informationen bis zum regulären Dienstende zu bewältigen. Seufzend griff er zu seinem Smartphone. Wie gern hätte er sich anders entschieden.

»*Allô, chéri*, wie schön, dass du anrufst!«, sprudelte Delphine vor guter Laune. »Ich habe eine Idee. Was hältst du davon, nach dem Theater heute noch schick essen zu gehen? Vielleicht ins ›Muskat‹? Da waren wir schon so lange nicht mehr.«

Clemens schloss die Augen. Das, was er ihr jetzt sagen musste, würde ihr definitiv nicht gefallen. »Das ist eine ganz tolle Idee, Liebling, aber daraus wird leider nichts.«

»Och.« Sie machte eine kurze Pause.

Die er eigentlich perfekt hätte nutzen können, um seine Lage zu erklären, doch der Moment verflog.

»Wieso denn nicht?« Delphine klang missgelaunt. »Sag bloß nicht, du musst danach noch arbeiten. Du hast mir diesen Abend versprochen, vergiss das nicht.«

Als ob er das vergessen könnte. »Nein, es ist … Ich …« Er brachte es einfach nicht übers Herz.

»WAS?« Ihre Stimme war gefährlich scharf.

»Ich kann heute Abend nicht.« Jetzt war es heraus.

»Das ist nicht dein Ernst, oder?«

»Doch, und du ahnst gar nicht, wie sehr ich es bedauere, aber …«

»DU bedauerst das? Du hast doch gar keine Ahnung, was das Wort überhaupt heißt! Aber du wirst es bedauern, das schwöre ich dir! Du lässt mich einfach so sitzen. Nie hast du für mich Zeit. Deine Arbeit geht immer vor. Arbeit, Arbeit, Arbeit. *Merde!*« Sie fluchte.

Wieso klang »Scheiße!« auf Französisch eigentlich viel

melodischer als auf Deutsch? Wenn Clemens ehrlich war, war ihm auch nach Fluchen zumute. Aber was würde das ändern? »Liebling –«

»Vergiss dein Liebling. Ich bin sauer.«

»Ich weiß. Und ich kann dich verstehen. Glaubst du nicht, dass ich auch viel lieber mit dir zusammen ins Theater gegangen wäre, als mich bis in die Nacht hinein mit diesem blöden Fall zu beschäftigen? Mir fliegt hier gerade alles um die Ohren, der Chef sitzt mir im Nacken, dass ich bis morgen Ergebnisse liefern muss. Und das klappt leider nur, wenn ich eine Nachtschicht einlege. Kannst du meine Situation nicht wenigstens ein bisschen verstehen? Bitte?«

»Immer muss ich alles verstehen. *J'en ai assez*, ich habe die Nase voll! Weißt du was? Da sowieso ich die Karten habe, frage ich Cordula, ob die mit mir ins Theater geht. DIE hat nämlich IMMER Zeit für mich. Und du«, sie holte kurz Luft, »du kannst mir heute gestohlen bleiben!« Sie legte auf, ohne noch eine Erwiderung seinerseits abzuwarten.

Clemens starrte auf sein Smartphone. Er fühlte sich überfordert. Von der Situation, der Frau, der Beziehung. Was wollte Delphine eigentlich? Er hatte ihr doch erklärt, weshalb er den Abend nicht freinehmen konnte. Wieso konnte sie nicht ein einziges Mal verständnisvoll reagieren, statt ihm gleich die Hölle heißzumachen? So hatte er sich eine Beziehung nicht vorgestellt.

Mittwoch, 19:15 Uhr

Die Besuche im Markgrafentheater waren für Feli schon immer besondere Ereignisse. Bereits als Kind war sie davon fasziniert gewesen, wie Schauspieler auf der Bühne eine neue Welt erschaffen konnten. Regelmäßig war sie mit ihrer Mutter in die einschlägigen Märchenaufführungen gegangen. Aber auch das Theater selbst beeindruckte sie immer wieder. Dieser barocke Bau aus dem 18. Jahrhundert mit den weinroten Stühlen, den Rängen, die sich scheinbar bis zum Himmel erhoben und aufwendig bemalt waren, und natürlich mit der Fürstenloge und dem gestuften Baldachin darüber lösten in ihr stets aufs Neue ein Hochgefühl aus. Bei jedem Besuch fühlte sie sich in die Vergangenheit zurückversetzt, als das Publikum noch lange Kleider, Kniehosen und Perücken getragen hatte.

Heute freute Feli sich allerdings nicht nur auf die Aufführung, sondern auch auf ihre Begleitung. Den ganzen Tag über hatte sie an nichts und niemand anderes denken können als an Christoph. Das Kribbeln in der Magengegend sprach für sich.

Dass der Krach mit Boschi immer noch schwelte und sie beide nur das Nötigste geredet hatten, war in Anbetracht ihrer hormongesteuerten Gefühlslage zur Nebensache geworden. So wie der Mordfall.

Vor dem Theatereingang tigerte Feli nervös auf und ab und sah zum wiederholten Mal auf ihr Handy. Wo Christoph nur blieb? Er war schon fünfzehn Minuten zu spät. Hatte er sie eventuell versetzt?

Indessen strömten immer mehr Besucher an ihr vorbei in das Foyer, wo es langsam eng wurde, obwohl wegen des warmen Wetters niemand vor der Garderobe wartete. Absätze klackerten, aufgeregtes Gemurmel hing in der Luft, und nach wie vor war kein Christoph in Sicht.

Feli war mit ihren Nerven schon am Ende, da entdeckte

sie ihn, wie er im Laufschritt und mit Strahlelächeln auf sie zueilte. Gott sei Dank.

»Sorry, ich hatte noch einen Yogakurs, und die Damen haben mich nicht gehen lassen. Ich musste ordentlich in die Pedale treten und mein Fahrrad noch beim ›Theatercafé‹ abstellen, aber jetzt gehöre ich ganz dir.« Er küsste Feli zur Begrüßung auf beide Wangen.

Einen Augenblick lang fragte sie sich, warum er sein Rad beim »Theatercafé« geparkt hatte, obwohl sein Yogastudio in der entgegengesetzten Richtung lag, verwarf den Gedanken aber schnell wieder. Er war da, nur das zählte.

»Wir kommen ja noch pünktlich zur Vorstellung«, sagte sie. »Allerdings muss ich mir vorher noch kurz die Nase pudern.«

»Dann mal los.«

Sie ging vor ihm her ins Innere des Theaters und bog dort nach rechts zu den Toiletten ab, wo sich schon eine Schlange gebildet hatte. Ungeduldig wartend trat sie von einem Bein auf das andere, bis sie endlich an der Reihe war, sich die Tür einer Toilettenkabine öffnete und eine schwarzhaarige Schönheit heraustrat, die ihr bekannt vorkam. Feli sah genauer hin. Das war doch die Frau, die sie letztens zusammen mit Clemens Sartorius verliebt über den Marktplatz hatte schlendern sehen. Die Schönheit hielt ihr die Tür mit einem angedeuteten Nicken auf, bevor sie zu den Waschbecken entschwebte.

Feli war verwirrt. Sie verriegelte die Tür von innen, froh darüber, für ein paar Augenblicke allein zu sein. Wenn diese Frau hier war, war der Kommissar bestimmt auch nicht weit, folgerte sie. Die Vorstellung löste eine solche Unruhe in ihr aus, dass sie den Gedanken an Clemens Sartorius augenblicklich in die unzugänglichen Bereiche ihres Hirns verbannte, wo er – so hoffte sie – versauern würde. Dieser überhebliche, knochentrockene Kommissar hatte in ihrem Leben nichts zu suchen. Ganz im Gegensatz zu dem charmanten Christoph.

Trotzdem ertappte sie sich wenig später dabei, wie sie ihre Blicke von ihrem Platz im ersten Rang über die Theaterbesucher schweifen ließ. Sie glaubte, unter ihnen mehrere Kunden zu erkennen, von denen ihr einige zunickten, aber keinen Kommissar. Umso besser.

»Du kennst wohl jeden hier?«, fragte Christoph neben ihr.

»Das sind Kunden, und ›kennen‹ ist übertrieben.«

»Und was machst du, wenn du jemanden wirklich kennenlernen willst?«

Feli schmunzelte in sich hinein. Christoph blies eindeutig schon wieder zum Flirtangriff. »Dann gehe ich mit ihm ins Theater«, parierte sie und sah ihm dabei fest in die Augen. Er sah genauso fest zurück, bis ihr Blick mit seinem verschmolz und Schmetterlinge in ihrem Bauch zu flattern begannen.

»Dann darf ich mich als Auserwählter fühlen?«, fragte er.

»Schon möglich«, antwortete Feli kokett. Sie wollte es ihm nicht zu leicht machen, er durfte sich ruhig ein wenig anstrengen.

In dem Moment erlosch das Licht, der Vorhang gab die Bühne frei, und die Vorstellung begann.

Schon nach den ersten Minuten war klar, dass die Inszenierung von »Tod im Hühnerstall« beim Publikum gut ankommen würde. Während der Szene, in der eine fränkische Bäuerin einem italienischen Mafiaboss mit einer Mistgabel das Fürchten lehrte, erbebte das Theater vor Lachen. Mit Wehmut dachte Feli an den toten Krimischorsch, der diesen Erfolg nicht mehr miterleben konnte. Irgendwann spürte sie Christophs Hand auf ihrem Oberschenkel, was die Schmetterlinge in ihrem Bauch schier durchdrehen ließ. Zögernd legte sie ihre Hand auf seine, und nach ein paar Sekunden umschlossen sich beide. Verflixt noch mal, war das aufregend.

In der Pause, während sie an einem der Stehtische auf Christoph wartete, der Sekt holen gegangen war, wechselte sie ein paar Worte mit Frau Habermeier, einer langjährigen Kundin, und deren Mann. Als sie anschließend die Besucher beobachtete, entdeckte sie wieder die schwarzhaarige Schönheit, allerdings nicht mit Clemens Sartorius an ihrer Seite, sondern mit einer braun gelockten Frau, die schon auf den ersten Blick Warmherzigkeit und einen natürlichen Charme ausstrahlte. Beide standen nur wenige Meter entfernt an einem Tisch und nahmen gerade ihre Sektgläser von einem attraktiven blonden Anzugträger in Empfang. Der Mann schien soeben einen Scherz gemacht zu haben. Beide Frauen lachten, aber er hatte nur Augen für Sartorius' Herzdame. Ihre Erwiderung ermutigte ihn zu einem Küsschen auf ihre Wange, was sie mit einem wissenden Lächeln quittierte. Keine Frage, die wusste, wie sie auf Männer wirkte. Das folgende Gespräch bestritten ausschließlich die beiden, wobei es sich vielmehr um ein Paradebeispiel der Flirtkunst handelte. Von gezielt eingesetzten Augenaufschlägen – seitens der Herzdame – bis hin zu wie zufällig wirkenden Berührungen an Schulter und Händen – vonseiten des Anzugträgers – zogen beide alle Register. Es wurde gekichert, kokettiert und gegurrt, dass die erotischen Schwingungen bis zu Feli zu spüren waren. Sartorius' Freundin brillierte als Meisterin der Balz, während die andere Frau am Tisch das präkoitale Verhalten ihrer Tischnachbarn mittlerweile mit sichtbarem Unglauben verfolgte.

Auch Feli war in Anbetracht der Tatsache, dass Clemens Sartorius' Herzdame fremdflirtete, irritiert. Wenn das der Kommissar wüsste …

Endlich kam Christoph mit zwei Sektgläsern zurück und reichte ihr eines. »War gar nicht so einfach, die Beute zu erlegen, aber ich habe gekämpft wie ein Löwe«, verkündete er.

Sie stießen an, und Feli trank einen Schluck der prickelnden Flüssigkeit. Das war genau das, was sie jetzt brauchte.

»Was bekomme ich denn für meine Tapferkeit?«, nahm Christoph das Gespräch wieder auf, als er sein Glas abstellte.

Diese Steilvorlage ließ Feli sich nicht entgehen: »Ich glaube, du hast dir wirklich eine kleine Belohnung verdient.« Sie beugte sie zu ihm und küsste ihn auf die Wange. Die Berührung war so elektrisierend wie ein Stromschlag.

»Und das soll alles gewesen sein?«, fragte Christoph ungläubig.

»Das war erst der Anfang.«

»War es das?«

Als er ihr vielsagend in die Augen schaute, folgte sie einem spontanen Impuls und küsste ihn erneut, diesmal mit voller Hingabe auf den Mund. Die Weichheit seiner Lippen erregte sie, sie fühlte sich wie eine Blume, die von der Morgensonne wachgeküsst wird.

»Was hältst du davon, wenn wir zu dir nach Hause gehen?«, schlug er vor, als sie sich wieder voneinander gelöst hatten, und seine Augen glänzten verheißungsvoll.

Weil ein Liebesrausch ungeahnten Ausmaßes Feli daran hinderte, ihm eine Antwort zu geben, nahm sie ihn wortlos an der Hand und zog ihn mit sich fort zum Ausgang.

Donnerstag, 5:30 Uhr

Langsam öffnete Feli die Augen. Es dauerte ein paar Sekunden, bis die Erinnerungen an die vergangene Nacht zurückkehrten, dann aber mit der Intensität eines ausbrechenden Vulkans. Christoph Messingschlager war eine Naturgewalt. Er selbst hatte sich scherzhaft einen »Sexgott« genannt, und Feli kam nicht umhin, ihm insgeheim recht geben zu müssen. Diese Nacht war der unvergessliche Höhepunkt ihres bisherigen erotischen Lebens gewesen, sie würde sie nie vergessen!

Immer noch überwältigt versuchte sie, ihre aufgewühlte Gefühlswelt zu sortieren. War sie verliebt? Wollte sie eine Beziehung? Oder war das Feuerwerk der vergangenen Stunden eine einmalige Angelegenheit gewesen? Sofort verwarf sie die letzte Option. Natürlich nicht. Hier bahnte sich etwas an, das nichts mit der Austauschbarkeit eines One-Night-Stands zu tun hatte. Als sensible Frau spürte sie das.

Der Sexgott lag derweil mit offenem Haar neben ihr und blies sich bei jedem Ausatmen eine Strähne aus dem Gesicht, die dem Gesetz der Schwerkraft folgend immer wieder zurückfiel. Feli griff danach und kitzelte ihn damit an der Wange. Er zuckte nicht einmal. Keine Frage, der schlief so fest, dass ihn auch der Gongschlag einer indischen Klangschale nicht aufgeweckt hätte.

Sie selbst hielt es allerdings nicht länger im Bett aus. Sie musste raus an die frische Luft. Eine kleine Joggingrunde war genau das, was sie jetzt brauchte, dann bekäme sie auch wieder einen klaren Kopf. Und auf dem Rückweg würde sie bei der Bäckerei Pickelmann Brötchen für das erste gemeinsame Frühstück mit Christoph kaufen.

Zufrieden mit ihrem Plan lief sie wenige Minuten später die Krankenhausstraße entlang, vorbei am Schlossgarten auf der linken Seite und der Pathologie auf der rechten Richtung Norden. Die morgendliche Frische vertrieb die Hitze der

Nacht endgültig, und mit jedem Meter breitete sich ein friedliches Gefühl etwas weiter in ihr aus. Schon lange hatte sie es nicht mehr gespürt. Das Leben war schön. Nur der Krach mit Boschi belastete sie noch, und natürlich Johannas Tod, doch die Gedanken daran schob sie zur Seite. Nicht jetzt. Jetzt wollte sie einfach nur glücklich sein.

Sie überquerte die Neue Straße bei der Herz-Jesu-Kirche und lief am Zentralparkplatz der Kliniken vorbei Richtung Schwabachanlagen. Vögel zwitscherten, und im Osten stieg die Sonne, noch von Morgenröte umwölkt, immer höher. Ein Bilderbuchmorgen, wenn nur Felis Blase nicht gedrückt hätte. Sie joggte noch bis zum Fußweg an der Schwabach, der parallel zur Wöhrstraße verlief, wo sie sich in alle Richtungen umsah. Zum Glück waren um diese Zeit kaum Menschen unterwegs. Lediglich aus der Tiefgarage der Kopfklinik fuhr gerade jemand im BMW und bog in die Harfenstraße ein.

Kurz entschlossen stieg Feli die kleine Böschung zur Schwabach hinab und fand hinter ein paar Büschen die perfekte Stelle für eine Pipipause. Doch noch während sie die Vorzüge des Freipinkelns genoss, entdeckte sie wenige Meter von sich entfernt im Fluss ein massiges Etwas, das oben glänzte. Es hatte sich an einem Ast verhakt. Was war das denn? Feli sah genauer hin und schluckte. Das war definitiv kein Fisch. Das war vielmehr … Nein, das konnte jetzt nicht wahr sein! Nicht schon wieder und schon gar nicht heute. Das, was da glänzte, war eine Glatze, und der Rest steckte in einem rosafarbenen Hemd und grauen Hosen. Es war ein Mann. Und wie es aussah, war er tot. Mit wild klopfendem Herzen zog Feli ihren Slip und die Laufhose hoch und hangelte sich an ein paar Baumstämmen entlang zu dem durchaus muskulösen Körper hin, der bewegungslos wie ein Fels mit dem Gesicht nach unten im Wasser lag. Was sollte sie denn jetzt machen?

Feli rutschte das letzte Stück Böschung hinunter, bis sie kniehoch in der Schwabach stand, und schüttelte den Mann am Arm. »Hallo, können Sie mich hören?«

Als er keine Reaktion zeigte, versuchte sie, ihn auf die Seite zu drehen, aber mit der nassen Kleidung war er so schwer, dass er sofort wieder in seine Ausgangslage zurückplatschte. Wasser spritzte Feli ins Gesicht, sie schrie kurz auf.

Wenn sie nicht alles täuschte, war der Mann tot, womit sich eine Mund-zu-Mund-Beatmung erübrigte. Trotzdem musste sie handeln. Aber wie? »Hiiilfeee!«, rief sie in wilder Panik. »Hört mich jemand? Hiiilfeee!«

Doch niemand in den umliegenden Häusern reagierte, kein morgendlicher Radfahrer kam vorbei, kein Fußgänger. Ganz allein stand Feli neben einem leblosen Mann in der Schwabach. So ein Mist. Warum musste immer sie die Leichen in Erlangen finden? Bestand zwischen den Toten und ihr vielleicht so etwas wie eine magische Anziehungskraft, oder welche schicksalhafte Gesetzmäßigkeit war dafür verantwortlich? Egal. Sie brauchte jetzt sofort Hilfe, und zwar irdische. Mit zitternden Fingern holte sie ihr Handy aus der Hosentasche und wählte die 110.

Donnerstag, 6:30 Uhr

Clemens gähnte so ausgiebig, dass ihm Tränen in die Augen stiegen. Er fühlte sich, als hätte ihm jemand die Luft aus den Lungen gesogen und zusätzlich auch noch seine Energieversorgung gekappt. Da half nicht einmal mehr sein vorsorglich im Thermobecher mitgebrachter doppelter Espresso. Eine Gänsehaut lief über seinen Körper, obwohl es nicht kalt war. Bereits zwanzig Grad so früh am Morgen, wobei man diese Temperatur fast als frisch für diesen Sommer bezeichnen konnte. Aber er war erschöpft, hatte in der letzten Nacht kaum geschlafen. Nachdem er bis spätabends am Schreibtisch gesessen hatte, um den Laptop ihres Opfers zu untersuchen, war er nach Hause gefahren, ins Bett und in einen komatösen Schlaf gefallen. Um drei Stunden später zu erwachen und nicht wieder einschlafen zu können. Delphine wollte ihm nicht mehr aus dem Kopf gehen. Wie wütend sie gewesen war! Als er wider Erwarten früh am Morgen doch noch eingenickt war, hatte sein Handy geklingelt. Einsatz. Ein Toter in der Schwabach. Phantastisch!

Vom Ende der kleinen Gasse hinter dem »Storchenbräu« konnte Clemens bereits den Fuhrpark der Spusi und der Polizei erblicken. Dahinter das schneeweiße 911er Coupé des Rechtsmediziners. Mengler war also auch schon da. Missmutig grummelte Clemens vor sich hin. Parkplätze waren in der Gegend normalerweise dünn gesät, weshalb er seinen Tesla vorne in der Vierzigmannstraße vor dem »Storchenbräu« abgestellt hatte. Allerdings hatte der kurze Spaziergang auch etwas Gutes: Er brachte seinen Kreislauf in Schwung.

Der Fuß- und Radweg an der Schwabach entlang war bereits großzügig abgesperrt worden. Am rot-weißen Flatterband wiesen Polizisten jeden Fußgänger und Radler in Richtung Wöhrstraße. Dahinter parkte ein Krankenwagen, in dessen Inneren sich ein Notarzt sowie ein Sanitäter zu schaffen machten.

Clemens duckte sich unter der Absperrung hindurch und sah, dass die Leiche schon geborgen worden war und jetzt auf einer Decke auf dem Weg lag. Es handelte sich um einen durchtrainierten Mann um die fünfzig, kahlköpfig, dafür am restlichen Körper überdurchschnittlich behaart. Professor Mengler hatte bereits ganze Arbeit geleistet und den Toten entkleidet.

»Ach, der Herr Kommissar erweist uns doch noch die Ehre«, begrüßte ihn der Rechtsmediziner, der neben der Leiche hockte, bevor er aufstand, die Handschuhe abstreifte und sich mit einem Tuch aus dem mitgebrachten Spender den Schweiß von der Stirn tupfte. Sein weißer Schutzanzug leuchtete in den ersten Sonnenstrahlen des Tages.

»Ich dachte, ich lass Ihnen ein bisschen Zeit mit dem Toten, dann können Sie sich in Ruhe kennenlernen. Es heißt, das soll das Arbeitsklima verbessern«, erwiderte Clemens.

»Mit dem falschen Fuß aufgestanden?«

»Eher am falschen Tag im falschen Jahrhundert in der falschen Galaxie.«

Mengler grinste. »Also alles bestens. Dann kümmern Sie sich doch erst einmal um Ihre Zeugin. Wenn Sie sich abgeregt haben, dürfen Sie wiederkommen.« Er nahm ein frisches Paar Handschuhe aus seinem Koffer und ging erneut neben dem Toten in die Knie.

Clemens blickte sich um. Eine Zeugin? Davon hörte er zum ersten Mal. Aber klar, Diebold, der Frühdienst schob, hatte ihm von dem Vorfall berichtet, und bei dessen Chaoswirtschaft grenzte es schon an ein Wunder, dass er die richtige Adresse des Tatorts weitergegeben hatte. Falls es denn ein Tatort war. Schließlich konnte bisher nicht ausgeschlossen werden, dass der Mann aufgrund eines Unfalls ertrunken war. Auf der kleinen Uferböschung entdeckte Clemens Max Gimmler, den Leiter der Spurensicherung.

»Herr Gimmler, haben Sie schon was?«

»Ihnen auch einen schönen guten Morgen.« Gimmler trat mit zwei großen Schritten auf den Weg, in seiner Hand eine Kamera, mit welcher er für gewöhnlich die Tatorte in all ihren Einzelheiten festhielt. »Der Typ ist wohl da«, er deutete auf eine Stelle in drei Metern Entfernung, »den kleinen Hang nundergrudscht. Dafür sprechen Schleifspuren. Ob des etz freiwillig passiert ist oder da einer nachgeholfen hat, das müssen wir noch rausfinden.«

Nundergrudscht. Fränkisch für Anfänger am frühen Morgen. Auch das noch. Clemens nickte und fuhr sich mit der Zunge über die Lippen. »Sonst noch irgendwas, was ich wissen sollte?«

»Der Tote heißt Richard Trotz, ist zweiundfünfzig Jahre alt und lebt dem Ausweis nach, den wir bei ihm in seiner Brieftasche gefunden haben, in ›In der Reuth‹ in Alterlangen. Mehrere Kreditkarten und einiges an Bargeld waren auch drin, Raubmord war's wohl net. Hosentaschen haben wir ebenfalls schon untersucht. Ausbeute war eine Schlüsselkarte für einen Audi Q7, ein Smartphone, ein Zigarettenetui und ein Feuerzeug.«

»Smartphone? Funktioniert das noch?«

»Wasser im Gehäuse bekommt den Teilen net besonders gut. Ich denke, wir werden auf die Antwort der Techniker warten müssen.« Gimmler zuckte mit den Schultern und verzog das Gesicht zu einer Grimasse.

Clemens sog tief die frische Morgenluft ein. »Wissen Sie was von einer Zeugin? Unser Totengräber meinte gerade, ich solle mich um sie kümmern.«

Grinsend deutete Gimmler Richtung Absperrung. »Da haben S' aber Glück, Herr Sartorius, die kennen S' nämlich schon.« Lachend stieg er die Böschung wieder zum Fluss hinab.

Obwohl die Morgensonne noch nicht stark blendete, musste Clemens mehrmals die Augen zusammenkneifen. War das eine Fata Morgana? Das, was er in einiger Entfernung sah, flirrte zwar nicht, konnte aber einfach nicht existieren. Nein, er korrigierte sich, es *sollte* nicht existieren. Nicht schon wieder Felicitas Reichelsdörfer. Das zweite Mal binnen nicht mal einer Woche. Er seufzte. Aber es half alles nichts. Die Arbeit wartete. Er setzte sich in Bewegung.

»Frau Reichelsdörfer, Sie schon wieder? Ich kann mein Glück kaum fassen.« Sein Lächeln war so falsch, dass er sich selbst fragte, wieso er es überhaupt aufsetzte. Aus Höflichkeit, entschied er, aus reiner Höflichkeit.

Sein Gegenüber zitterte am ganzen Leib. »Ich hätte mir heute Morgen auch was Besseres vorstellen können, als über eine Leiche zu stolpern.«

Holla! Da war aber eine Wildkatze unterwegs. »So? Wäre Ihnen der Fund an einem anderen Tag oder etwas später lieber gewesen?« Clemens hatte sich diese Spitze einfach nicht verkneifen können.

Die Buchhändlerin funkelte ihn an. Ihre Hände ballten sich zu Fäusten, während sie von einem Fuß auf den anderen trat.

»Ist ja auch egal«, winkte Clemens ab. »Wann haben Sie ihn denn gefunden? Und vor allem, wie? Nach allem, was ich bisher weiß, lag er ja etwas verdeckt im Wasser, sodass man ihn vom Weg aus nicht sofort entdecken konnte.«

Felicitas Reichelsdörfer stöhnte. »Wenn Sie es unbedingt wissen wollen: Ich war joggen und musste dringend pinkeln. Die Bäume auf der Böschung boten sich an, um mal schnell dahinter zu verschwinden. Als ich fertig war, habe ich diesen Typ da entdeckt.« Sie deutete in Richtung Leiche. »Das war so gegen sechs Uhr. Erst war ich mir unsicher, ob der wirklich tot ist.«

»Haben Sie ihn angefasst?«

Sie druckste herum, ohne etwas Verständliches von sich zu geben.

»Wäre schön, wenn Sie sich heute noch zu einer Antwort durchringen könnten, Frau Reichelsdörfer.« Clemens trank den letzten Schluck seines Espressos aus seinem Thermobecher.

»Na ja«, begann sie zögernd, »weil ich ja, wie ich schon sagte, nicht wusste, ob der tot ist, bin ich zu ihm hin, hab ihn am Arm gerüttelt und angesprochen. Als er nicht reagierte, wollte ich ihn umdrehen.«

»Was?«

»Ich wollte ihn umdrehen, verdammt! Aber er war so schwer, dass ich es nicht geschafft habe. Jetzt schauen Sie mich halt nicht so an! Wie hätte ich denn sonst rausfinden können, ob er eventuell nur bewusstlos ist?«

»Schon gut.« Clemens seufzte. Im Grunde genommen hatte sie ja recht. »Wo wir uns gerade so nett unterhalten: Kennen Sie den Toten hier etwa auch schon wieder?«

»Ihren Sarkasmus können Sie sich sparen. Und nein, den kenne ich ausnahmsweise nicht. Jedenfalls nicht auf den ersten Blick. Sie glauben mir das jetzt vielleicht nicht, weil Ihrer Meinung nach eine Buchhändlerin in Erlangen jeden Volldeppen kennen muss, der sich mir nichts, dir nichts in die Schwabach stürzt und dabei aus Versehen ersäuft, aber genau so ist es.« Felicitas Reichelsdörfer atmete tief ein und schaute ihm geradewegs in die Augen.

Mumm hatte sie, das musste Clemens ihr lassen. Erst als er ihrem Blick auswich, bemerkte er, dass ihre Unterschenkel und Laufschuhe samt Socken vor Nässe trieften. Kam ihm irgendwie bekannt vor. Feuchte Klamotten. Etwas schien sie immer zu verbinden. »Wollen Sie sich noch einmal vergewissern, dass Sie ihn nicht kennen?«, bot er ihr an. »Jetzt liegt er in seiner vollen Pracht auf dem Weg, bereit zur Gegenüberstellung.«

»Danke, aber darauf kann ich gut verzichten.«

»Aber ich nicht. Wenn es Sie beruhigt, rufe ich auch gern den Notarzt, falls Sie umkippen, oder liefere Sie höchstpersönlich im Kopfklinikum ab.« Clemens bewegte sich bereits Richtung Leichnam, der inzwischen mit einem Leintuch abgedeckt war.

»Wie überaus fürsorglich«, tönte es hinter ihm, und rasche Schritte verrieten, dass die Buchhändlerin ihm folgte.

Als er neben dem Toten stand, hob Clemens das Leintuch etwas an und entblößte den blassen Schädel des Mannes. »Und? Klingelt's?«

Felicitas Reichelsdörfer schüttelte den Kopf, schlang die Arme um ihren Körper, wendete den Blick ab und schluckte heftig.

»War doch gar nicht so schlimm«, spielte Clemens die Situation herunter.

»Nein. Ist das reinste Vergnügen, so eine Leiche am Morgen.«

Ein Rettungssanitäter trat neben sie und reichte ihr eine Tasse heißen Tee. »Hier, was Wärmendes für die Seele.« Er klopfte ihr aufmunternd auf die Schulter und ging wieder zurück zum Krankenwagen.

»Sehen Sie, so kümmert man sich um jemanden, der gerade einen Toten gefunden hat!« Felicitas Reichelsdörfer sah Clemens böse an. »Von dem Verhalten vom Sani können Sie sich ruhig mal eine Scheibe abschneiden. Bei Ihrem wundere ich mich wirklich nicht, dass Ihre Flamme sich anderweitig orientiert.« Die letzten Worte stieß sie mit solcher Wucht aus, dass ein kleines Spucketröpfchen auf Clemens' Anzug landete.

Er starrte sie kurz an, strich dann mit angehaltenem Atem demonstrativ über den bespuckten Ärmel seines Jacketts und atmete tief aus. »Wie meinen Sie das?« Seine Augen verengten sich zu kleinen Schlitzen.

»Das wissen Sie nicht?«, erwiderte sie. »Für den Fall, dass Sie Ihr Hirn wieder einschalten, denken Sie doch einfach mal darüber nach. Kann ich jetzt gehen? Irgendwie ist mir trotz der Wärme kalt, und ich würde wirklich gern duschen und mir trockene Socken und Schuhe anziehen. Das wenigstens sollten Sie doch verstehen. Andererseits bräuchte man selbst dafür einen Funken Mitgefühl.« Ihre Stimme klang gepresst vor Zorn. »Und falls Sie mich noch brauchen, wissen Sie ja, wo Sie mich finden.«

»Gehen Sie«, antwortete er fast tonlos, drehte sich um und

ließ die Buchhändlerin allein zurück. Was hatte er nur gesagt, das bei Felicitas Reichelsdörfer eine solche Reaktion hervorgerufen hatte? Und – fast noch wichtiger – was hatte sie mit ihrer Andeutung bezüglich Delphine gemeint?

Donnerstag, 8:00 Uhr

Das Taxi hielt vor dem Café »Klein, aber Fein«. Feli holte Geld aus ihrer Handyhülle, bezahlte den Fahrer vom Rücksitz aus und schälte sich dann aus dem Wagen. »Wiedersehen«, murmelte sie und schloss die Tür.

Das dunkelhaarige Schwergewicht mit Schnurrbart, das sie während der Fahrt immer wieder verstohlen im Rückspiegel gemustert hatte, hob zum Abschied nur die Hand, bevor es davonfuhr.

Feli sah dem Wagen noch kurz hinterher, dann stapfte sie zum Eingang vom »Klein, aber Fein«, wo Rieke gerade die Tür aufsperrte und sie mit großen Augen ansah. »Wo kommst du denn her?«

Barfuß marschierte Feli an ihr vorbei, schmiss ihre nassen Laufschuhe auf den Boden und hievte sich auf einen der drei Barhocker vor dem Tresen. »Ich hab schon wieder eine Leiche gefunden«, verkündete sie, während Rieke die Tür abschloss. Das Café öffnete erst in einer Stunde.

»Du hast was?« Die Stimme ihrer Freundin schraubte sich schrill nach oben, was absolut unüblich war. Normalerweise war Rieke die personifizierte Ruhe und Gelassenheit. »Zwei Leichen innerhalb weniger Tage. Ehrlich, du machst mich fertig«, sagte sie und bezog hinter dem Tresen Stellung.

»Was glaubst du, wie fertig ich erst bin«, antwortete Feli und begann stockend, von ihrem morgendlichen Joggingausflug und dem Toten in der Schwabach zu berichten.

Rieke hörte zu und schüttelte immer wieder ungläubig den Kopf. »Du kriegst jetzt erst einmal einen Caffè Latte«, sagte sie schließlich. Sie machte sich an der Kaffeemaschine zu schaffen, wurde jedoch von einem Lieferanten in Muskelshirt und mit Vollbart unterbrochen, der an die Tür klopfte.

Entschuldigend zuckte Rieke mit den Schultern und ließ den Mann herein. Während sie die Formalitäten mit ihm erledigte und die Milchkartons entgegennahm, fiel Felis Blick auf die aktuelle »Erlanger Zeitung«, die Rieke abonniert hatte und die auf dem Tresen lag. Auf der Titelseite prangte ein Foto von Johanna, auf dem sie in die Kamera lächelte. Die Überschrift lautete: »Mutmaßlicher Mörder der Brunnenleiche wieder auf freiem Fuß«.

Dann war der Fall also doch noch nicht geklärt. Hastig überflog Feli den Artikel. Demnach liefen die Ermittlungen der Polizei weiter auf Hochtouren, nachdem ein kurzzeitig inhaftierter Kommilitone des Opfers wieder freigelassen worden war, weil sich der Anfangsverdacht gegen ihn nicht bestätigt hatte.

Das war bestimmt dieser Martin Vogel, von dem die Mädels aus Johannas WG erzählt hatten, dachte Feli. Ha! Dann hatte Sartorius also doch keine neue persönliche Bestzeit im Aufklären eines Mordes aufgestellt, sondern war nur einer falschen Spur gefolgt. Aber das war für ihn ja nichts Neues. Und nun hatte er noch eine zweite Leiche am Hals. Kein Wunder, dass der vorhin vor schlechter Laune nur so gestrotzt hatte.

Rieke verabschiedete den Lieferanten, kehrte hinter den Tresen zurück und schüttete Milch in den Aufschäumer.

»Johannas Mörder läuft immer noch frei herum«, sagte Feli. »Hier, schau, da ist ein Bild von ihr.« Sie drehte die Zeitung zu ihrer Freundin.

»Hab ich vorhin auch schon kurz gelesen«, antwortete Rieke. »Und weißt du was? Ich kenne die auch. Wenn mich nicht alles täuscht, war die neulich hier im Café.«

»Und das sagst du erst jetzt?«

»Du hast mich ja noch nicht zu Wort kommen lassen.«

»Und du bist dir sicher, dass sie das war?«

Rieke nickte. »Normalerweise merke ich mir nicht jedes Gesicht, aber an diesen asymmetrischen blonden Bob erinnere ich mich. Außerdem hat sie einen bleibenden Eindruck hinterlassen.«

»Weshalb das?« Feli setzte sich gerade hin und musterte

ihre Freundin. Dieser Morgen steckte wirklich voller Überraschungen.

»Irgendwann letzte Woche kam die hier rein. Hat zunächst ganz normal gewirkt«, berichtete Rieke. »Aber dann hat sie hinten links an dem Tisch zwei Gäste entdeckt und ist erstarrt. Wobei ›erstarrt‹ es nicht ganz trifft. Ich glaub, die stand unter Schock. Schneeweiß ist sie geworden und hat nach Luft geschnappt. Und dann hat sie sich umgedreht und ist losgerannt, gerade in dem Augenblick, als ich mit einem voll beladenen Tablett hinter dem Tresen hervorkam.«

Rieke machte eine bedeutungsschwere Pause. »Sie ist in mich reingerannt, und zwar mit einem solchen Karacho, dass das Tablett zu Boden gegangen ist. Aber das hat die gar nicht interessiert. Keine Entschuldigung, nichts kam von ihrer Seite. Stattdessen hat sie mich noch zur Seite geschubst und ist dann rausgeschossen, als wär der Teufel hinter ihr her.«

Feli atmete lauthals aus und dachte nach. Das von Rieke geschilderte Verhalten passte so gar nicht zu Johanna, die in ihrer Erinnerung immer korrekt und besonnen gewesen war. Merkwürdig. »Wer waren die beiden Gäste, die hinten links in der Ecke saßen?«

»Ich hab die nicht gekannt.« Rieke dachte kurz nach. »Ein Mann und eine Frau, er war so um die fünfzig, ein stämmiger Kerl mit Glatze. Von ihr weiß ich nur noch, dass sie der Typ vornehme Dame war.«

Als Rieke endlich den Caffè Latte auf den Tresen stellte, nahm Feli einen Löffel der aufgeschäumten und mit Zimt bestäubten Milch und ließ sie auf der Zunge zergehen. Ein Gedicht, wie immer. Und nach dem ersten Schluck Kaffee arbeiteten sogar ihre frisch erwachten Lebensgeister wieder auf Hochtouren – und ihr Ermittlergeist meldete sich zurück. »Der Tote, den ich heute Morgen gefunden habe, hatte auch eine Glatze«, stellte sie fest.

»Kann Zufall sein. Denk bloß nicht daran, schon wieder irgendwelche kriminalistischen Überlegungen anzustellen.« Rieke krauste ihre sommersprossige Nase, wie immer, wenn ihr etwas nicht passte. »Überlass das Überlegen lieber der Polizei. Der Sartorius wird das schon machen.«

»Hör mir bloß mit dem auf.«

Rieke schmunzelte, wobei sich ihre Grübchen zeigten. »Stimmt, du hattest gerade eben ja bereits das Vergnügen. Aber kann der nicht auch sehr nett sein?«

»Heute Morgen hat er sich jedenfalls nicht gerade von seiner netten Seite gezeigt. Ist mir allerdings egal. Zu Hause wartet jemand auf mich, der wesentlich charmanter ist als der Kommissar.«

Rieke strich ihre langen braunen Haare hinter die Ohren. »Doch nicht etwa der gut aussehende Typ, mit dem du vorgestern hier warst?«

Feli lächelte vielsagend: »Genau der.«

»Und was machst du dann hier, wenn dieser Wahnsinnsmann zu Hause auf dich wartet?«

»Mich wieder sammeln.«

»Du meinst, wenn er dich als Nervenbündel erlebt, könnte das bleibende Schäden bei ihm hinterlassen?«

»Du weißt doch, wie das ist.« Feli seufzte. »Nach der ersten Nacht will man einen besonders guten Eindruck machen. Und als ich die Leiche gesehen habe, da war ich einfach fix und fertig. Also bin ich zu dir gekommen, und jetzt geht es mir wieder besser. Deshalb wird es auch höchste Zeit, dass ich den Abflug mache. Apropos, du hast nicht zufällig zwei Croissants übrig?«

»Du bist schon wieder ganz die Alte.« Grinsend packte Rieke zwei von den Croissants in eine Tüte, die wie jeden Morgen von einer Bäckerei geliefert worden waren.

Feli umarmte sie zum Abschied. »Weißt du, dass ich echt froh bin, dass du Bremerhaven den Rücken gekehrt hast und ins Frankenland ausgewandert bist?«

»Bedank dich bei meinem Mann. Der hätte Erlangen nie verlassen, also blieb mir gar nichts anderes übrig.«

»Ihr müsst unbedingt mal wieder zu mir kommen, dann koche ich uns was Leckeres.«

»Ist das eine Drohung?«, neckte Rieke sie.

Feli lachte.

»Viel Spaß mit dem Kerl.«

»Werd ich haben. Mach's gut.«

Mit aufgeladenem Akku verließ Feli das »Klein, aber Fein« und lief die Friedrichstraße Richtung Bohlenplatz entlang zum Haus, in dem sich im Erdgeschoss das »Büchernest« befand. In freudiger Erwartung stürmte sie die Treppe hinauf und in ihre Wohnung im ersten Stock, ließ ihre Schuhe im Flur fallen, schmiss die Tüte mit dem Gebäck auf den Küchentisch und flog ins Schlafzimmer.

Ein Blick auf das Bett – und ihr Herzschlag setzte für einen Augenblick aus.

Christoph war weg.

Donnerstag, 11:30 Uhr

Clemens' Blut rauschte in seinen Ohren, als er durch die Gänge der Polizeidienststelle zu seinem Büro eilte. An der Kaffeeküche stoppte er und pfefferte seinen Thermobecher in das Spülbecken. Es war ihm egal, dass das Scheppern einige Kollegen aus ihrem Tiefschlaf riss, den sie als Arbeit bezeichneten. Im Grunde war ihm gerade alles egal. Was für ein miserabler Tag! Ein immer noch ungeklärter Mordfall, eine weitere Leiche und dazu eine Buchhändlerin, die sich neuerdings anscheinend als schlechtes Orakel betätigte. Wobei es ihn wirklich brennend interessierte, was sie mit ihrer Andeutung bezüglich Delphine gemeint hatte. Aber bevor er sie deswegen fragte, biss er sich eher in den Hintern.

»Alles in Ordnung, Herr Sartorius?« Monika Gerber steckte den Kopf aus ihrer Bürotür und musterte ihn von oben bis unten. Mit dem, was sie sah, schien sie nicht zufrieden zu sein, denn auf ihrer Stirn bildete sich eine v-förmige Furche.

Clemens zwang sich, ruhig zu bleiben und einmal tief durchzuatmen. Schließlich konnte die Sekretärin nun wirklich nichts dafür, dass sein Leben gerade nicht so lief, wie er sich das vorstellte.

»Alles bestens, Frau Gerber. Danke der Nachfrage. Sind die Kollegen schon anwesend?«

»Alle in Ihrem Büro versammelt, wie gewünscht. Espresso?«

»Gern. Und danke, Sie sind ein Schatz.«

Die Sekretärin strahlte. »Ach, das tu ich doch gern. Ist keine große Sache.« Lächelnd verschwand sie in der Kaffeeküche.

Immerhin die hatte er glücklich gemacht. Clemens gab sich einen Ruck und setzte seinen Weg fort. Als er die Tür zum Büro öffnete, blickten ihm vier Augenpaare entgegen.

»Guten Morgen, alle zusammen. Ich gehe davon aus, dass Sie bereits über die neuesten Ereignisse im Bilde sind?« Er hängte sein Jackett über seinen Drehstuhl, bevor er sich auf ebendiesem niederließ.

»So weit, ja«, meinte Cora. »Richard Trotz, verheirateter Bauunternehmer, ist in der Schwabach ertrunken. Gibt es schon was aus der Rechtsmedizin?«

Clemens nickte. »Ich habe gerade noch einmal mit Professor Mengler gesprochen. Vorläufiger Todeszeitpunkt ist dreiundzwanzig Uhr, plus/minus ein bis zwei Stunden. Vorerst konnte er keine Zeichen von Fremdeinwirkung entdecken.«

»Also könnte der auch im Suff die Böschung runtergefallen und ertrunken sein?«, fragte Cento.

»Möglich, aber um das sicher zu wissen, ist es zu früh. Blut- und DNS-Analyse stehen noch aus, ebenso die Details der Obduktion.«

Es klopfte an der Tür, Diebold öffnete, und die Abteilungssekretärin brachte Kaffee für alle samt dem gewünschten Espresso für Clemens.

Letzterer war so heiß, dass er sich fast die Zunge verbrannt hätte, wäre er nicht im letzten Moment zurückgezuckt. Dafür verschüttete er einen Teil des schwarzen Gebräus. Zum Glück nur auf die Untertasse und nicht auf sein weißes Hemd. Es gab also doch noch Hoffnung für diesen vermaledeiten Tag.

»Und Selbstmord?« Diebold beugte sich auf seinem Sessel nach vorne.

»Wie kommen Sie darauf?« Clemens schüttelte vehement den Kopf. »Wer bringt sich denn um, indem er einen Abhang hinunterrutscht und sich zum Ertrinken mit der Nase nach unten ins flache Wasser legt? Das ist doch Humbug!«

»Ich mein ja bloß ...« Diebold setzte sich mit verschränkten Armen wieder aufrecht hin.

»Vermutlich handelt es sich um einen tragischen Unfall«, sagte Clemens. »Natürlich könnte es auch Mord sein, aber wenn wir ehrlich sind, sieht es im Moment nicht danach aus. Haben die Techniker das Handy schon untersucht – Wiesner?«

»Sind dabei. Das Problem ist, dass es bei dem Sturz des

Opfers auf einen Stein gefallen ist, sodass das Display beschädigt wurde und Wasser in das Innere eindringen konnte. Die Profis haben uns keine großen Hoffnungen gemacht, was das Innenleben des Smartphones angeht.« Frank Wiesner fuhr sich mit beiden Händen durch das stets verstrubbelte Haar.

»Hat einer der Anwohner oder ein später Spaziergänger vielleicht etwas mitbekommen?«, warf Cora ein.

»Gute Idee«, meinte Clemens. »Diebold, Sie kümmern sich darum. Cora und ich fahren jetzt erst einmal zu der Ehefrau von Richard Trotz. Wiesner und Cento, Sie statten der Firma des toten Baulöwen einen Besuch ab und horchen mal vorsichtig nach, ob er Feinde hatte, sich in letzter Zeit anders verhalten hat und so weiter und so fort.«

Wiesner und Cento erhoben sich, während Diebold schnell seine Kaffeetasse leerte.

»Moment«, hielt Clemens sie zurück, »wir sind noch nicht fertig. Schließlich haben wir noch zumindest einen erwiesenen Mordfall.«

Die beiden Kollegen setzten sich wieder, wobei Cento leise stöhnte.

»Ach, stimmt ja, dein Nachteinsatz«, meinte Cora. »Was kam denn dabei raus?« Sie klang spöttisch.

Clemens verzog genervt den Mund. »Was soll schon groß rausgekommen sein? Nichts natürlich. Aber gleich so was von nichts.«

»Doch kein geflügelter Täter?« Wiesner kicherte als Einziger ob seines Wortspiels.

Cora rollte mit den Augen und schlug die Hand an die Stirn. »Meine Güte, ihr seid ja schlimmer als Kindergartenkinder. Bloß, weil der Vogel heißt –«

»Wie auch immer«, brachte Clemens sie wieder auf Spur, »bisher gibt es keinerlei eindeutige Hinweise darauf, dass Martin Vogel unser Mörder ist. In Johanna Färbers Terminkalender bin ich auf die Daten einiger Führungen gestoßen, die sie gemacht hat beziehungsweise machen wollte. Die sind öffentlich, das heißt, jeder, der will, kann sich zu der bestimmten Uhrzeit am Markgrafen-Denkmal vor dem Schloss einfinden und zahlt dann vor Ort einen Betrag von acht Euro. Interessant war, dass sie außerdem die Kostümführungen in Person der Markgräfin Wilhelmine von Brandenburg-Bayreuth gehalten hat. Der Inhalt ist als Word-Dokument auf ihrem Laptop abgespeichert, aber außer, dass ich jetzt bestens über die Zeit um 1740 herum informiert bin und weiß, dass sowohl das Markgrafentheater als auch die Friedrich-Alexander-Universität von dieser sehr populären Markgräfin gefördert wurden, bin ich genauso schlau wie vorher.« Seufzend strich sich Clemens durch die Haare. »Nichts davon hat mir einen Hinweis darauf geliefert, weshalb Johanna Färber in dieser Verkleidung steckte, als wir sie fanden. Die letzte Kostümführung war vor einigen Tagen, und die nächste hätte erst heute stattfinden sollen. Vielleicht wollte der Täter damit ja auch nur von sich ablenken. Wenn wir davon ausgehen, dass er es war, der sie so verkleidet hat, bin ich immer noch der Meinung, dass unsere bisher beste Spur ihr Liebhaber ist.«

»Und ihre Doktorarbeit?«, fragte Cora, die sich der Länge nach streckte und lauthals gähnte – nicht zum ersten Mal an diesem Morgen.

»Sag mal, langsam kommt es mir so vor, als hättest du heute Nacht über den Akten gebrütet und nicht ich.«

Cora winkte ab. »Zum Glück nicht. Ich hab mir anderweitig die Nacht um die Ohren geschlagen.«

»Und mit wem?« Clemens zog fragend die Augenbrauen hoch.

»Geht dich gar nichts an. Und versuch nicht abzulenken. Wir waren gerade bei der Doktorarbeit von Johanna Färber.«

Cento und Wiesner blickten wie Zuschauer eines Tischtennismatches zwischen Cora und Clemens hin und her. Diebold kratzte sich an der Stirn.

Grinsend fuhr Clemens fort: »Hast ja recht. Jedenfalls kann ich schon verstehen, dass Vogel unbedingt das andere Doktorarbeitsthema haben wollte. Das Handwerk des Bierbrauens scheint mit Erlangen eng verknüpft zu sein. Das wäre ein

Fest für diesen Genusstempel geworden. Bereits um 1675 diente der Burgberg mit seinen in den Sandstein gegrabenen Felsenkellern als Bierlager.« Er machte eine kurze Pause. »Ich kann mich noch an die Führung letztes Jahr durch die Keller erinnern, in den Gewölben war es wirklich angenehm kühl. 1755 wurde dann das erste Mal um Pfingsten herum die Bergkirchweih gefeiert. Eigentlich ein Pfingstjahrmarkt, der bis dahin in der Altstadt stattgefunden hatte und dem florierenden Leben in der Neustadt mit dem Namen Christian Erlang Konkurrenz bieten sollte.« Clemens blätterte kurz durch seine Notizen. »Kaum zu glauben, dass die Studenten noch bis 1998 sogenannte Bergferien während des zwölf Tage dauernden Festes erhielten.« Er schüttelte den Kopf. »Ich kann diesen Hype ja nicht nachvollziehen. Eine hoffnungslos überfüllte Vergnügungsmeile, auf der man sich sinnlos mit völlig überteuertem Bier betrinken kann, mehr ist das doch nicht.«

»Das sagst du bloß, weil du nicht von hier bist«, wandte Cora ein.

»Genau«, stimmte ihr Diebold zu. »Der Berg, der hat Kultur. Das muss man einfach amol erlebt haben. Es gibt nix Schöneres, als aufm Keller zu sitzen und eine Maß zu trinken. Am besten zu einer gescheiten Guldenbrezen mit Radi oder einem Ochsenbraten.« Er grinste Clemens an. »Sollten S' mal ausprobieren.«

»Nächstes Jahr nehme ich dich mit«, sagte Cora und lachte. »Keine Widerrede, dann zeige ich dir mal, wie wir in Erlangen feiern.«

Clemens war bei der Vorstellung gar nicht zum Lachen zumute. »Wo ich doch so eine große Vorliebe für Bier habe.«

»Jetzt hab dich halt nicht so.« Cora feixte. »Du hast bloß noch nicht das richtige getrunken.«

Der Kommissar überging den letzten Satz. »Wie auch immer, egal, wie wir es drehen und wenden, nichts von dem, was auf dem Laptop ist, bringt uns weiter. Auch nach meiner Nachtschicht haben wir keinerlei Hinweise auf den Mörder und erst recht keinen darauf, dass Martin Vogel derjenige, welcher, ist.«

»Hoffentlich glaubt uns das auch Hackebeil endlich.« Cento strich sich die Hosenbeine glatt, bevor er sich erhob.

»Ja, hoffentlich. In diesem Fall müssen wir den ominösen Liebhaber finden. Er scheint der Dreh- und Angelpunkt dieser Geschichte zu sein.« Clemens angelte sein Jackett von der Stuhllehne, die Besprechung war zu Ende.

Nachdem Cento, Wiesner und Diebold das Büro verlassen hatten, drehte er sich zu Cora um: »Wie heißt er denn, der dich um deinen Schönheitsschlaf gebracht hat? Und viel wichtiger: Hat es sich wenigstens gelohnt?«

Sie streckte ihm die Zunge raus und verpasste ihm einen Stoß gegen die Schulter, als sie sich an ihm vorbei durch die Tür quetschte.

Der Tag versprach also doch noch unterhaltsam zu werden, dachte Clemens schmunzelnd, während er ihr folgte. Etwas, was er noch vor einer Stunde nicht mehr für möglich gehalten hatte. Aber wer konnte schon ahnen, was so ein Tag alles brachte?

Donnerstag, 13:00 Uhr

Cora hielt sich die Hand vor den Mund und drehte den Kopf Richtung Seitenscheibe des Tesla, während sie erneut gähnte.

Clemens hob kurz die Augenbrauen. Er würde schon herausbekommen, wer seine Kollegin vom Schlafen abhielt. »Da hat dich der Johannes aber ziemlich gefordert gestern«, fabulierte er ins Blaue hinein.

»Welcher Johannes?« Cora blickte ihn entgeistert an. »Und was meinst du mit ›fordern‹?«

Clemens grinste, während er auf die B 4 Richtung Büchenbacher Damm einbog. »Dann heißt er eben Paul oder Richard, such dir was aus.«

Cora gab einen prustenden Laut von sich. »Du glaubst doch nicht ernsthaft, dass du mich mit einer derart plumpen Tour dazu kriegst, dir etwas zu erzählen.«

»Einen Versuch war es wert. Außerdem, was soll ich denn machen, wenn du nicht von selbst damit rausrückst?«

Sie sah ihn von der Seite her an. »Warum bist du eigentlich auf einmal so neugierig? Sonst interessiert dich doch auch nicht, was ich tue.«

»Jetzt kränkst du mich aber schon sehr, meine Liebe. Du weißt ganz genau, dass ich mich immer für dein Leben interessiere. Schließlich möchte ich nicht, dass du an den Falschen gerätst. Ich sorge mich um dich, als Kollege und Freund.«

»Jaja, klar, schon verstanden. Du kannst es bloß nicht ertragen, dass ich mal an jemand anderem Interesse zeige als an dir. Gib's doch zu.« Jetzt war es Cora, die grinste.

Clemens lächelte, hielt an einer roten Ampel und warf seiner Partnerin einen langen Blick zu. »Du wirst es nicht glauben, aber obwohl du die Liebe meines Lebens bist, rein platonisch selbstverständlich, kann ich sehr gut die Vorstellung eines anderen Mannes an deiner Seite ertragen.«

Die Ampel sprang auf Grün.

»Ach, Clemens, gib dir keine Mühe.« Cora tätschelte ihm kurz den Arm. »Ich verrate dir trotzdem nichts.«

»Aber das kannst du mir doch nicht antun!«, erwiderte er mit zuckenden Mundwinkeln. »Wie soll ich mich denn auf meine Arbeit konzentrieren, wenn ich die ganze Zeit überlegen muss, wer der Kerl ist, der dir den Kopf verdreht hat?« Clemens verließ den Büchenbacher Damm, fuhr am OBI vorbei und rechts auf die Schallershofer Straße. Das Grinsen in seinem Gesicht war wie gemeißelt. Er liebte diese Spiele mit Cora.

»Ist das so? Mmh … Weißt du, was ich mich frage? Warum das für dich von so großem Interesse ist. Ich dachte, du bist glücklich mit deiner Del-phine.« Cora betonte die beiden Silben des letzten Wortes.

Clemens spürte ihren forschenden Blick von der Seite. Wieder eine rote Ampel. Er trat auf die Bremse. Schloss kurz die Augen, öffnete sie wieder und sah Cora direkt an. »Tu das nicht.«

»Was denn?«, fragte sie mit unschuldigem Blinzeln.

»Du weißt ganz genau, was ich meine. Treib es nicht auf die Spitze.«

»Okay, dann eben: Ich dachte, du bist glücklich mit deiner Delphine.« Diesmal sprach Cora den Namen korrekt aus.

Clemens seufzte. »Was hast du eigentlich gegen sie?«, fragte er. Die Ampel sprang wieder auf Grün, und er konzentrierte sich auf die Straße.

»Ehrlich?«

»Nein, ich frag nur so aus Spaß.« Clemens schnaubte. »Natürlich will ich das wissen.«

»Okay, lass es mich so ausdrücken …« Cora hielt kurz inne, als müsste sie sich zum Weiterreden überwinden. »Deine liebe Delphine erscheint mir ziemlich oberflächlich.«

»Wie meinst du das?«

»Na ja, sie legt extrem viel Wert auf ihr Äußeres, vor allem, was Markenklamotten und Make-up angeht.« Wieder eine kurze Pause. »Außerdem scheint sie mit jedem zu flirten, der reich und nicht bei drei auf dem Baum ist.«

»Quatsch«, wehrte Clemens ab und fuhr etwas flotter als beabsichtigt um die Kurve.

»Ach ja? Du merkst das doch gar nicht«, erwiderte Cora mit fester Stimme. »Die führt dich vor, mein Lieber. Aber ganz gewaltig.«

»So ein Unsinn. Delphine ist seit Langem die erste Frau, mit der ich mir ernsthaft vorstellen kann, eine Familie zu gründen. Wir lieben uns.« Wirklich? Wie ein Blitz traf ihn dieser winzige Pfeil eines Zweifels, bohrte sich in sein Herz und ließ ihn nicht mehr los.

Cora lachte laut auf. »Das glaubst aber auch nur du, Clemens! Die liebt dich nicht, sondern nur sich selbst. Maximal ist sie an deinem Geld interessiert. Sobald sich ein Besserer, sprich, einer mit höherem Status und noch mehr auf dem Konto findet, ist die weg. Darauf würde ich eine Kelly Bag verwetten, wenn ich denn eine hätte.«

Abrupt fuhr Clemens an den Bordstein und stoppte. Er atmete einmal tief aus, bevor er sich Cora zuwandte, die seinem Blick standhielt. »Wie kommst du darauf?«, fragte er.

»Es tut mir wirklich leid für dich«, flüsterte sie, während sie ihm sanft über die Schulter strich, »aber mach doch mal die Augen auf. Delphine ist schön, intelligent und kann sich ausdrücken, ja, aber sie ist auch eine Blenderin und nutzt dich aus. Nie im Leben wird sie dich heiraten, geschweige denn dich zu einem glücklichen Familienvater machen. Alles, was sie will, ist, gesehen zu werden. Mit der richtigen Person an ihrer Seite. Und die bist im Moment du. Bis eben ein anderer kommt. Glaub mir, ich kenne solche Frauen.«

»Nein, Cora«, Clemens schüttelte vehement den Kopf, »das bildest du dir nur ein. Du kennst sie doch gar nicht so wie ich. Du hast sie nur zweimal getroffen, als ich sie letzten Dezember zur Weihnachtsfeier und dieses Jahr an Ostern zum Abteilungsbrunch mitgebracht habe. Du weißt gar nicht, wie sie tickt. Wahrscheinlich hast du nur diese Meinung von ihr, weil Delphine sich nicht gleich jedem öffnet. Aber das muss sie ja auch nicht. Es ist ihr gutes Recht, sich Fremden gegenüber nur von einer ihrer vielen Seiten zu präsentieren. Und wer macht das nicht? Glaub mir einfach, du interpretierst da etwas rein, was nicht der Wahrheit entspricht.«

»Wie du meinst.« Cora zuckte mit den Schultern. »Dann hoffe ich mal für dich, dass du recht behältst.« Jetzt tätschelte sie seine rechte Hand.

Die Berührung fühlte sich fremd an. Seltsam. Clemens erschauerte unwillkürlich. Er zwang sich, an etwas anderes zu denken und ein Lächeln aufzusetzen. In der Hoffnung, Cora würde nicht bemerken, dass seine Sorglosigkeit nur gespielt war. Ein Themenwechsel war angesagt.

»Abgesehen davon, meine Liebe, war das zwar ein netter Versuch, von dir abzulenken, aber ich habe ihn als solchen durchschaut. Jetzt bist du fällig. Wer oder was hat dich um den Schlaf gebracht? Und keine Ausflüchte mehr, Frollein!« Clemens drohte ihr scherzhaft mit dem Zeigefinger, während er zurück auf die Fahrbahn fuhr.

Cora prustete. »Das ist mal wieder typisch«, entgegnete sie, nachdem sie sich wieder beruhigt hatte. »Da gebe ich mir solche Mühe – und für was? Nur damit der Herr Oberlehrer mich vorführen darf.« Die Ironie ihrer Worte war nicht zu überhören.

»Du hast es versprochen.«

»Versprochen? Nix hab ich, das bildest du dir bloß ein.«

Clemens lenkte den Wagen nach links auf den Kosbacher Damm. Er würde einfach mal abwarten. Nicht gleich antworten. Normalerweise konnte Cora mit Schweigen nicht gut umgehen und redete schließlich von selbst weiter.

»Meine Güte, Clemens, was soll schon groß passiert sein?«, platzte es letzten Endes wie erwartet aus ihr heraus. »Ich war gestern Abend noch beim Kickboxen, um mich ein bisschen abzureagieren. Mehr nicht.« Sie drehte den Kopf zum Seitenfenster.

»Klar«, antwortete Clemens.

»Was soll das schon wieder bedeuten?«, stieg Cora sofort auf die Bemerkung ein.

»Nichts.«

»Klar.«

»Siehst du. Du sagst das doch auch.« Er grinste. Seine Taktik schien aufzugehen.

Seufzend verdrehte sie die Augen und verpasste ihm einen Schlag gegen seine rechte Schulter. »Du bist so fies, Sartorius! Das nennt man Psychoterror, was du hier abziehst, und gehört verboten.« Sie grummelte noch etwas Unverständliches vor sich hin. »Außerdem habe ich ein Privatleben und muss dir gar nichts erzählen.«

»Du hast vollkommen recht«, erwiderte er, konnte sich ein Schmunzeln aber nicht verkneifen.

»Ach ja? Das scheint dich aber nicht sonderlich zu kümmern.«

»Doch. Mich kümmert alles, was mit dir los ist.«

»Haha.« Sie lächelte kurz. »Ich war wirklich beim Kickboxen. Aber … irgendwie war es anders. Es lief nicht rund. Also, beim Kickboxen.« Sie seufzte. »Ich war ziemlich gefrustet, und nach einer Weile hat Thorsten, mein Trainer, gefragt, was denn los sei. Ich habe darüber lamentiert, dass es sportlich betrachtet nicht mein Tag sei, warum auch immer. Nach dem Training hat er mich zum Italiener um die Ecke eingeladen. Wir haben weitergequatscht, Pizza gegessen, erst ein Glas Wein getrunken, dann ein zweites und, ja, langer Rede kurzer Sinn: Aus einem mir bisher immer noch unerfindlichen Grund sind wir am Ende dort gelandet, wo wir nicht hätten landen sollen.«

Clemens zog die Augenbrauen hoch, während sie über den Kanal fuhren und dann in die Straße In die Reuth einbogen. »Und jetzt?«

»Ach, ich weiß doch auch nicht. Aber ich habe das Gefühl, er misst dem Ganzen mehr Bedeutung zu als ich. Ich mag ihn, ja, er ist mir sympathisch, aber bin ich verliebt?« Cora schüttelte entschieden den Kopf. »Nein.«

Inzwischen waren sie an der Trotz'schen Villa angekommen. Clemens hielt vor einem beeindruckenden Tor, ließ die

Seitenscheibe vor der Klingelanlage herunter, machte aber keinerlei Anstalten zu klingeln. Stattdessen fixierte er seine Kollegin. »Hast du das vorher gewusst?«

»Was?«

»Na, dass er mehr von dir will.«

»Woher denn? Ich weiß doch selbst nicht, was gestern in mich gefahren ist.«

»Alkohol«, kommentierte Clemens trocken.

»Oh Gott.« Cora stöhnte und schlug sich die Hände vor das Gesicht. »Was denkst du jetzt nur von mir!«

»Nichts Schlimmeres als vorher schon.« Er lächelte. »Du bist auch nur ein Mensch. Und mach dir nicht allzu viele Sorgen. Die Situation wird sich schon klären. Zur Not nimmst du dir einfach einen anderen Trainer.«

»Genau.« Cora verdrehte die Augen. »Das Leben ist ein Kinderspiel.«

Clemens deutete auf das Tor. »Wollen wir jetzt eine neue Partie eröffnen?«

Cora nickte. »Natürlich. Auf in den Kampf, Torero.«

»Hast du dein rotes Tuch dabei?«, fragte Clemens, während er seinen Arm durch das geöffnete Fenster streckte und die Klingel drückte.

Cora schlug ihm lachend auf die Hand.

»Ja, bitte?«, erscholl es kurz darauf knarzend aus der Gegensprechanlage, und nachdem Clemens erklärt hatte, wer sie waren und wen sie zu sprechen wünschten, glitt das Tor zur Seite und gab die Sicht auf eine Einfahrt durch eine gepflegte Parkanlage frei.

Donnerstag, 13:30 Uhr

Von der Straße war nicht zu erahnen gewesen, was sich den Kommissaren jetzt präsentierte. Ein riesiger Kubus aus Beton und Metall mit großflächigen Fensterfronten erhob sich vor ihnen. An mehreren Ecken waren Kameras installiert, um jede Bewegung im Umkreis zu registrieren. Es war unübersehbar: Jemand hatte viel Geld und Mühe in das Projekt Eigenheim gesteckt.

Als Clemens und Cora sich der Tür näherten, öffnete sich diese, und eine ältere Dame im dunklen Hosenanzug nahm sie in Empfang. Sie stellte sich ihnen als Frau Koch vor, die Hausdame.

Sie folgten ihr auf eine weitläufige Holzterrasse, um die herum sich ein formal angelegter Garten im japanischen Stil erstreckte. Ein mit vielen Kissen gemütlich wirkendes Sofa und drei ebenso dekorierte Sessel luden zum Verweilen ein. Aus einem erhob sich eine Frau, bei der es sich um Marianne Trotz, die Gattin des toten Bauunternehmers, handeln musste. Nie im Leben hätte Clemens sie auf fünfundvierzig Jahre geschätzt. Eher auf maximal Mitte dreißig.

»Frau Trotz«, eröffnete er das Gespräch, »ich bin Kriminalhauptkommissar Clemens Sartorius, und das ist meine Kollegin Cora Eisenstein.«

»Wie kann ich Ihnen helfen?«, fragte Marianne Trotz, während sie sich Strähnen ihres blonden, halblangen Haars hinter das linke Ohr schob. Dann forderte sie beide mit einer Handbewegung auf, Platz zu nehmen.

»Wir haben leider die traurige Aufgabe, Sie über den Tod Ihres Ehegatten in Kenntnis zu setzen. Er wurde heute früh in der Schwabach aufgefunden, wahrscheinlich ist er ertrunken«, begann Cora das Gespräch.

»Oh«, war alles, was der Ehefrau über die Lippen kam. Sie führte die Tasse, die vor ihr stand, zum Mund, setzte sie dann aber wieder ab. »Frau Koch!«, rief sie Richtung Terrassentür. »Könnten Sie bitte so freundlich sein und den Beamten etwas zu trinken anbieten?« Zu den Kommissaren gewandt meinte sie: »Entschuldigen Sie meine Unhöflichkeit, aber Ihr Auftauchen hat mich etwas aus dem Konzept gebracht.«

»Sie scheinen nicht wirklich überrascht von dem Tod Ihres Mannes zu sein«, stellte Cora fest, nachdem die Haushälterin sie und Clemens mit Kaffee versorgt hatte.

Marianne Trotz fächelte sich mit ihren manikürten Fingern Luft zu. »Ich will nicht herzlos erscheinen, wenn ich das so sage, aber irgendwann musste es so kommen.«

»Wie meinen Sie das?«, fragte Clemens.

»Sehen Sie, mein Mann hat das Leben in vollen Zügen genossen, es geradezu geliebt. Vor allem die Frauen.« Sie lächelte. »Kein junges Ding war vor ihm sicher.«

Clemens legte die Stirn in Falten. War es möglich, dass Marianne Trotz wirklich derart gelassen war? Oder spielte sie ihnen etwas vor? Und wenn ja, warum?

»Verstehen Sie mich nicht falsch, aber ich habe schon lange darauf gewartet, dass ihm mal eines seiner Laster das Genick bricht«, erklärte die Witwe weiter. »Die Frauen, die Zigaretten oder der Alkohol. Alles in Maßen soll ja gesund sein, doch Maß halten war noch nie Richards Ding. Früher habe ich ihn dafür geliebt, dann eine Zeit lang gehasst, und in den letzten Jahren war mir seine Lebensweise, gelinde gesagt, gleichgültig. Also verzeihen Sie mir, wenn ich ob seines Ablebens nicht in Tränen ausbreche.«

Cora und Clemens warfen sich gegenseitig Blicke zu. Eine solche Reaktion hatten sie bei einer Hinterbliebenen noch nie erlebt.

»Jetzt sehen Sie sich doch nicht so entgeistert an. Unsere Ehe bestand seit Langem schon nur noch auf dem Papier. Wir haben uns arrangiert. Er hatte seine Liebschaften, ich seinen Bruder. Damit sind wir beide gut gefahren.«

Clemens lehnte sich ein Stück nach vorne. Das wurde ja

immer besser. »Hat Ihr Mann von Ihrer Beziehung zu seinem Bruder gewusst?«

Marianne Trotz lachte. »Eher nicht. Der hatte so viel mit seinen anderen Frauen und mit dem Training im Fitnessstudio zu tun, da hat er sich nicht mehr dafür interessiert, was ich treibe. Er musste ja attraktiv bleiben für seine Freundinnen. Aber warum fragen Sie das?«

»Wir wissen noch nicht, ob Ihr Mann bei einem Unfall ums Leben gekommen ist oder jemand nachgeholfen hat.«

»Und bei demjenigen tippen Sie auf Richards Bruder?« Die Witwe lachte laut auf. »Aber nein, Hannes kann keiner Fliege etwas zuleide tun.«

»Wie war das Verhältnis zwischen Ihrem Mann und seinem Bruder?«, fragte Clemens.

»Gemischt, wie es unter Geschwistern häufig der Fall ist.« Sie nippte an ihrer Kaffeetasse. »Hannes war der Jüngere von beiden. Richard hat ihn als Jurist in seiner Firma angestellt, ihm aber nicht so weit vertraut, als dass er ihm leitende Tätigkeiten überlassen hätte. Und damit lag er leider richtig. Hannes kann einfach nicht mit Geld umgehen. Daher steht er auch nicht in Richards Testament. Die Firma geht nach dem Tod meines Mannes direkt in den Besitz unseres Sohnes über.« Sie schaute die Kommissare direkt an. »Sie sehen also, Hannes hätte gar nichts davon gehabt, Richard umzubringen. Außerdem haben wir die letzte Nacht gemeinsam bei ihm verbracht.« Sie strich ihren gemusterten Rock glatt und lehnte sich im Sessel zurück.

»Gibt es dafür Zeugen?«

Marianne Trotz schnaubte. »Vermutlich nicht. Es sei denn, wir werden heimlich gestalkt.«

»Und Sie sind sich sicher, dass Ihr Mann nichts von der Affäre gewusst hat? Ein Streit diesbezüglich zwischen den Brüdern wäre ein starkes Motiv. Ihr Geliebter könnte einen Handlanger mit der Durchführung der Tat beauftragt haben.«

Sie winkte ab. »Nie im Leben. Ich habe Richard vor unseren Treffen immer erzählt, dass ich zu einer Freundin gehe oder bei der Tafel bin. Da engagiere ich mich ehrenamtlich, zusammen mit den Damen vom Rotary Club. Spätestens ab dem Zeitpunkt hat ihn der Rest der Geschichte nicht mehr interessiert.«

»Warum haben Sie sich eigentlich nicht scheiden lassen? Ich meine, wenn er Sie nicht liebt und Sie ihn offensichtlich auch nicht, wäre das doch die naheliegendste Lösung gewesen.«

»Cora!« Clemens schüttelte den Kopf.

»Lassen Sie nur, Herr Kommissar, Ihre Kollegin hat ja recht. Außerdem finde ich es immer sehr erfrischend, wenn jemand so offen ist. Das ist mir wesentlich lieber, als wenn hinter meinem Rücken über mich getuschelt wird.« Ihre Augen strahlten mit der Sonne um die Wette, dann seufzte sie. »Bei einer Scheidung hätte ich gleich Hartz IV beantragen können. Vor der Heirat musste ich einen Ehevertrag unterschreiben, sodass ich im Falle einer Trennung kaum etwas von Richard bekommen hätte. Nicht gerade berauschende Aussichten. Vor allem, wenn man selbst nicht mehr in der Tasche hat als eine Ausbildung zur Industriekauffrau. Nein, da war ich lieber verheiratet und hatte nebenbei meinen Spaß.«

Cora nickte. »Und haben Sie jetzt etwas davon, dass Ihr Mann das Zeitliche gesegnet hat?«, fragte sie erneut geradeheraus.

Clemens verdrehte die Augen. Von wegen Taktgefühl.

Aber Marianne Trotz lachte schon wieder laut auf. »Selbstverständlich! Ich erbe das Haus, seine Lebensversicherung und bekomme eine stattliche monatliche Witwenrente.«

»Sie wissen aber schon, was wir jetzt denken müssen, oder?« Clemens runzelte die Stirn. In seinen Augen war die Frau entweder völlig unbedarft oder extrem gerissen.

»Sicher.« Sie nickte. »Aber auch vor seinem Tod ging es mir nicht schlecht. Ich konnte bis jetzt auch immer tun und lassen, was ich wollte. Richard legte nur viel Wert darauf, dass ich gut gekleidet war und schick frisiert. Schließlich sollte ich repräsentativ sein, Gesellschaften organisieren, mich karitativ engagieren. Wenn nach außen hin alles stimmte, hatte ich freie

Hand, was das Finanzielle anging.« Sie goss sich eine weitere Tasse Kaffee ein und bot den Beamten an, ihnen nachzuschenken.

Clemens lehnte ab, sein Magen meldete sich schon wieder. Er vertrug so viel Säure einfach nicht mehr. Cora hingegen gönnte sich noch einen Schluck.

»Hatte Ihr Mann irgendwelche Feinde?«, setzte sie die Befragung fort, während sie etwas Milch in das schwarze Gebräu goss.

Marianne Trotz winkte amüsiert ab. »Mehr als genug. Suchen Sie sich welche aus: Bauunternehmer, die ihm geheime Absprachen und Schmiergeldzahlungen unterstellten, die Bauaufsicht, die hinter ihm her war, und wer weiß, mit wem er sonst noch alles im Clinch lag. Aber Richard war ein Stehaufmännchen, irgendwie ist er mit allem durchgekommen. Fragen Sie mich jedoch bitte nicht nach Einzelheiten, damit habe ich mich nie befasst.« Sie schwenkte den Kaffee in ihrer Tasse. »Tja, und dann waren da noch seine Verflossenen. Die Affären gingen nicht immer in beiderseitigem Einvernehmen zu Ende. Manchmal kamen ihm sogar die betrogenen Ehepartner auf die Schliche.« Sie seufzte. »Ich könnte die Liste der potenziellen Feinde endlos weiterführen. Zudem war mein Mann nicht dafür bekannt, sonderlich diplomatisch zu sein. Erst in letzter Zeit hat er wieder einige Mitarbeiter entlassen, Leute, die seit vielen Jahren für ihn tätig waren. Viele mit Familien, manche hatten Schulden. Das gab viel böses Blut. Fragen Sie doch mal in der Firma nach. Oder, noch besser, in der ›Cuba Libre Bar‹. Die war quasi Richards zweiter Wohnsitz, nach seinem Büro und vor seinem Haus.« Ihre dunkel gefärbten Augenbrauen schnellten nach oben, als sie den Zeigefinger hob.

Clemens presste die Lippen zusammen. Diese Frau irritierte ihn. Wie konnte ein Mensch nur so emotionslos sein? Er atmete tief ein. »Frau Trotz, Sie können sich denken, dass wir Ihre Aussagen überprüfen werden. Sollte sich herausstellen, dass Ihr Mann keinen Unfall hatte, sondern durch Fremdeinwirkung ums Leben gekommen ist, werden Sie eine der Hauptverdächtigen sein. Ich muss Sie daher bitten, Erlangen bis zum Abschluss der Ermittlungen nicht zu verlassen.« Er erhob sich umständlich. So bequem die Sessel waren, so viel Anstrengung kostete es, sich wieder aus ihnen zu befreien. Er reichte der Witwe die Hand. »Für den Moment wäre das von uns alles. Sollte Ihnen noch etwas einfallen, erreichen Sie mich hier.« Er reichte ihr seine Visitenkarte.

Cora drückte sich ebenfalls aus dem weichen Polster heraus.

Die Hausherrin begleitete sie durch die weitläufige Villa zur Tür. Als sie die lichtdurchflutete Eingangshalle erreichten, drehte Clemens sich zu ihr um.

»Da wäre doch noch etwas, Frau Trotz. Hat Ihr Mann regelmäßig Medikamente genommen? Oder hatte er gesundheitliche Probleme?«

Die Witwe musste nicht lange überlegen. »Meines Wissens nicht, nein. Allerdings wäre ich vermutlich auch die Letzte gewesen, der er mitgeteilt hätte, dass ihm etwas fehlt. Und Medikamente nahm er grundsätzlich nie, außer mal eine Aspirin, wenn er wieder zu viel gesoffen hatte.« Sie schüttelte den Kopf. »Typisch Mann eben. Der wäre nie freiwillig zum Arzt gegangen. Da hätte ich ihn hinprügeln müssen, wenn ich denn darauf bestanden hätte. Von wegen Vorsorge. Alles Scharlatane und Abzocker, das war seine Meinung von den Medizinern.« Sie grinste. »Ja, mein Richard war schon ein ganz spezieller Mensch.«

Cora verzog das Gesicht, als hätte sie in eine Zitrone gebissen, Clemens nickte. Dem ersten Eindruck nach musste der Bauunternehmer ein ganz besonderes Herzchen gewesen sein. Er hatte das dumpfe Gefühl, dass er sie noch länger beschäftigen würde.

Donnerstag, 15:00 Uhr

Nach dem Gespräch mit Marianne Trotz waren die beiden zur »Cuba Libre Bar« in der Schiffstraße gefahren. Natürlich fanden sie wieder einmal keinen Parkplatz, sodass der Tesla jetzt auf dem Theaterplatz stand. Auf dem Weg zur Bar klingelte Clemens' Handy. Es war Frank Wiesner, der von dem Besuch in Richard Trotz' Baufirma hatte berichten wollen.

Jetzt beendete Clemens sein Telefonat und wandte sich Cora zu.

»Und, was spricht er?«, fragte sie, die mitbekommen hatte, dass Wiesner der Anrufer war.

»Er und Cento sind noch in der Firma. Richard Trotz soll in den letzten Tagen angespannt gewirkt haben. Stärker als sonst, was bemerkenswert war, da er ohnehin schon cholerisch veranlagt war.«

»Klingt wirklich nach einem reizenden Zeitgenossen. Und passt irgendwie zu dem, was seine Frau berichtet hat.«

»Es geht noch weiter. Erst vor Kurzem hat er einen großen Auftrag an Land gezogen. Irgendetwas mit der Nachverdichtung im Erlanger Stadtgebiet. Das hat ihn wohl ganz schön Nerven gekostet, weshalb er sich häufiger als sonst hier aufgehalten haben soll.« Clemens deutete Richtung Bar. »Zumindest hat er sich wohl immer dementsprechend verabschiedet. Zu seiner Ehe haben sich die Mitarbeiter nicht wirklich geäußert, außer dass die wohl nicht so phantastisch gelaufen sei, sonst wäre er vermutlich nicht so häufig unterwegs gewesen. Anscheinend spielte er auch Golf mit dem Bürgermeister, diversen Architekten und befreundeten Rotariern.«

»Klingt jetzt nicht wirklich spannend.« Cora wirkte enttäuscht.

»Was hast du denn erwartet? Er hat so wie der klassische Manager gelebt. Suizidgefährdet war er definitiv nicht. Ich habe Wiesner und Cento angewiesen, einfach mal alles einzupacken, was sie finden, vom Computer angefangen bis hin zu sämtlichen Unterlagen. Soll sich die Spusi darum kümmern. Außerdem wird Cento sowohl die privaten als auch die Kontobewegungen der Firma etwas genauer unter die Lupe nehmen. Mal sehen, welche Abgründe sich auftun.« Clemens grinste.

»Was soll sich da schon groß auftun?« Cora reagierte eher verhalten. »Vielleicht hat er ein paar Überweisungen an seine Damen oder etwaige Etablissements getätigt. Mit etwas Glück hat er häufig per EC-Karte oder Kreditkarte bezahlt, dann können wir uns ein besseres Bild von seinem Alltag machen. Aber wie soll uns das weiterhelfen herauszufinden, ob es sich bei seinem Tod um einen Unfall oder um einen Mord handelt?« Cora legte die Stirn in Falten.

»Immer eins nach dem anderen. Jetzt schauen wir erst mal, ob der werte Herr sich letzte Nacht hier aufgehalten hat.«

»Mal sehen, ob überhaupt jemand da ist. Die Bar macht nämlich erst um neunzehn Uhr auf.« Cora wies auf das Schild neben der Eingangstür.

Clemens klingelte.

Tatsächlich öffnete ein hochgewachsener Mann um die dreißig kurz darauf die Tür. Sein schlanker Körper steckte in schwarzen Stoffhosen und einem weißen Hemd, dessen Ärmel hochgekrempelt waren. Der gepflegte Kurzhaarschnitt und der Dreitagebart wiesen ihn fast klischeehaft als Barkeeper aus. Er grinste jovial, und Clemens fand ihn sofort unsympathisch.

Cora hingegen schien gänzlich anderer Meinung zu sein. Clemens sah, dass sich ihre Pupillen weiteten und sie ein breites Lächeln aufsetzte. Der Typ strahlte breiter zurück. Ihn beachteten die beiden gar nicht.

»Kann ich Ihnen helfen? Wir haben leider geschlossen.« Weiterhin ruhte der Blick des Barknilchs auf Cora.

Bevor seine Kollegin und der Möchtegern-Casanova sich noch stundenlang anschmachteten, griff Clemens nach seinem Ausweis und stellte sich und Cora vor. Sie strafte ihn, indem sie einen Schmollmund zog, was er gekonnt ignorierte. Stattdessen erkundigte er sich bei dem Barkeeper nach seinem Namen und fragte, ob er Zeit für ein kurzes Gespräch habe.

»Manuel Gerstner, ich arbeite hier als Bartender und Coach.« Er öffnete die Tür ein Stück weiter. »Kommen Sie doch herein.«

Bartender und Coach. So nannte man das heute also. Nicht mehr Frauenversteher, Kopfverdreher und Besserwisser? Clemens musste sich zusammenreißen, um nicht einen sarkastischen Kommentar abzugeben. Ehrlicherweise konnte er es sich selbst nicht so genau erklären, weshalb er so, ja, so zickig reagierte. Was das wohl wieder über seine Psyche aussagte? Wahrscheinlich war Gerstner ein ganz netter Kerl, aber er verurteilte ihn ausschließlich aufgrund seines ersten Eindrucks. Clemens beschloss, sich am Riemen zu reißen und dem jungen Mann eine Chance zu geben. Sie traten hinter ihm in die leere Bar.

»Ich bin leider etwas im Stress, mein Cocktailkurs beginnt in einer halben Stunde«, entschuldigte sich Gerstner. »Aber wenn ich Ihnen helfen kann, dann gern.«

»Sie geben Cocktailkurse?«, fragte Cora, und ihre Augen erinnerten an zwei kleine Leuchtfeuer.

»Haben Sie Interesse? Ich biete auch Seminare für Privatpersonen an.« Gerstner grinste sie an.

Na, wunderbar. Clemens verdrehte die Augen. Jetzt waren es schon vier Leuchtfeuer, die um die Wette funkelten. »Cocktailkurse sind momentan nicht wirklich unser Anliegen.« Er zückte sein Smartphone und zeigte Manuel Gerstner ein Foto des toten Bauunternehmers. »Kennen Sie diesen Mann?«

»Klar, das ist doch der Richie. Der ist ständig hier, umgibt sich gern mit allem, was schön ist und glänzt. Sie wären voll sein Typ.« Er zwinkerte Cora zu.

Nicht zu fassen! Täuschte Clemens sich, oder färbten sich ihre Wangen rot? Mit seiner Kollegin war heute wirklich nichts anzufangen. Das mit ihrem Trainer schien tatsächlich nichts Ernstes zu sein, wenn sie so auf den Barkeeper reagierte.

»Was ist denn mit dem Richie?« Gerstner betrachtete das Foto genauer. »Der sieht aber ziemlich bleich aus. Und diese Schramme – seltsam. Ist der etwa tot?« Mit einem Mal wirkte der junge Bartender gar nicht mehr so locker und fröhlich.

»Allerdings«, antwortete Clemens. »Er wurde heute früh aus der Schwabach geborgen. Wissen Sie, ob er gestern Abend hier war? Und falls dem so war, war er in Begleitung, oder hat er sich hier mit jemandem getroffen?«

Sofort wurde sein Gegenüber wieder professionell. »Ja, sicher war der gestern hier«, antwortete Gerstner. »Kam allein, so gegen halb neun. Hat ganz schön gebechert. The Duke, das war sein Lieblingsgin. Den hat er geliebt.« Er strich sich mit der Hand über die Bartstoppeln. »Später tauchte dann eine Lady auf, keine Ahnung, wie viel Uhr es da war. Auf jeden Fall noch vor zehn. Eine äußerst attraktive Erscheinung, schwarze Locken, Cateyes, dunkle Lippen. Sehr verführerisch. Die war vorher noch nie hier, an die hätte ich mich auf jeden Fall erinnert. Sie hat sich zu Richie gesetzt und ihn zu einem Cocktail eingeladen. Beide haben Gin Fizz getrunken und waren ab und an draußen, eine rauchen. Danach sind sie gemeinsam abgezogen.« Gerstner blickte Clemens direkt an.

Dieser runzelte die Stirn. Eine attraktive Frau. Soso. »Können Sie sich an noch irgendetwas erinnern? Haben Sie gehört, was die beiden gesprochen haben? Wohin sie von hier aus wollten?«

»Nein, tut mir leid.« Gerstner zog die Schultern hoch und schüttelte den Kopf. »Für einen Abend in der Woche war überraschend viel los. Bei einer solchen Geräuschkulisse habe ich keine Chance, etwas von den Gesprächen der Gäste mitzubekommen. Ich bin schon froh, wenn ich die Bestellungen verstehe.«

»Wären Sie in der Lage, von der Frau ein Phantombild zu erstellen?«, mischte sich Cora in das Gespräch ein. Nicht, ohne wieder von einem Ohr zum anderen zu strahlen. Vermutlich sah sie ihn bereits im Revier vor sich sitzen, wie er versuchte, ein halbwegs vernünftiges Bild zustande zu bringen. Wie auch immer das funktionieren sollte, solange Cora in seiner Nähe war.

»Ich könnte es versuchen, aber erst nach meinem Kurs gegen siebzehn Uhr dreißig«, antwortete Gerstner. »Allerdings war sie ziemlich stark geschminkt. Ohne das ganze Make-up sieht die vermutlich wie ein anderer Mensch aus.«

Wenigstens ist er ehrlich, dachte Clemens.

»Sie hatte ein filigranes Tattoo am Handgelenk«, fiel dem Bartender plötzlich ein. »Blüten in Form eines Armreifs. Sehr hübsch und irgendwie ausgefallen.«

»Na, das ist doch was.« Seufzend warf Clemens einen Blick zu Cora, die allerdings immer noch den Bartender anschmachtete. Clemens beschloss, über seinen Schatten zu springen und seiner Kollegin einen Gefallen zu tun. »Es wäre gut, wenn Sie trotzdem nach Ihrem Kurs bei uns vorbeikämen. Dann könnten wir wenigstens versuchen, ein Bild von dieser mysteriösen Frau zu erstellen.«

Er konnte gar nicht so schnell reagieren, da hatte Cora bereits dem Mann ihre Visitenkarte in die Hand gedrückt.

»Was muss ich eigentlich tun, um ein Seminar bei Ihnen zu buchen?«, fragte sie im Anschluss mit tiefer, samtiger Stimme.

Jetzt war es Manuel Gerstner, der eine Visitenkarte hervorzog und noch eine Handynummer daraufkritzelte. »Am einfachsten ist es, wenn Sie mich anrufen, dann können wir alles besprechen.«

Clemens hatte genug, aber so was von. Ohne sich noch länger aufzuhalten, verabschiedete er sich von dem jungen Casanova und zog die winkende Cora hinter sich zur Tür hinaus.

»Spielverderber!« Sie streckte ihm die Zunge raus, sobald sie sich ein paar Meter von der Bar entfernt hatten.

Clemens verdrehte die Augen. Wenn er gewusst hätte, was er mit dem Besuch der »Cuba Libre Bar« bei Cora anrichten würde! Er hoffte nur, dass ihn wenigstens die Ergebnisse dieses Intermezzos weiterbrachten.

Donnerstag, 18:10 Uhr

Missmutig holte Feli den Ladenschlüssel aus der Schublade und sperrte die Tür des »Büchernests« ab. Der ganze Tag war eine einzige emotionale Katastrophe gewesen, mal abgesehen von den paar Minuten nach dem Aufwachen, in denen sie den schlafenden Christoph betrachtet hatte, und den ersten Kilometern ihrer Joggingrunde. Aber dann hatte sie mal wieder eine Leiche entdeckt, und als sie nach Hause gekommen war, war ihre Wohnung leer gewesen. Seitdem hatte sie immer wieder ihr Handy gecheckt und in der Hoffnung durchs Fenster gelinst, Christoph möge mit seinem Strahlelächeln über den Bohlenplatz zu ihr eilen. Doch nichts dergleichen war geschehen. Es ärgerte sie, dass er sich nicht meldete, andererseits war sie zu stolz, selbst die Initiative zu ergreifen. Sie atmete ein paarmal tief durch. Wie gern hätte sie mit Boschi über die jüngsten Ereignisse geredet, doch zwischen ihnen herrschte immer noch Eiszeit, was Felis Nerven zusätzlich strapazierte.

Jetzt lehnte ihr Freund am Türrahmen zum Hinterzimmer und betrachtete seine Männerhandtasche, als hätte er wissenschaftliches Interesse an ihr. Feli durchschaute sein Manöver. Er wollte reden, aber die Diva in ihm hinderte ihn daran, auch nur eine einzige Silbe von sich zu geben. Wenn sie jetzt nicht den ersten Schritt machte, würde die Temperatur zwischen ihnen beiden unverändert frostig bleiben, das war ihr klar.

Na gut. Sie ließ sich in den Besuchersessel plumpsen, kratzte sich am Kinn und sagte dann: »So geht das nicht weiter mit uns. Lass uns reden.«

Offensichtlich war Boschi ihre Eröffnung zu dünn, denn augenblicklich intensivierte er das Studium seiner Tasche und begann, zusätzlich mit einem Fuß zu wippen.

»Wenn ich ehrlich bin, halte ich das Schweigen zwischen uns nicht mehr aus«, legte sie nach.

Er wippte weiterhin intensiv mit dem Fuß, starrte aber nun die Decke an.

Feli stöhnte. Wie weit sollte sie ihm denn noch entgegenkommen? Er gab heute wirklich die Diva par excellence. Also schön. »Und wenn ich superehrlich bin, könnte es sein, dass ich mich dir gegenüber vielleicht nicht ganz korrekt verhalten habe.«

Augenblicklich hörte das Wippen auf, und Boschis Blick schnellte zu ihr.

»Nicht ganz korrekt? Das ist ja wohl die Untertreibung des Jahres«, legte er los. »Du warst nicht ehrlich zu mir und hast diesen WG-Besuch als harmloses Vorbeischauen bezeichnet, obwohl du in Wirklichkeit nur die Mädels aushorchen wolltest, um wieder mal zu ermitteln. Und als ob das nicht schon schlimm genug gewesen wäre, hast du auch noch die Frechheit besessen, mich zu fragen, ob ich mitkommen will, damit ich keinen Verdacht schöpfe, was deine wahren Absichten betrifft. Ehrlich, Karotte, das war hinterhältig und unserer Freundschaft ganz und gar unwürdig.«

Feli seufzte. »Du hast ja recht, und ich weiß auch nicht, was mit mir los war. Aber auf keinen Fall wollte ich dich verletzen, das musst du mir glauben. – Es tut mir leid«, sagte sie nach einer kurzen Pause, erhob sich aus dem Sessel und trat einen Schritt auf ihn zu. Vorsichtig strich sie ihm mit dem Zeigefinger den Arm entlang und setzte als finale Versöhnungsmaßnahme ihren Dackelblick auf. Der wirkte normalerweise immer. So auch diesmal.

Aus Boschis Körper wich jegliche Anspannung, er ließ die Männerhandtasche zu Boden fallen und nahm sie in den Arm.

Feli schmiegte sich an ihn. »Bin ich froh, dass ich dich wiederhabe, Boschi. Du ahnst ja nicht, was alles passiert ist, seit wir … Na, du weißt schon.«

Er hielt sie ein Stück von sich weg und sah sie prüfend an. »Hört sich an, als würde die Berichterstattung länger dauern.«

»Allerdings. Wollen wir in meine Wohnung hochgehen und uns was kochen? Dann erzähl ich dir alles.«

»Eine großartige Idee. Hast du auch Rotwein?«

»Ja. Erinnerst du dich noch an den Barolo, den mir meine Eltern für einen besonderen Anlass zum letzten Geburtstag geschenkt haben? Heute ist er fällig.«

Auf Boschis Gesicht breitete sich ein vorfreudiges Lächeln aus.

Während sie kochten, erzählte Feli von der Nacht mit Christoph. Auch dass er sich seither nicht gemeldet hatte. »Ich glaube, der ist ins Nirwana abgetaucht.«

»Und ich glaube, der ist einfach nur ein Windhund, der nichts taugt«, antwortete Boschi.

Feli ließ Wasser in einen Kochtopf laufen und stellte ihn auf den Herd. »Sag das nicht.« Sie wendete sich Boschi zu, der am Küchentisch saß und eine Zwiebel schnitt. »Ich hatte das Gefühl, dass er und ich so etwas wie Seelenverwandte wären. Es passt einfach nicht zu Christoph, dass er sich nicht meldet. Was, wenn ihm am Ende noch etwas zugestoßen ist.«

Boschi legte sein Messer weg. »Nur damit du es weißt, Karotte, wenn schon jemand dein Seelenverwandter ist, dann ich. Die Stelle ist also schon besetzt. Außerdem bin ich mir sicher, dass dem nichts passiert ist, sondern er nur seinen Spaß hatte und nun über alle Berge ist.« Damit wandte er sich wieder der Zwiebel zu.

Feli holte zwei Teller und Besteck aus ihrem alten, türkis gestrichenen Küchenschrank und verteilte alles auf dem Tisch. Sollte sie sich wirklich so in Christoph geirrt haben? Bisher war sie immer der Meinung gewesen, ihre Menschenkenntnis und ihr Bauchgefühl seien ein unschlagbares Team, aber jetzt war sie sich nicht mehr sicher. Wenn Boschi recht hatte, dann waren ihre Qualitäten im Liebesrausch verloren gegangen.

Sie atmete hörbar aus. »Aber das ist längst nicht alles. Hast du gehört, was heute Morgen noch passiert ist?«, fragte sie und nahm einen großen Schluck von dem Barolo. Er schmeckte himmlisch.

»Was denn?«

»Ich hab schon wieder eine Leiche gefunden.«

»Waaas?«, rief Boschi. Und dann: »Aua! Karotte, jetzt hab ich mich geschnitten. Ich blute!« Er starrte auf seinen linken Zeigefinger, als hätte der sich in einen Alien verwandelt.

»Ich sehe schon, aber das ist doch nicht weiter schlimm. Nur ein kleiner Schnitt.« Feli holte eine Packung Tempotaschentücher aus der Schublade und reichte ihm eines. »Wickle dir das um den Finger und lass es dran, bis es nicht mehr blutet. Dann kleben wir ein Pflaster drauf.«

»Bist du jetzt vollkommen verrückt? Ich brauch doch kein Taschentuch.« Boschi hielt seinen Zeigefinger nach oben wie ein Erstklässler, der sich im Unterricht meldet.

»Und was dann? Vielleicht den Notarzt?«

»Das ist jetzt nicht lustig, Karotte.« Sein Tonfall war unüberhörbar vorwurfsvoll. »Weißt du, wie leicht ich eine Blutvergiftung bekommen kann?«

Feli schnaubte. »Okay, und womit kann ich sonst zu deiner Rettung beitragen?«

»Mit Desinfektionsspray natürlich. Du hast wirklich gar keine Ahnung von Erster Hilfe.«

Sie verdrehte die Augen. So ein Aufstand wegen drei Tropfen Blut, das brachte auch nur Boschi zustande. In dem Wissen, dass er nicht eher Ruhe geben würde, bis sie ihn fachmännisch verarztet hatte, schaltete sie den Herd mit dem aufgesetzten Nudelwasser wieder aus. Wo war denn jetzt nur dieses blöde Erste-Hilfe-Set? Während sie sämtliche Schränke und Schubladen durchwühlte, verfluchte sie sich selbst dafür, dass sie so chaotisch war und sich in ihrem eigenen Haushalt nicht auskannte.

»Beeil dich!«, rief Boschi.

»Jaja, ich mach doch schon«, murmelte sie genervt, wühlte und kramte weiter und entdeckte das Set schließlich in einem Schrankfach hinter den Tupperdosen und neben ein paar alten

Schachteln mit Tee, von denen sie nicht mehr gewusst hatte, dass sie überhaupt noch existierten.

Schnellstmöglich verarztete sie den hysterischen Boschi nach seinen Anweisungen, sodass am Ende ein riesiger Verband seinen Finger zierte, der in keinem Verhältnis zu dem winzigen Schnitt stand. Danach war Feli dermaßen mit den Nerven fertig, dass sie ein ganzes Glas des vermutlich teuren Barolo auf einmal hinunterkippte.

»Jetzt mach halt nicht so ein Theater, Karotte. Ich bin schließlich der Verletzte«, kommentierte Boschi ihr Verhalten. Und fügte nach einer kurzen Pause hinzu: »Du weißt schon, dass ich mit dem Finger nicht weiterschnippeln kann. Ich muss den jetzt hochhalten, damit das Blut nach unten abfließt. Aber das verstehst du bestimmt.«

Feli sah ihn mit zu Schlitzen zusammengepressten Augen an und unterdrückte mit aller Kraft die Eruption, die sie schon heiß in sich spürte. »Natürlich verstehe ich das, Boschi. Und es spielt auch gar keine Rolle, dass dein Finger schon längst nicht mehr blutet. Darf ich dir trotzdem etwas Wein nachschenken, damit du dich von dem Schock erholen kannst?«, fragte sie sarkastisch.

Wortlos hielt er ihr sein Glas hin, sah sie jedoch nicht an.

»Du weißt aber auch, dass du mich in den Wahnsinn treibst«, brach es schließlich doch aus ihr heraus.

»Etwa mehr als sonst?«, konterte er mit noch immer erhobenem Zeigefinger und einer Miene, so unschuldig wie die eines kleinen Kindes.

Feli konnte nicht anders. Kopfschüttelnd brach sie in Lachen aus. »Du bist echt eine Marke, Boschi.«

»Das Kompliment kann ich nur zurückgeben«, antwortete er.

Es entstand eine kleine Pause. »Was hast du vorhin noch mal gesagt?«, fragte Boschi endlich. »Du bist schon wieder über eine Leiche gestolpert?«

»Allerdings.« Sie schilderte, wie sie den Toten in der Schwabach gefunden hatte, schaltete die Herdplatte mit dem

Nudelwasser wieder ein und schwitzte dann die von Boschi geschnittene Zwiebel an. Anschließend gab sie Tomatenmark, Brühe und Sahne dazu und ließ die Soße aufkochen. Während diese vor sich hin blubberte, gab sie die Nudeln ins Wasser und stellte den Herd auf niedrige Flamme. Dann verfeinerte sie die Soße mit Oregano, Basilikum und Thymian und ließ sie weiterköcheln. Das einfache Gericht hatte sie schon als Teenager zu Hause in Langensendelbach für ihre Eltern und Freundinnen mit Begeisterung gekocht und brachte es bis heute unverändert in regelmäßigen Abständen auf den Tisch.

»Sag mal, zwischen den Leichen und dir, besteht da so etwas wie eine magische Anziehungskraft?«, fragte irgendwann Boschi, der immer noch mit erhobenem Zeigefinger am Tisch saß.

»Genau das habe ich mich heute Morgen auch schon gefragt«, antwortete Feli. »Dabei habe ich von Leichen die Nase voll. Ehrlich.«

»Freut mich zu hören. Von Ermittlungen hoffentlich auch?«

»Weißt du, momentan will ich nur einen gemütlichen Abend mit dir verbringen und unsere Versöhnung feiern. Von mir aus kann draußen die Welt untergehen, selbst das wäre mir jetzt egal.«

In dem Augenblick klingelte das Telefon.

»Ich bin nicht zu Hause«, verkündete Feli und schmeckte die Soße ab.

Es klingelte beharrlich weiter.

»Vielleicht ist es was Wichtiges. Ich schau mal aufs Display.« Boschi erhob sich und ging in den Flur zum Festnetztelefon. »Es ist Rieke!«, rief er in die Küche.

»Na gut, dann geh halt ran«, antwortete Feli. Wahrscheinlich wollte ihre Freundin wissen, wie ihr Liebesbarometer stand. Sie beschloss, sich auf kein Gespräch mit ihr einzulassen, sondern sie auf morgen zu vertrösten.

Boschi kam mit dem Mobilteil des Telefons in der Hand in

die Küche. »Ich reich dich mal weiter«, sagte er und übergab an Feli.

»Du, das ist gerade unpassend. Wir –«

»Ist aber wichtig.« Rieke wirkte völlig aufgelöst.

Feli wurde neugierig. »Was gibt's denn?«

»Hast du die ›Rundschau‹ eben gesehen?«

»Nein, wir kochen gerade.«

»Das glaubst du nicht!«

Tief in Felis Innerem begann es zu kribbeln. Das Gefühl war nur ganz leicht, aber doch so stark, dass sie es nicht ignorieren konnte. »Was ist denn? Jetzt sag halt«, forderte sie Rieke auf.

»Die haben ein Bild von der Leiche gezeigt, die du heute Morgen in der Schwabach gefunden hast.«

»Und? Da hab ich nichts verpasst, die kenne ich ja schon.«

»Aber der Tote, also, Richard Trotz, das ist – jetzt halt dich fest – der Mann, der zusammen mit seiner Begleitung neulich bei mir im Café saß und auf den Johanna so heftig reagiert hat, dass sie mich umgerannt hat.«

Das Kribbeln in Feli wurde intensiver. »Das glaub ich jetzt nicht. Und warum haben die das Bild von dem im Fernsehen gezeigt?«

»Weil sie nach einer Frau suchen, die gestern Abend zusammen mit ihm in der ›Cuba Libre Bar‹ war. Das entsprechende Phantombild kannst du dir auf der Website des Senders ansehen.«

Das intensive Kribbeln in Feli mutierte zu einer Hitzewallung. »Das heißt, die Frau ist vermutlich die Letzte, die den Mann lebend gesehen hat«, kombinierte sie, alle guten Vorsätze vergessend.

»So haben sie es nicht gesagt, aber es ist natürlich naheliegend. Jedenfalls haben die beiden die Bar gemeinsam verlassen.«

Feli spürte Boschis Blick auf sich und wusste, ohne hinzusehen, dass Gewitterwolken aufzogen, weil er ihre kriminalistischen Schlussfolgerungen natürlich mitbekommen hatte.

Schnell beendete sie das Gespräch mit Rieke und wandte sich ihrem Freund zu.

»Jetzt reg dich bloß nicht schon wieder auf, Boschi. Der Gedankengang hat sich mir aufgedrängt, dagegen konnte ich gar nichts machen. Und wenn du ehrlich bist, ist er doch wirklich naheliegend, oder nicht?«

Er schnaubte hörbar und verdrehte die Augen, ließ es aber dabei bewenden. Feli rührte noch eine Weile in der Tomatensoße und goss dann die Nudeln ab. Ihre Neugierde war entflammt. Sie musste sich schnellstmöglich und unbedingt das Phantombild dieser ominösen Frau im Internet ansehen, sonst würde sie verrückt werden. Aber wie sollte sie das anstellen, ohne Boschi erneut gegen sich aufzubringen? Sie überlegte hin und her und entschied sich schließlich für den direkten Weg. »Ähm … Boschi, also, ich weiß jetzt nicht, wie ich dir das beibringen soll, aber –«

»Du willst dir das Bild der Frau ansehen, stimmt's?«, sagte er knochentrocken. »Rieke hat so laut gesprochen, dass ich alles verstanden habe.«

Natürlich hatte er sie durchschaut, so wie eigentlich immer in den letzten fünfundzwanzig Jahren. Wozu machte sie sich überhaupt noch die Mühe, wenn sie ohnehin weder einen Gedanken noch ein Gefühl vor ihm verbergen konnte?

»Ja«, erwiderte sie. »Aber bitte, mach deshalb keine Szene.« Sie wartete gar nicht erst auf seine Reaktion, sondern schnappte sich ihr Smartphone und ging auf die Website des Senders.

Boschi beobachtete sie mit zusammengekniffenen Lippen und Augen, enthielt sich aber eines Kommentars.

Das Phantombild der Frau lieferte keine erhellenden Erkenntnisse. Schmales Gesicht, dunkle Locken, nein, da klingelte nichts bei ihr. Anscheinend hatte ein Zeuge sie auf dreißig bis vierzig Jahre geschätzt und angegeben, dass sie am entsprechenden Abend stark geschminkt gewesen war.

»Die kenn ich nicht«, sagte Feli und drehte Boschi das Display hin. »Du vielleicht?«

Er warf einen kurzen Blick darauf und schüttelte den Kopf.

»Dann wäre das ja geklärt, und wir können endlich essen. Ich sterbe vor Hunger.«

Feli gab Nudeln und Soße auf die Teller. Eine Weile aßen sie schweigend.

»Weißt du, was merkwürdig ist?«, fragte sie irgendwann.

Boschi gab keine Antwort, sondern wickelte ein paar Spaghetti mit der rechten Hand um die Gabel, wobei er es fertigbrachte, dass sein verletzter Zeigefinger wieder Richtung Decke zeigte.

»Dass Johanna so heftig auf diesen toten Bauunternehmer reagiert hat, als sie ihn in weiblicher Begleitung im ›Klein, aber Fein‹ entdeckt hat«, fuhr Feli fort. »Das hat mir Rieke erzählt. Aber ich glaube, ich habe dafür eine Erklärung.«

Boschi schob sich die Spaghetti in den Mund und kaute mit versteinerter Miene.

»Der Tote war Johannas heimlicher Geliebter. Das erklärt auch ihre Reaktion. Die war wahnsinnig eifersüchtig.«

Der dumpfe Knall einer Gabel, die auf Holz geschmettert wird, unterbrach Felis Gedankengang. Sie sah auf und starrte in Boschis hochrotes Gesicht.

»Verdammt, Karotte, fängst du schon wieder an? Es ist Aufgabe der Polizei, sich darüber Gedanken zu machen, nicht deine! Also ruf gefälligst Sartorius an, erzähl ihm diese Johanna-Trotz-Geschichte und dann lass die Finger davon.«

Feli straffte ihren Rücken. »Sartorius rufe ich ganz bestimmt nicht an. Nicht, nachdem er mich heute Morgen behandelt hat, als wäre ich die größte Zumutung, die ihm in diesem Leben über den Weg gelaufen ist. Der soll gefälligst selbst draufkommen.« Sie bohrte ihre Gabel in die Nudeln und schnaubte verächtlich.

»Und wen von der Polizei willst du dann anrufen?«

»Niemanden. Ich will einfach nur mit dir Spaghetti essen und mindestens noch eine zweite Flasche Wein trinken.«

Boschi sah sie prüfend an, widmete sich dann aber wieder seinem Teller.

Feli lächelte in sich hinein. Offensichtlich war sein Hunger größer als sein Missfallen über ihre Entscheidung. Sie schenkte ihnen beiden Barolo nach und aß weiter. Doch das Phantombild der Frau geisterte immer noch durch ihren Kopf. Wer sie wohl war? Und vor allem: Gab es einen Zusammenhang zwischen Trotz' Tod und dem von Johanna?

Freitag, 10:30 Uhr

Glockenläuten begleitete den Trauerzug von der Aussegnungshalle zum offenen Grab im Osten des Büchenbacher Friedhofs. Feli, die mit Boschi am Ende ging, wischte sich mit einem Taschentuch die Tränen weg und atmete schwer. Beerdigungen setzten ihr zu. Das war schon bei ihren Großeltern so gewesen – und auch bei Tante Angelika, die mit ihren zweiundfünfzig Jahren viel zu früh gestorben war, aber damit immerhin noch ein Vierteljahrhundert länger gelebt hatte als Johanna. Johanna war aus ihrem Leben gerissen worden, noch ehe es richtig angefangen hatte. Was für eine Tragödie! Wenigstens fand sie ihre letzte Ruhe neben zwei Birken, die hoffentlich in Zukunft über sie wachen würden.

Nach und nach versammelten sich die Trauernden um das offene Grab oder, aus Platzmangel, auf dem Weg daneben. Erst jetzt wurde Feli bewusst, wie viele junge Leute anwesend waren.

Sie entdeckte die Mädels aus der WG, die eng beieinanderstanden und Sonnenbrillen trugen. Und Johannas Eltern, die in diesem Moment mit ansehen mussten, wie der Sarg mit ihrer Tochter in die Tiefe gelassen wurde. Ihr Schluchzen war herzzerreißend. Neben ihnen weinte Annette so heftig, dass ihr ganzer Körper bebte. An ihrer Seite stand ein Mann mit Vollbart und brünettem Männerdutt, der in seinem schwarzen Anzug und mit dem offen stehenden weißen Hemdkragen wie ein Hollywoodstar auf einer Filmpremiere aussah. Gerade legte er den Arm um Annette und drückte ihr in tröstender Geste einen Kuss aufs Haar.

Zunächst glaubte Feli, ihr Gehirn spiele ihr einen üblen Streich. Der Mann sah aus wie Christoph, was natürlich völlig unmöglich war. Der gab höchstwahrscheinlich gerade einen Yogakurs und würde doch auch niemals Annette küssen. Erst nach einigen Augenblicken traf sie die Erkenntnis wie ein Schlag: Annettes Lebensgefährte sah nicht nur aus wie Christoph, er war es!

Feli bekam weiche Knie, alles begann sich zu drehen.

»Wir wollen beten«, ertönte da die andächtige Stimme des Pfarrers. »Vater unser im Himmel …«

Die Trauergemeinschaft schloss sich ihm im Einheitstonfall an.

»Geheiligt werde dein Name …«

»Ich glaube, ich krieg 'nen Herzinfarkt, Boschi«, flüsterte Feli.

»Beruhige dich, Karotte. Ich hab ihn auch gesehen.«

»… tägliches Brot gib uns heute und vergib uns unsere Schuld, wie …«

»Mistkerl!«

Mehrere Trauergäste drehten sich zu Feli um und warfen ihr pikierte Blicke zu.

»Contenance, Karotte. Wir sind hier immer noch auf einer Beerdigung.« Boschi legte ihr die Hand an die Hüfte und zog sie an sich.

»… ist das Reich und die Kraft und die Herrlichkeit in Ewigkeit. Amen.«

»Dann ist Christoph ihr Freund, der bei ihr eingezogen ist, oder nicht?« Feli sah Boschi an, aber in ihrem Blick lag keine Hoffnung mehr.

»Hab mir schon gedacht, dass der mehrere Blüten bestäubt«, antwortete ihr Freund etwas zu laut. »So was spüre ich. Meine Alarmglocken haben gleich geschrillt, als er das erste Mal in den Laden gekommen ist.«

»Also, bitte!« Eine ältere Dame neben ihnen, mit einem Busen so groß wie die Alpen, schüttelte den Kopf. Auch einige andere Gäste in ihrer Nähe schienen dem Wortwechsel interessiert gelauscht zu haben. Ein junger Mann grinste ganz ohne Hemmungen.

Feli war es egal. Sollten die Leute doch denken, was sie wollten. Die Wahrheit wog schwer wie ein Steinbrocken. Christoph war kein potenzieller Kandidat für eine Beziehung mit ihr. Nein, er war ein Casanova, der sie nicht nur im Handumdrehen flachgelegt, sondern auch Annette schamlos betrogen hatte. Und das, obwohl ihre Schwester gerade ermordet worden war. Wie konnte ein Mensch nur so skrupellos sein?

»Asche zu Asche. Staub zu Staub …«, setzte der Pfarrer zum nächsten Akt der Zeremonie an, aber Feli hörte nicht zu. Sie hatte nur Augen für Christoph, der mit andächtigem Gesichtsausdruck Annette im Arm hielt und dabei wie der Inbegriff des starken Mannes, Seelentrösters und Frauenverstehers in Personalunion wirkte.

Sie schnaubte.

»Beruhige dich, Karotte. Die Beerdigung ist ja gleich vorbei«, flüsterte Boschi.

Unter Aufbietung all ihrer Kraft überstand Feli die letzten Minuten, ohne zusammenzubrechen. Sie schaffte es sogar, eine Rose auf Johannas Sarg zu werfen. »Leb wohl«, flüsterte sie, bevor sie fluchtartig mit Boschi den Friedhof verließ.

Auf dem Weg zur Hofer Straße, wo sie nach langer Suche einen Parkplatz für Felis verbeulten, altersschwachen Volvo gefunden hatten, kehrte die Wut auf Christoph mit voller Wucht zurück. »Den reiß ich in tausend Stücke«, drohte Feli und legte einen Zahn zu. Boschi lief, völlig untypisch, mit großen Schritten und ohne Hüftschwung neben ihr, was den flachen Schuhen geschuldet war, die er ausnahmsweise trug.

»Ich besuch dich dann im Knast«, meinte er lakonisch.

»Du weigerst dich, mir dabei zu helfen, meine Rachegelüste zu befriedigen?«

»Wenn du ein Gemetzel anrichten willst, ja. Du weißt doch, ich kann kein Blut sehen. Da musst du dir schon ein weniger grausames Ende für diesen Vollpfosten ausdenken.«

Im Gehen kramte Feli in ihrer Handtasche nach dem Autoschlüssel. »Das heißt, ich könnte dich für einen Giftmord begeistern?«, fragte sie, während sie die Wagentür aufsperrte. Sie wich zurück, als ihr ein Schwall abgestandener heißer Luft entgegenschlug.

»Wenn du mich fragst, ist der Typ deine Aufregung nicht wert, Karotte.« Boschi öffnete die Beifahrertür, zog sein Jackett aus und legte es sorgfältig auf den Rücksitz.

»Weißt du, was mich am meisten ärgert?«, fragte Feli über das Autodach hinweg.

»Was denn?«

»Dass ich so blöd war.«

Er winkte ab. »Kann jedem passieren.«

»Aber ich bin doch sonst auch nicht so bescheuert. Und dann geh ich diesem Schönling auf den Leim, als wäre ich ein ahnungsloser Teenager.« Feli ließ sich auf den Fahrersitz fallen.

»Jetzt warte halt noch, bis es etwas kühler im Auto ist. Sonst bricht noch mein Kreislauf zusammen«, quengelte Boschi.

»Meiner ist heute auch nicht der stabilste. Aber das ist mir egal. Wenn wir beim Fahren die Fenster offen lassen, wird es schon gehen. Und unterwegs entwerfen wir einen Schlachtplan, wie wir diesen Fremdgeher zur Strecke bringen.« Sie knallte die Tür zu und rammte den ersten Gang ins Getriebe.

Boschi nahm mit einem Seufzer neben ihr Platz und schloss die Tür. »Du legst jetzt aber keine Kamikazefahrt hin, Karotte!«

»Erst mal muss ich aus dieser Lücke raus.«

Während sie vor- und zurückrangierte, ließ sie ihren Rachegedanken erneut freien Lauf. »Ich könnte ihm auflauern und ihn überfahren. Ein fingierter Unfall. Der gute Christoph wollte die Straße überqueren und war in Gedanken so mit seinen sexuellen Abenteuern beschäftigt, dass er nicht aufgepasst hat.«

Rums!

Felis Hinterkopf donnerte gegen die Kopfstütze, der Motor soff ab.

»Scheiße!«

»Ich krieg echt die Krise!« Boschi stieg aus und begutachtete den Schaden. »Um Gottes willen!«

Mit flatternden Nerven schwang sich auch Feli aus dem Volvo und beäugte das jüngste Fiasko in ihrem Leben. Jetzt hatte sie auch noch das Auto hinter ihnen angefahren. Schlugen die Katastrophen denn neuerdings im Minutentakt bei ihr ein?

Das Heck ihres Autos zierte eine neue Delle, was dem Charme der alten Klapperkiste nur zugutekam. Weniger vorteilhaft wirkte sich die Beule auf den linken Kotflügel des mitternachtsblauen Luxusschlittens auf. Das würde teuer werden.

»Wie bist du versichert?«, wollte Boschi wissen.

»Das weiß ich gerade nicht, aber ich fürchte, nicht gut genug. Was ist das überhaupt für ein Gefährt?«

Ihr Freund nahm die Limousine näher in Augenschein, bevor er verkündete: »Das ist ein Tesla.«

»Ein Tesla?« Feli riskierte einen Blick ins Innere des Wagens und spürte, wie ihre Panik zunahm: beige Ledersitze und ein Hightechcockpit, eingebaut in edles Holzdekor. Eine Luxusausstattung, die einer Proletarierin wie ihr mit einem überheblichen Grinsen begegnete. Feli kam der Anblick bekannt vor. Im letzten Herbst war sie in dem Wagen mitgefahren, wenn auch nicht freiwillig. Sie erinnerte sich nur ungern daran, was aber nicht an dem Tesla, sondern an den damaligen Umständen lag, und vor allem an dem Fahrer. »Das Auto gehört Sartorius«, stellte sie fest, und hinter ihren Schläfen begann es zu pochen.

Boschi ging sofort in Habachtstellung, woraus Feli schloss, dass der Kommissar während der Ermittlungen um den toten Krimischorsch gewaltigen Eindruck auf ihn gemacht hatte.

»Die Karosse ist seine heilige Kuh, der bringt mich um, wenn er herausfindet, dass ich die angefahren habe. Bestimmt war er auch auf der Beerdigung und taucht jeden Augenblick hier auf.« Feli schlug die Hände über dem Kopf zusammen. »Komm, Boschi, besser, wir verschwinden vorher. Einen Zusammenstoß mit Sartorius verkraften meine Nerven heute nicht auch noch.«

Sie hatte bereits wieder einen Fuß in den Volvo gesetzt, aber Boschi hielt sie zurück.

»Spinnst du jetzt total? Das wäre Fahrerflucht. Wir müssen den Crash melden, bevor wir türmen.«

Es dauerte ein paar Sekunden, bis bei Feli die Botschaft angekommen war, aber dann ließ sie in einer kapitulierenden Geste den Kopf auf ihre Brust sinken. »Du hast ja recht«, sagte sie. »Noch mehr Ärger können wir nicht gebrauchen.« Sie zückte ihr Handy, rief bei der Polizei an und schilderte mit knappen Worten, was geschehen war, bevor sie dem Beamten ihren Namen, ihren Standort und das Kennzeichen des Tesla durchgab.

Für einen Augenblick herrschte Stille in der Leitung. Dann konnte sie hören, wie der Mann etwas im Flüsterton sagte, was offensichtlich nicht für sie bestimmt war und das sie auch nicht verstand. Was sollte das denn jetzt?

»Hallo?«, fragte sie etwas lauter nach.

Doch statt einer Antwort ertönte nur eine mehrstimmige Lachsalve, die so laut war, dass Feli ihr Smartphone vom Ohr weghalten musste.

Boschi machte große Augen.

Nachdem Feli es noch einmal mit einem »Hallo« versucht, aber wieder nur Gelächter als Antwort erhalten hatte, drückte sie das Gespräch genervt weg. »Ich glaube, die haben gecheckt, dass ich Sartorius' Luxusschlitten angefahren habe, und kriegen sich jetzt vor lauter Schadenfreude nicht mehr ein. Besonders beliebt scheint der Kommissar bei seinen Kollegen ja nicht zu sein.«

»Vielleicht sind sie auch nur neidisch«, mutmaßte Boschi. »Wer von denen kann sich schon so ein Bonzenauto leisten?«

»Wie auch immer. Wegen Fahrerflucht können wir jedenfalls nicht mehr belangt werden, also, worauf warten wir noch?« Feli wollte gerade wieder einsteigen, da deutete Boschi auf einen Mann im schwarzen Anzug und eine braunhaarige Frau, die an seiner Seite die Straße entlangstöckelte. Sie kamen auf sie zu.

Als sie die beiden erkannte, vergrub sie den Kopf in den Händen und flüsterte: »Lieber Gott, steh mir bei.«

Freitag, 11:30 Uhr

Clemens rückte seine Sonnenbrille von der Nase auf die Haare und runzelte die Stirn. Er hatte etwas entdeckt. Oder besser gesagt: jemanden. Da war sie wieder, eine seiner drei momentanen Hauptsorgen: Felicitas Reichelsdörfer, noch dazu in Begleitung ihres Busenfreundes Hieronymus Bosch. Er seufzte.

»War ja irgendwie klar, dass die auch hier sind«, sagte er zu Cora gewandt, die neben ihm stolzierte und mit der linken Hand kurz ihre Sonnenbrille auf dem Nasenrücken nach unten schob. Nur um sie sich sofort wieder korrekt auf die Nase zu setzen und ihr Kreuz noch ein wenig stärker durchzudrücken. Schon wuchs sie um zwei Zentimeter. Ein paar Männer der sich ebenfalls Richtung Seitenstreifen bewegenden Trauergesellschaft warfen ihr bewundernde Blicke zu, die sie mit einem Lächeln quittierte. Was Clemens zu einem erneuten Seufzen veranlasste. Cora zelebrierte sich mal wieder selbst und war in dem anthrazitfarbenen, körpernah geschnittenen Etuikleid nicht zu übersehen. Nicht unbedingt das Outfit, das er sich für eine Beerdigung vorstellte.

Vielleicht hatte einer der starrenden Männer ja Johanna Färber umgebracht. Auszuschließen war es nicht, schließlich nahmen manche Mörder am Grab ein letztes Mal von ihrem Opfer Abschied. Zuvor auf der Beerdigung war ihm niemand aufgefallen. Viele Freunde und Verwandte waren zugegen gewesen, aber niemand, den er sich als heimlichen Liebhaber hätte vorstellen können. Dafür lief ihm jetzt schon wieder die Buchhändlerin über den Weg.

»Deine Freundin sieht aber nicht so glücklich aus«, stellte Cora fest.

»Sie war gerade auf einer Beerdigung, da freut man sich eher selten. Und sie ist nicht meine Freundin.«

»Aber sicher doch, mein Schatz.« Lächelnd knuffte Cora ihn in die Seite.

Clemens überlegte kurz, ob er sich revanchieren sollte, da fiel ihm der Volvo von Felicitas Reichelsdörfer ins Auge. Beziehungsweise das Heck des Volvos. Dessen rechte Seite Richtung Straße ausbrach und dessen linke seinem Tesla gefährlich nahe gekommen zu sein schien. Hatte die Buchhändlerin etwa …? Aber das würde sie doch nicht wagen, oder? Niemand fuhr seinen Tesla an, und erst recht nicht Felicitas Reichelsdörfer. Und trotzdem sah es danach aus, als wäre genau das passiert. Clemens beschleunigte seinen Schritt. Tatsächlich! Sein Tesla war vorne rechts deutlich eingedellt. Diese alte Rostlaube von einem Volvo musste ihn touchiert haben. Das konnte doch wohl nicht wahr sein!

»Sagen Sie jetzt nicht, dass Sie meinen Wagen angefahren haben«, herrschte er die Buchhändlerin an, die auf dem Bürgersteig stand und auf ihn zu warten schien.

»Sag ich ja gar nicht«, antwortete sie mit dünner, zittriger Stimme.

»Und was ist das hier?« Clemens beugte sich nach vorne und deutete auf die demolierte Stelle. »Wissen Sie eigentlich, wie teuer dieses Auto ist? Und wie schwierig Ersatzteile zu bekommen sind?« Er spürte, wie sein Blutdruck in die Höhe schoss. Als er sich wieder aufrichtete, rutschte ihm die Sonnenbrille vom Kopf. Cora machte schnell einen Schritt nach vorn und schaffte es gerade noch, das teure Stück vor dem harten Kontakt mit der Straße zu bewahren. Clemens schüttelte den Kopf, drehte sich kurz von ihr weg und raufte sich die Haare. »Das wird Wochen dauern, wenn nicht sogar Monate.«

»Es gibt bestimmt eine Werkstatt, die das ausbeulen kann«, meinte Cora und klappte seine Brille zusammen.

»Ausbeulen?« Clemens starrte sie ungläubig an. »Und der Lackschaden? Ganz abgesehen davon, was das für den Wert des Wagens bedeutet. Der Verlust ist doch noch gar nicht abzusehen. Außerdem muss überprüft werden, ob mit der Radaufhängung alles stimmt, ob irgendwo eine Unwucht entstanden oder sonst irgendwas Schlimmes passiert ist.« Er wandte sich Felicitas Reichelsdörfer zu. »Haben Sie auch nur im Entferntesten eine Vorstellung davon, was Sie angerichtet haben?«, herrschte er sie an.

»Es war doch keine Absicht.« Die Buchhändlerin war immer noch kleinlaut und verschränkte die Arme vor der Brust. Eine rote Locke löste sich aus ihrem geflochtenen Zopf und umspielte ihre Wange.

Kurz brachte der Anblick Clemens aus dem Konzept, dann blinzelte er und fing sich wieder. »Das will ich für Sie hoffen. Sind Sie wenigstens gut versichert?«

»Dafür wird's gerade noch reichen«, murmelte sie leise und schluckte sichtbar.

Ungläubig schüttelte Clemens den Kopf und zog die Brauen zusammen. Seine Augen verdunkelten sich. Im Gebüsch hinter ihm tirilierte eine Amsel. In seinen Ohren klang es so, als würde sie ihn verspotten.

»Beruhige dich endlich.« Cora legte ihm eine Hand auf seinen Arm. »Es ist doch nur ein Auto. Und den Schaden kann man reparieren. Alles ist gut.«

»Von wegen. Nichts ist gut!«

»Ihre Kollegin hat recht. Natürlich ersetze ich Ihnen die Stoßstange und den Kotflügel«, meldete sich die Buchhändlerin wieder zu Wort. Ihr Busenfreund nickte, als hätte er und nicht sie die Worte gesprochen.

Clemens schnaubte.

»Ehrlich, das tut mir schrecklich leid. Ich werde gleich meine Versicherung anrufen.«

Er musterte sie erneut. Sie wirkte wirklich geknickt. Er knetete seine Unterlippe, als plötzlich ein Zittern von seinem Körper Besitz ergriff. Das hier war nicht irgendein Auto, hier handelte es sich um seinen Tesla, neben Klaus sein treuester Freund, der ihn seit gut drei Jahren durchs Leben begleitete. Durch Felicitas Reichelsdörfer verunziert mit einer Delle, die bestimmt bald Flugrost einfangen würde.

»Hast du dich denn mittlerweile erinnert, wie du versichert bist, Karotte? Vollkasko oder Teilkasko?«, mischte sich ihr Freund ins Gespräch ein. Clemens horchte auf.

Die Buchhändlerin blickte zu Boden und trat von einem Fuß auf den anderen. Eine gefühlte Ewigkeit später hob sie den Kopf. »Ich glaube, Teilkasko«, antwortete sie kaum hörbar. »Vollkasko würde bei der alten Schüssel doch keinen Sinn machen.«

»Normalerweise steht das in den Versicherungsunterlagen, wie viel du zuzahlen musst.« Er tätschelte ihr den Rücken.

»Wie, zuzahlen?«

»Na ja, wie hoch dein Eigenanteil ist. Je mehr du selbst zahlst, desto niedriger sind die Beiträge. Normalerweise.«

»Und wovon soll ich das bezahlen?« Ihre Stimme klang jetzt schrill. Mit großen Augen schaute sie Clemens an. »Kann ich das vielleicht abstottern?«

Er glaubte, seinen Ohren nicht zu trauen, und blickte sie entgeistert an. Eine Kohlmeise überbrückte die Stille mit ihrem melodischen Gesang. Es dauerte eine Weile, bis er die Sprache wiederfand. »Aber sonst geht es Ihnen gut?«, fragte er mit gepresster Stimme.

»Das ist es ja gerade, mir geht es überhaupt nicht gut! Die Schwester meiner Freundin ist ermordet und gerade beerdigt worden, dann stolpere ich beim Joggen auch noch über deren heimlichen Liebhaber, der ebenfalls tot in der Schwabach rumdümpelt, und zu allem Überfluss ist der Typ, in den ich mich gerade erst unsterblich verliebt habe, offenbar mit Annette, Johannas Schwester, zusammen. Und jetzt auch noch diese Katastrophe hier.« Sie deutete auf seinen Tesla. »Ehrlich gesagt geht es mir ziemlich beschissen.« Ihre Stimme brach, und Tränen rollten ihre Wangen hinab.

Für einen kurzen Moment spürte Clemens das Bedürfnis, sie zu umarmen, aber nur einen Wimpernschlag später war es wieder verschwunden. An seiner statt umarmte Hieronymus Bosch die Buchhändlerin und strich ihr über die roten Haare.

Clemens räusperte sich, angelte ein Taschentuch aus der Innentasche seines Sakkos und reichte es ihr. Sie nahm es mit einem Schniefen entgegen.

»Da sehen Sie, was Sie angerichtet haben.« Bosch blinzelte ihn vorwurfsvoll an.

»Ich? Angerichtet? Von wegen.« Clemens hielt kurz inne, dann dämmerte ihm, was die Buchhändlerin gerade gesagt hatte. Doch erst als er ihr den Rücken zudrehte und die alte Eiche am Rand des Friedhofs fixierte, fiel der Groschen. Mit neuem Schwung wandte er sich um und starrte sie an. »Wie kommen Sie darauf, dass es sich bei unserem toten Bauunternehmer um den heimlichen Liebhaber von Johanna Färber handeln könnte?«

Er konnte sehen, wie sein Gegenüber in sich zusammenfiel wie eine spontan verwelkte Blüte. Ein Triumphgefühl keimte in ihm auf. Vermutlich hatte sie ihre Nase wieder in Dinge gesteckt, die sie nichts angingen, und versucht, selbst den Mörder zu fassen. Doch daraus würde nichts werden, denn jetzt hatte sie sich verplappert, und er würde alles daransetzen, sie an weiteren Ermittlungen zu hindern.

Sie versuchte, ihm nicht in die Augen zu sehen, druckste erst herum, rückte dann aber doch mit der Sprache heraus und erzählte davon, was ihre Freundin Rieke Olsen, Besitzerin des Cafés »Klein, aber Fein«, beobachtet und sie selbst kombiniert hatte.

Clemens hörte aufmerksam zu und wunderte sich nicht zum ersten Mal, wie viele Informationen dieser Frau zufielen, nur weil sie die richtigen Leute kannte. Trotzdem würde er sich von ihr nicht die Butter vom Brot nehmen lassen.

»Aber dass Johanna Färber geschockt wirkte, als sie Richard Trotz zusammen mit einer Frau im Café entdeckte, ist noch lange kein Beweis dafür, dass sie seine Geliebte war«, warf er ein. »Sie könnte auch Probleme anderer Natur mit ihm gehabt haben, weshalb sie nicht gerade erfreut war, ihm über den Weg zu laufen.«

»Sie haben wirklich keine Ahnung von Frauen«, antwortete die Buchhändlerin, und Cora prustete los.

»Wenn Sie meinen«, wehrte er den Kommentar ab und versuchte, sich den Ärger über Coras Reaktion nicht anmerken zu lassen. »Zumindest verstehe ich im Gegensatz zu Ihnen etwas von Ermittlungsarbeit. Aus der Sie sich im Übrigen raushalten werden.«

Bosch legte wieder den Arm um seine Freundin und stimmte ihm heftig nickend zu, woraufhin sich ihr Blick verfinsterte.

»Und nur, um das hier zu verdeutlichen, Frau Reichelsdörfer: Wenn Sie das nächste Mal solche Informationen erhalten, teilen Sie sie uns gefälligst sofort mit und nicht erst, wenn es Ihnen in den Kram passt. Sonst könnte man Ihr Verhalten als Behinderung der Polizeiarbeit deuten, haben wir uns da verstanden?«, merkte Cora in scharfem Ton an. Offenbar war ihre lustige Phase vorbei.

»Ich hab's dir doch gleich gesagt«, schlug Bosch in dieselbe Kerbe. »Du hättest damit zur Polizei gehen sollen, Karotte.«

Felicitas Reichelsdörfer drehte sich zu ihm um. »Musst du mir jetzt auch noch in den Rücken fallen, Boschi? Wessen Freund bist du eigentlich?« Ihr Gesicht war rot angelaufen, wütend stieß sie ihn von sich weg.

Die Kohlmeise hatte bei all dem Trubel inzwischen aufgegeben, ihr Lied zu beenden, und flog in hohem Bogen davon.

»Ich habe jetzt endgültig genug von diesem Theater.« Clemens ging zwischen die beiden Streithähne. »Sie können gehen, alle beide. Oder besser fahren, falls Ihre Schrottkarre noch einmal anspringt. Und schicken Sie mir sofort Ihre Versicherungsdaten an die Dienststelle, meine E-Mail dürften Sie ja noch haben. Dann werden die Versicherungen das unter sich klären. Ich habe keinen Nerv dafür.«

»Nichts lieber als das«, antwortete Felicitas Reichelsdörfer durch zusammengepresste Zähne. »Komm, Boschi, lass uns fahren.« Kurzerhand stieg sie in den Volvo, zirkelte ohne Schwierigkeiten aus der Parklücke und fuhr mit quietschenden Reifen davon.

Clemens schaute ihr kopfschüttelnd hinterher. »Womit habe ich das nur verdient?«

»Was soll ich sagen?« Cora grinste. »Vielleicht hast du's ja selbst verschuldet und sie magisch angezogen?«

»Manchmal verstehe ich dich wirklich nicht«, erwiderte er und meinte es auch so – aus tiefstem Herzen. Sein Magen grummelte. Er versuchte, ihn zu ignorieren, obwohl er genau wusste, was er ihm sagen wollte. Dass Felicitas Reichelsdörfer eine Spur entdeckt hatte. Eine verfolgenswerte Spur.

Freitag, 13:00 Uhr

Clemens hatte die Lehne seines Bürostuhls so weit nach hinten gestellt, wie es ging, die Beine auf die Ecke des Schreibtisches gelegt und die Augen geschlossen. Nur kurz abschalten, etwas Ruhe vor dem Sturm, mehr wollte er gar nicht. Was für ein Tag! Allmählich gelang es ihm, seine Gedanken zu sortieren und das Geschehene Revue passieren zu lassen.

Gerade hatte er die Autowerkstatt seines Vertrauens über den Schaden informiert. Ein Mitarbeiter hatte ihm versichert, dass es weder ein Problem sei, die Delle in dem Tesla auszubeulen und die Stoßstange zu ersetzen, noch die passende Lacknuance zu bestellen. In diesem Moment waren ihm ganze Gebirgsmassive von der Seele gefallen, gegen die die Felswände am Walberla ein Dreck waren.

Die Dienstbesprechung war ebenfalls informativ gewesen. Zwar hatten die Techniker das Handy des Bauunternehmers nicht mehr anschalten können, da es zu stark beschädigt war, aber das Rufnummernprotokoll war aufschlussreich. Aufgeregt erzählte Frank Wiesner allen, dass ausgerechnet Martin Vogel ihren Toten am Mittwoch um siebzehn Uhr achtundfünfzig angerufen hatte, womit er einer der Letzten war, die Richard Trotz vor seinem Tod kontaktiert hatten. Das Gespräch hatte knapp sieben Minuten gedauert. Gestorben war Trotz laut Obduktionsbericht gegen dreiundzwanzig Uhr am selben Tag, mit einem Blutalkoholwert von eins Komma acht Promille. Eigentlich hätte er damit kaum noch geradeaus laufen können, was einen Unfall möglich machte. Doch viel interessanter war, dass Gerichtsmediziner Professor Dr. Konrad Mengler, der per Videoscreen zugeschaltet gewesen war, im Blut des Toten Reste von GHB, Gammahydroxybuttersäure, nachgewiesen hatte. Normalerweise wurde die Droge sehr schnell im Körper abgebaut, sodass sie Glück hatten, dass Mengler sie noch entdeckt hatte.

»GHB, auch bekannt als Liquid Ecstasy, kann circa acht Stunden im Blut und zwölf Stunden im Urin nachgewiesen werden, da es im Körper rasch zu Bernsteinsäure umgewandelt wird und in den Citratzyklus übergeht, wo es dann zu Kohlendioxid und Wasser abgebaut wird.« Nichts gefiel Mengler mehr, als einen seiner Vorträge zu halten, für die er bekannt war. »Niedrig dosiert enthemmt GHB, ähnlich wie Alkohol wirkt es euphorisierend und angstlösend. Höher konzentriert aphrodisierend. Beide Wirkungen machen es in gewissen Kreisen äußerst attraktiv. In der Medizin wird es als Narkotikum eingesetzt, vor allem bei Kaiserschnitten, da es nicht plazentagängig ist und praktisch kaum Nebenwirkungen hat.«

Mengler grinste. »Interessant ist, dass GHB auch von unserem Körper produziert wird, aber eben nicht in diesen Mengen. Als Neurotransmitter brauchen wir es für die Signalübertragung unserer Nervenzellen.« Er strich sich über sein Kinn. »Schwierig beziehungsweise gefährlich wird es, wenn man sich mit der Dosierung verschätzt oder parallel dazu andere Drogen wie Alkohol konsumiert. Dann können Müdigkeit und Übelkeit bis hin zu Erbrechen als Wirkung hinzukommen. Im schlimmsten Fall folgt der Erstickungstod.«

Er machte eine kurze Pause, um seinen Ausführungen vermutlich mehr Pomp und Gloria zu verleihen. »Aber das war hier nur bedingt der Fall. Ich gehe davon aus, dass die verwendete GHB-Dosis relativ hoch war und das Opfer dadurch schläfrig und absolut willenlos wurde. Demnach konnte es von jedem x-Beliebigen zu nahezu allem verleitet werden, ohne dass dieser viel Kraft aufwenden oder Überzeugungsarbeit leisten musste. Dazu kommt, dass der Gesundheitszustand des Opfers nicht unbedingt der beste war. Das Herz war angegriffen, ebenso die Leber. Konstanter Alkoholmissbrauch, würde ich sagen.«

Mengler lächelte selbstzufrieden. »Somit kamen bei unserer Leiche mehrere Komponenten zusammen: Herzprobleme, die einschläfernde Wirkung von GHB und der Fluss. Wie bereits erwähnt, hätte selbst ein Kind den Mann in diesem Zustand in der Schwabach ersäufen können. Letzten Endes war sein Tod das Resultat einer Kombination aus Süßwasser in der Lunge, Schaum in der Luftröhre und Erbrochenem, das er in seine Luftröhre aspiriert hatte. Alles zusammen führte zu Sauerstoffmangel, Herzstillstand und anschließendem Hirntod. Ich habe weder Abwehrverletzungen noch andere Hinweise auf einen Selbstrettungsversuch gefunden, vermutlich hat unser Opfer sofort, als es in der Schwabach zu liegen kam, das Bewusstsein verloren. In Anbetracht dessen ist daher ein Selbstmord relativ klar auszuschließen. Ein Unfall wäre möglich. Genauso wie die Variante, dass ihm jemand GHB untergejubelt hat, um einen Unfall vorzutäuschen, beziehungsweise dieser Jemand seinen Tod billigend in Kauf genommen hat.«

Der Rechtsmediziner unterbrach seinen Monolog kurz und warf einen Blick in die Runde, bevor er fortfuhr. »Die Livores, landläufig Todesflecken genannt, waren bereits deutlich blau erkennbar, wie es typisch für einen Leichnam ist, der schon mehrere Stunden liegt. Sie sprechen dafür, dass der Mann nach seinem Tod nicht umgelagert wurde, sondern an Ort und Stelle verstorben ist. Dass sie sich zum Auffindezeitpunkt noch wegdrücken ließen, unterstützt meine spätere Feststellung des Todeszeitpunktes. Die Totenstarre war voll ausgebildet, und die Hände zeigten die für eine Wasserleiche typischen Veränderungen: Die Haut war aufgequollen, unser Mann hatte sogenannte Waschfrauenhände. Außer normalem Dreck habe ich unter den Fingernägeln nichts gefunden, was interessant ist. Da sein Körper nur geringe Schleifspuren aufweist, wurde er vermutlich nicht abgetrieben, sondern ist mehr oder weniger dort, wo er gefunden wurde, in den Fluss gestürzt – oder wurde geschubst. Aber das herauszufinden ist Aufgabe der Spurensicherung. Sollte sich einer von Ihnen für die genauen biochemischen und weiteren Ergebnisse der Obduktion interessieren, können Sie diese gern in dem Protokoll nachlesen, ansonsten wäre ich jetzt fertig.« Und damit hatte Mengler sich verabschiedet und die Videokonferenz beendet.

Anschließend war Max Gimmler, der Leiter des Erkennungsdienstes, an der Reihe gewesen. Er hatte am Flussufer nahe dem Auffindeort nicht nur Schuhabdrücke des Toten sicherstellen können. Unter anderem waren er und sein Team zusätzlich auf die Abdrücke von den Sportschuhen der Buchhändlerin wie auch von glattsohligen Schuhen mit spitzem Absatz in Größe 39 gestoßen. Daneben noch auf kleinere, der Länge nach von Kinderschuhen, wobei diese vermutlich bereits am Mittwochnachmittag entstanden waren. Die Spuren sprachen dafür, dass der Tote den kleinen Abhang hinabgeschlittert und dann im Wasser gelandet war.

»Wir haben nach abgebrochenen Ästen oder Ähnlichem gesucht, woran er sich festgehalten haben könnte, aber nichts gefunden. Net amol Kratzspuren am Boden.« Gimmler strich sich über die Glatze. »Das passt so gar net. Aber laut dem Mengler war der durch diese Droge offenbar handlungsunfähig. An der Kleidung des Toten waren Fasern von einem schwarzen Synthetikmaterial, die net von seiner Kleidung stammen. Daneben haben wir ein schwarzes Haar gefunden, allerdings kein echtes, sondern von einer Perücke. Leider Massenware aus Fernost, vermutlich übers Internet bezogen, daher zur Eingrenzung eines vermeintlichen Täters unbrauchbar.« Gimmler zog die Mundwinkel nach oben. »Aber dafür haben wir einen Fingerabdruck im Inneren des Zigarettenetuis des Bauunternehmers sichergestellt, der eindeutig net von ihm selbst stammt. Leider ist er in unserer Datei net gespeichert, aber falls ihr mir den eines Verdächtigen schickt, könnte ich ihn damit abgleichen.«

So weit, so gut. Clemens öffnete die Augen wieder und blinzelte gegen die plötzliche Helligkeit an. Als es an der Tür klopfte, nahm er schnell die Füße vom Tisch, bevor er den Besucher hereinbat. Es war Frau Gerber, die ihm die neuesten Protokolle, ein Sandwich und einen Kaffee brachte und ihm ihr strahlendstes Lächeln schenkte.

»Sie sollten sich eine kleine Pause gönnen, Herr Sartorius.« Sie stellte den Teller samt Tasse auf seinem Schreibtisch ab.

Clemens liebte sie dafür heiß und innig. Wäre sie etwas jünger und vor allem nicht verheiratet, er würde sie vom Fleck weg ehelichen. Nur ihrer Kompetenz wegen. Wobei, vielleicht wäre das doch etwas zu wenig für eine glückliche Ehe. Bevor er sich vollständig aus seinem Stuhl erhoben hatte, rauschte Cora ohne Anklopfen, geschweige denn einen Gruß, ins Zimmer.

Ihr Blick fiel auf den Kaffee und das Sandwich. »Na, du lässt es dir aber gut gehen. So einen Service möchte ich auch.«

Die Sekretärin zuckte nicht mal mit einer Wimper. »Soll ich Ihnen auch etwas bringen, Frau Eisenstein? Es wäre noch ein belegtes Brötchen da, das hatte ich zwar für mich gedacht, aber bevor Sie hier verhungern …«

»Nein, nein, alles gut«, versicherte Cora sofort deutlich kleinlauter. »Ich habe schon gegessen, unten in der Kantine. Aber vielen Dank.«

»Dann vielleicht nur einen Kaffee?«

»Den nehme ich gern, danke!«

Clemens grinste. Selten erlebte er Cora so, er würde schon fast sagen, demütig. Eine Eigenschaft, die er an Frau Gerber bewunderte: Sie verlor nie die Nerven, blieb immer freundlich und wies ihr Gegenüber dennoch in die Schranken. Diese Fähigkeit hätte er auch gern gehabt.

Er bugsierte seinen Teller und den Kaffee auf den Tisch bei der Sitzecke und winkte Cora zu einem der freien Sessel, während er selbst auf einem anderen Platz nahm. Von diesem aus hatte er einen schönen Blick in den Himmel, der wie gemalt wirkte, azurblau mit fast transparenten weißen Schlieren. Ein Ende der Schönwetterperiode war noch immer nicht in Sicht. Ein größerer Vogel zog seine Kreise. Vielleicht einer der Falken, die im Turm der Hugenottenkirche nisteten, so genau kannte er sich in der Vogelwelt nicht aus. Genießerisch hob er die Tasse, sog das Kaffeearoma ein und schmunzelte.

»Wenn man dich so anschaut, könnte man dich glatt für

ein bisschen beschränkt halten, so grinst du deinen Kaffee an«, bemerkte Cora stirnrunzelnd. Ihre gute Laune hatte sie wohl in der Kantine vergessen.

»Das kannst du nur nicht nachvollziehen, weil du deinen noch nicht vor dir stehen hast und mir jetzt zusehen musst«, triezte er sie.

»So ein Quatsch«, ereiferte sie sich. »Ich versteh bloß nicht, wie man darum so einen Hype veranstalten kann. Das ist Kaffee, mehr nicht. Ich meine, schwarz schmeckt der doch so bitter wie Medizin. Erst mit ordentlich Milch wird er genießbar.«

»Bloß, weil du keine Ahnung hast, solltest du nicht so voreilig mit deinem Urteil sein. Milch tötet jedes Aroma«, belehrte Clemens seine Kollegin lächelnd. »Kaffee ist ein ganz besonderes Getränk. Wenn ich nur an die unterschiedlichen Röstaromen denke. Aber warum erzähle ich dir das eigentlich? Das sind doch die sprichwörtlich vor die Säue geworfenen Perlen.«

Sie knuffte ihn in die Seite. »Blödmann.«

In diesem Moment kehrte Frau Gerber zurück und setzte eine große Tasse mit karamellfarbenem Inhalt vor Cora ab: »Sie trinken ihn doch mit viel Milch, wenn ich mich richtig erinnere?«, sagte sie und war, bevor Cora überhaupt antworten konnte, schon wieder zur Tür hinaus.

Clemens brach in schallendes Gelächter aus. »Selbst meine Sekretärin hat dich schon durchschaut«, sagte er, nachdem er sich beruhigt hatte.

Sie schnaubte, aber als sie einen großen Schluck ihres Milchkaffees nahm, wanderten ihre Mundwinkel ein Stück nach oben. Na also, dachte Clemens, geht doch.

»Was hältst du von den bisherigen Ergebnissen?«, fragte er sie kurz darauf.

»Sie scheinen zu beweisen, dass es kein Selbstmord war. Und auf einen Unfall tippe ich irgendwie auch nicht. Trotz war nicht der Typ, der sich regelmäßig GHB eingeschmissen hat. Der hat sich mit Stil die Kante gegeben – mit teurem Gin.

Und bevorzugt in weiblicher Gesellschaft. Eher könnte ich mir noch vorstellen, dass er seinen Damen GHB verabreicht hat, wobei ich, wenn ich ehrlich bin, daran zweifle, dass er das nötig hatte. Bei dem Geld und dem Aussehen dürfte er keine größeren Probleme gehabt haben, eine aufzureißen.« Sie nahm einen weiteren Schluck. »Ich tippe darauf, dass ihm unsere geheimnisvolle Frau aus der ›Cuba Libre Bar‹ das Zeug in sein Getränk gemischt hat.« Sie setzte die inzwischen nur noch halb volle Tasse vor sich ab.

Clemens nickte. »Rein interessehalber hätte ich gern einen Abgleich der DNS unseres Bauunternehmers mit der, die wir unter Johanna Färbers Fingernägeln gefunden haben.«

Cora blickte ihn schon wieder an, als wäre er nicht ganz dicht, schmunzelte dann aber. »Die Vermutung der Buchhändlerin lässt dir also keine Ruhe?«

»Ich will mir später nur nicht nachsagen lassen, ich wäre ihrem Hinweis, wohlgemerkt wie jedem anderen aus der Bevölkerung, nicht nachgegangen.« Clemens lehnte sich in seinem Sessel zurück.

»Ja, klar.« Cora folgte seinem Beispiel, ihre Tasse wieder in der Hand, und grinste über das ganze Gesicht.

Clemens beschloss, ihre Bemerkung einfach zu ignorieren. »Interessant ist allerdings, dass wir durch den Anruf erneut eine Verbindung zu Martin Vogel haben. Wie es scheint, hat er uns noch einiges mehr zu erzählen, als wir bisher dachten. Ich habe bereits veranlasst, dass er zur erneuten Befragung hergebracht wird. Außerdem habe ich einen Durchsuchungsbeschluss für seine Wohnung und für seinen Arbeitsplatz beantragt.« Dieses Mal war er es, der schmunzelte.

Freitag, 13:30 Uhr

Eine halbe Stunde später betraten Clemens und Cora den Verhörraum der Dienststelle und setzten sich dem schon wartenden Martin Vogel gegenüber, der sein Handy bereits einem Beamten übergeben hatte. Diese Maßnahme war üblich, um einen heimlichen Mitschnitt der Befragung zu unterbinden.

Clemens beschloss, auch dieses Mal das Aufnahmegerät mitlaufen zu lassen, und drückte eine Taste an dem fest installierten Mikrofon. Cora schnappte sich ihren Block und einen Kugelschreiber, um zusätzliche Notizen zu dem Gespräch festzuhalten. Nachdem Sie sich für das Protokoll erneut vorgestellt und Martin Vogel namentlich als Vorgeladenen erwähnt hatten, begann Clemens das Verhör. »Haben Sie eine Ahnung, warum Sie hier sind, Herr Vogel?«

Der Doktorand wollte sich vorbeugen, wurde aber von seiner überquellenden Schwarte ausgebremst.

Clemens schnüffelte. Vogel roch nach Alkohol, eindeutig Bier. Und das schon um die Mittagszeit. Noch dazu breiteten sich Schweißflecken in den Achseln seines karierten Hemdes aus.

»Sie glauben doch nicht immer noch, dass ich Johanna umgebracht habe? Ich habe ein Alibi.« Er lächelte selbstgefällig.

»Dessen sind wir uns bewusst.« Clemens hielt kurz inne und beobachtete den jungen Mann genau. Die nächste Reaktion war wichtig. »Kennen Sie eigentlich einen gewissen Richard Trotz, seines Zeichens Bauunternehmer?«

Martin Vogels Augen flackerten, sein Blick flog hin und her, dann fasste er sich wieder. »Ist das nicht der Typ, den Sie aus der Schwabach gefischt haben? Ich hab's in den Nachrichten gesehen.«

Clemens nickte, sagte aber nichts. Mit etwas Geduld würde ihr Verdächtiger nervös werden. Hoffentlich nervös genug, um sich zu verplappern. Bis dahin würde er ihn nicht aus den Augen lassen.

Unruhig rutschte Martin Vogel auf seinem Stuhl hin und her, und eine Schweißwolke zog zu ihnen herüber. Clemens hielt kurz die Luft an, Cora räusperte sich vernehmlich.

»Warum schauen Sie mich so an?«, murrte Vogel.

»Nur so«, antwortete Clemens lächelnd.

»Glauben Sie etwa, dass ich den um die Ecke gebracht habe, oder was? Ist das Ihre Taktik? Wenn Sie keinen Verdächtigen haben, nehmen Sie einfach mal wieder mich.«

»Wenn Sie es so ausdrücken wollen …«

»Sie haben ja wohl nicht mehr alle Tassen im Schrank! Ich kenne den Mann doch gar nicht.« Vogel sprang auf, wobei seine Wampe mit dem Tisch kollidierte und diesen ein paar Zentimeter nach vorne schob. Mit geballten Fäusten und auf der Stirn stehenden Schweißperlen stand er keuchend und schnaubend vor ihnen.

»Setzen Sie sich bitte wieder hin, Herr Vogel«, sagte Clemens so ruhig wie möglich und wartete.

Nach ein paar Sekunden rückte Vogel tatsächlich seinen Stuhl an den Tisch zurück und sackte darauf zusammen. Die Arme vor der Brust verschränkt, fixierte er den Kommissar.

»Das ist sehr interessant, dass Sie Herrn Trotz nicht kennen, Herr Vogel«, begann Clemens sein Plädoyer. »Weshalb haben Sie ihn dann am Mittwochabend angerufen?« Er beugte sich über den Tisch, ignorierte den penetranten Geruch, der von Vogel ausging, und sah ihm fest in die Augen.

Der Doktorand wurde blass, sein Atem beschleunigte sich. »Ich sag jetzt nix mehr ohne meinen Anwalt.«

»Dann will ich Sie der Vollständigkeit halber darüber in Kenntnis setzen, dass, während wir uns hier so nett unterhalten, meine Leute auf richterlichen Beschluss hin Ihre Wohnung wie auch Ihren Arbeitsplatz in der Universität auseinandernehmen. Was, glauben Sie, werden sie dort finden?«

Vogel blickte stoisch zu Boden.

»Nun gut«, folgerte Clemens, »es ist Ihr gutes Recht

zu schweigen. Dann sehen wir uns später wieder.« Erneut drückte er den Knopf am Aufnahmegerät, erhob sich und verließ mit Cora den Raum. Sein Grinsen konnte und wollte er nicht verbergen. Jetzt hatten sie ihn. Es war nur noch eine Frage der Zeit, bis er auspacken würde.

Freitag, 17:00 Uhr

Clemens tigerte in seinem Büro auf und ab. Sein Magen rebellierte wieder, wahrscheinlich die Aufregung. Er konnte es kaum abwarten zu erfahren, was bei der Durchsuchung von Vogels Wohnung und seinem Arbeitsplatz in der Universität gefunden worden war. Um sich abzulenken, hatte er versucht, erneut die aktuellen Fallunterlagen Richard Trotz betreffend zu studieren, war aber kläglich gescheitert. Er konnte einfach nicht still sitzen, während er auf den möglichen Durchbruch wartete. Etwas würde heute passieren, das spürte er instinktiv. Ob in positiver oder negativer Hinsicht, dessen war er sich nicht sicher. Diese Unsicherheit war vermutlich ebenso für sein Magengrummeln verantwortlich. Er hasste es, tatenlos abwarten zu müssen. Am liebsten hielt er selbst die Fäden in der Hand, überwachte, plante die nächsten Einsätze und führte sie auch selbst durch. Was nicht immer möglich war. Und leider arbeitete die Spurensicherung nicht rascher, ging eine Durchsuchung nicht flotter vonstatten, wurde ein Mörder nicht schneller gefasst, bloß weil er sich das so wünschte. Ein großer Teil der Polizeiarbeit bestand darin, sich in Geduld zu üben, sich in millimeterkleinen Schritten dem vermeintlichen Ziel anzunähern, um am Ende eventuell doch mit nichts dazustehen. Wenn er ehrlich war, lag auch das heute im Bereich des Möglichen, selbst wenn sein Bauchgefühl ihm etwas anderes sagte. Zu vieles wies auf Martin Vogel hin, vielleicht nicht unbedingt als Täter, aber zumindest als Mitwisser und Zeuge einer oder vielleicht sogar beider Taten.

Clemens trat ans Fenster und versuchte sich in Achtsamkeit. Nimm wahr, was du siehst, bewusst, sei ganz bei dir. Er zählte fünf Autos auf dem Parkplatz, einen Tesla – er grinste –, einen Porsche Cayenne, einen blauen Golf, einen VW Kombi und einen Citroën Berlingo. Er gähnte. Wann hatte er eigentlich das letzte Mal eine Nacht durchgeschlafen? Er konnte sich nicht daran erinnern. Verdammt! So schnell hatte er sich von seinen Gedanken ablenken lassen, statt achtsam zu bleiben. Er konzentrierte sich wieder. Sah, dass zwei Personen das Dienstgebäude verließen, eine Frau und ein Mann, sie heftig gestikulierend. Zivilisten, vermutete Clemens, da er sie keiner Abteilung zuordnen konnte. Ein weiterer Wagen parkte gerade etwas abseits, ein grauer Mercedes SL. Ihm entstieg ein älterer Herr in einem dunkelgrauen Anzug mit blauer Krawatte und getönter Sonnenbrille. Just in diesem Moment blickte er nach oben. Instinktiv wich Clemens einen Schritt zurück und hoffte, dass der Mann ihn nicht gesehen hatte. Aber die Sonne stand bereits so tief, dass sein Fenster von dort unten nur eine spiegelnde Fläche sein musste.

Er trat wieder an die Scheibe, als der Mann Richtung Eingang ging. In der rechten Hand trug er eine schwarze Aktentasche. Vielleicht Vogels Anwalt, überlegte Clemens. Als der Doktorand das letzte Mal von ihm abgeholt worden war, war Clemens nicht im Haus gewesen, daher war er ihm bisher nicht begegnet. Eines war jedoch unübersehbar: Der Mercedesfahrer war mit Sicherheit kein Pflichtverteidiger. Dazu wirkte seine gesamte Erscheinung zu teuer. Aber wie konnte sich Vogel so jemanden leisten? Seine Eltern dürften nicht wohlhabend sein, schließlich bezog er den BAföG-Höchstsatz. Vogels Kontostände hatten sie noch nicht überprüft, auch ein Punkt, der dringend zu erledigen war. Ärgerlich zischte er durch die Zähne. Wie hatte er das nur übersehen können? Aber vielleicht würde die heutige Hausdurchsuchung ja Licht ins Dunkel bringen und Kontoauszüge und Bargeld oder Vermögensgegenstände zutage fördern.

Er strich sich mit der Hand über das Kinn und wanderte wieder Richtung Schreibtisch, als es klopfte und auf sein Zeichen hin Frau Gerber die Tür öffnete. Neben einem frischen Kaffee, der fünften Tasse heute, brachte sie ihm mehrere Akten und einen USB-Stick.

»Die Protokolle der Hausdurchsuchungen sind da. Frisch gedruckt sozusagen. Auf dem Stick ist das Material, das auf

Martin Vogels Laptop gefunden wurde.« Sie legte ihm den schmalen Datenträger samt Papierstapel auf den Schreibtisch und stellte den Kaffee daneben. »Und ehe ich es vergesse, Vogels Anwalt, Dr. Schneider, ist gerade eingetroffen und hat gebeten, seinen Mandanten zu sprechen.«

Clemens nickte. Hatte er es doch geahnt. »Lassen Sie ihn zu ihm. Ich komme dann in einer knappen halben Stunde mit Frau Eisenstein dazu. Erst will ich mir einen Überblick hierüber verschaffen.« Er deutete auf den Stick und die Akten.

Frau Gerber nickte und verabschiedete sich, bevor sie geräuschlos die Tür hinter sich ins Schloss zog.

Clemens verschränkte die Finger ineinander, streckte die Arme nach vorne und dehnte die Schultern. In der rechten knackte es vernehmlich, was er als gutes Zeichen deutete. Er atmete noch einmal tief ein und aus, ließ sich dann auf dem Bürostuhl nieder, schlug den Deckel der ersten Akte auf und vertiefte sich in die Protokolle der Hausdurchsuchungen.

Seine Augen wurden größer und größer, als er las, was die Beamten sichergestellt hatten. Rasch schob er den USB-Stick in den Computer und klickte sich durch die Dateien. Als er realisierte, was er vor sich hatte, blieb ihm fast der Mund offen stehen. Er hatte vieles erwartet, aber ganz bestimmt nicht das. Während sich auf der Oberfläche seines unberührten Kaffees neben ihm eine dünne Haut bildete, vertiefte er sich eingehender in die Ergebnisse. Nachdem er alles durchgesehen hatte, rief er über die Kurzwahl Cora an.

Keine zwei Minuten später erschien sie kauend, ohne anzuklopfen, in seinem Büro.

Normalerweise hätte Clemens sie schon allein deshalb gerügt, doch jetzt interessierte es ihn nicht einmal, dass sie ihr Vanillehörnchen mitgebracht hatte und Teile davon auf den Boden krümelte. Alles, was zählte, war, ihr möglichst rasch einen detaillierten Überblick über die Befunde zu geben, also legte er los.

Prompt verschluckte sich Cora an ihrem letzten Bissen und hustete.

Seufzend schüttelte Clemens den Kopf, stand dann aber auf und klopfte ihr mehrmals auf den Rücken.

»Das ist ja ein dickes Ding«, krächzte sie, nachdem sie sich wieder einigermaßen beruhigt hatte.

»Ganz meine Meinung. Und deswegen nehmen wir das dicke Ding jetzt ganz genau ins Visier.«

Cora kicherte. »Dann mal ab in den Verhörraum.«

»Aber wasch dir vorher die Hände und wisch dir den Mund ab, du musst protokollieren.« Clemens grinste, wurde aber schnell wieder ernst. »Ich will, dass alles hieb- und stichfest ist. Vogels Anwalt soll keine Gelegenheit bekommen, ihn da rauszuboxen.«

Kurze Zeit später standen sie vor dem Verhörraum. Ein Beamter öffnete ihnen die Tür, und sie traten ein.

Der distinguierte Herr im grauen Anzug, dessen Eintreffen Clemens beobachtet hatte, erhob sich und reichte ihnen die Hand. »Dr. Schneider, ich bin der Anwalt von Herrn Vogel.«

Clemens stellte Cora und sich vor, und sie nahmen gegenüber von den beiden Platz. Er schaltete das Aufnahmegerät ein und nannte pro forma noch einmal alle am Verhör Beteiligten, den Ort und das Datum, dann legte er sowohl seine Unterlagen als auch sein iPad vor sich auf den Tisch.

»Mit welchem Recht halten Sie meinen Mandanten erneut fest?«, fragte Dr. Schneider.

»Ich sehe, Sie sind kein Freund von Nebensächlichkeiten, daher kommen wir gleich zum Grund des heutigen Verhörs.« Clemens lächelte freundlich. »Ihr Mandant hat leider ›vergessen‹, uns ein paar äußerst wichtige Informationen zukommen zu lassen, sodass die Annahme besteht, dass er uns etwas verheimlichen wollte.«

Martin Vogel, der immer noch in seinem verschwitzten karierten Hemd vor ihnen saß, rutschte auf dem Stuhl nach vorne und öffnete den Mund, als wollte er etwas antworten, wurde aber von seinem Anwalt sofort mit einer knappen Handbewegung daran gehindert. »Sie sagen gar nichts.«

»Auch gut«, erwiderte Clemens, klappte eine Akte auf und legte zunächst das Rufnummernprotokoll so auf den Tisch, dass Anwalt und Mandant es lesen konnten. »Das ist eine Auflistung der Anrufe, die auf Ihrem Mobiltelefon ein- und ausgingen, Herr Vogel.« Clemens deutete auf eine bestimmte Position in der Übersicht. »Hier steht es schwarz auf weiß, dass Sie mehrmals mit Richard Trotz telefoniert haben. Aufgrund der Dauer der Anrufe ist davon auszugehen, dass Sie sich nicht verwählt haben. Sie kannten ihn.«

»Das beweist gar nichts. Mein Mandant arbeitet an der Uni, wie Sie wissen. Wenn er das Handy auf seinem Schreibtisch liegen gelassen hat, kann es jemand anders genommen und damit telefoniert haben«, antwortete Schneider statt Vogel.

»Wie Sie meinen.« Erneut griff Clemens in die Akte und förderte diesmal mehrere Papiere zutage, die er ebenfalls vor die beiden legte. »Und wie, Herr Vogel, erklären Sie sich, dass in Ihrem Schreibtisch, wohlgemerkt in einer verschlossenen Schublade, deren Schlüssel nur Sie besitzen dürften, diese Kopien der Steuerunterlagen von Herrn Trotz gefunden wurden, die laut unseren hinzugezogenen Experten auch noch den Sachbestand einer Steuerhinterziehung im großen Stil erfüllen? Das sind vertrauliche und darüber hinaus belastende Dokumente. Herr Trotz wird die Ihnen bestimmt nicht freiwillig überlassen haben.«

Martin Vogel wurde zusehends blass um die Nase, dafür wurden die Flecken auf seinem Hemd unter den Achseln immer größer.

»Das muss ich Ihnen doch nicht wirklich erklären.« Schneider lachte, ohne dass sich seine Mundwinkel auch nur im Geringsten hoben. »Ganz klar, da will jemand meinem Mandanten etwas unterschieben.«

Vogels Gesicht nahm wieder Farbe an, und er nickte heftig.

»Auch gut.« Clemens ließ sich nicht aus der Ruhe bringen. Er wusste, wie man mit Anwälten umzugehen hatte, griff zu seinem iPad, scrollte kurz und öffnete dann eine Videodatei. »Ich möchte Ihnen etwas zeigen, Sie sozusagen zu einer kleinen Filmpremiere einladen.« Er drehte das Tablet so, dass Vogel und sein Anwalt den Clip verfolgen konnten, und beobachtete die Reaktion des Doktoranden genau.

Seine Gesichtszüge entglitten ihm, die Haut um die Nase färbte sich zuerst wieder weiß, dann zartgrün, und sein Geruch grenzte schon an Körperverletzung. Schweißtropfen glänzten auf der Stirn, während er nach Luft rang.

Sein Anwalt reagierte abgeklärter, doch die kurz hochgezogenen Augenbrauen und die geweiteten Pupillen verrieten seine innere Anspannung. Während er tief durchatmete, fragte Clemens sich, wie er den Gestank seines unmittelbar neben ihm sitzenden Mandanten nur aushalten konnte.

»Was hat das mit Herrn Vogel zu tun?«, fragte Schneider mit einem leichten Kratzen in der Stimme. »Ich kann hier nur sehen, wie Richard Trotz, der Bauunternehmer, die vermutlich tote Kommilitonin meines Mandanten in einer Schubkarre in den Schlossgarten fährt und sie dort in den Brunnen verfrachtet. Dank der Straßenlaternen und dem Mondschein ist er eindeutig zu erkennen.« Er schüttelte sich.

Clemens konnte seine Reaktion nachvollziehen, es war nicht jedermanns Sache, quasi live die Beseitigung einer Leiche mitzuerleben. Dass er Trotz kannte, verwunderte ihn nicht. Schließlich war sein Konterfei im Fernsehen zu sehen gewesen.

»Stimmt, das ist Trotz, nicht Martin Vogel. So weit gebe ich Ihnen recht.« Clemens legte das iPad wieder beiseite. »Das Erstaunliche an diesem Film ist, dass wir ihn auf dem Handy Ihres Mandanten gefunden haben.«

Jetzt war es an dem Anwalt, blass zu werden. Er schluckte.

Clemens ergriff die Gelegenheit, sich direkt an Vogel zu wenden. »Soll ich Ihnen sagen, was ich glaube, was passiert ist? Sie haben gewusst, dass Johanna Färber und der Bauunternehmer ein Paar waren, und wollten ihn mit dem Wissen erpressen. Schließlich war der Mann verheiratet. Sie haben ihn verfolgt und ausspioniert, und dabei sind Ihnen seine Steuerunterlagen zufälligerweise, sagen wir mal, in die Hände gefallen. Wir werden noch herausfinden, wie genau Sie da rangekommen sind. Damit allein hatten Sie schon ein Druckmittel, doch dann ist etwas für Sie noch viel Besseres passiert: Sie haben beobachtet, wie Trotz seine Geliebte erwürgte und sich danach ihrer entledigte, und alles gefilmt, um noch mehr gegen ihn in der Hand zu haben. Am Mittwochabend riefen Sie ihn an, erpressten ihn und forderten ihn auf, sich mit Ihnen zur Geldübergabe zu treffen. Doch irgendetwas ging schief, er wollte Ihnen das Geld nicht geben. Vielleicht wurde er sogar handgreiflich, sodass Sie ihn ins Wasser gestoßen haben.« Clemens schmückte vor allem das Ende seiner Geschichte bewusst mit unbewiesenen Details aus. Er hoffte, Vogel würde sich dadurch zu einer unbedachten Äußerung hinreißen lassen und so den wirklichen Tathergang verraten. Schließlich konnten sie ihm trotz der neuen Informationen den Mord an dem Bauunternehmer nicht hieb- und stichfest nachweisen. Seine Taktik schien aufzugehen.

Martin Vogel hielt es nicht länger auf dem Stuhl. Er sprang auf, so schnell es die Trägheit seiner Masse zuließ, und schrie Clemens an: »Aber so ist es nicht gewesen! Ich habe ihn nicht umgebracht. Ich wollte doch nur, dass das Schwein was abdrückt, damit ich über seine Tat schweige. Das hätte ihm schließlich nicht wehgetan, diesem Hurensohn!« Speicheltröpfchen flogen über den Tisch.

Cora machte ein angewidertes Gesicht, während Clemens sich um Gelassenheit bemühte. Zur Sicherheit rückte er etwas weiter vom Tisch ab, verschränkte die Arme und hoffte, dass Anwalt Schneider seinem Verhalten nicht übermäßig Beachtung schenkte. Doch der war anderweitig beschäftigt und versuchte seinerseits, Vogel dazu zu bewegen, erstens die Klappe zu halten und sich zweitens wieder zu setzen. Doch er hatte keine Chance: Der Damm war gebrochen, und Vogel präsentierte ihnen die Wahrheit ohne Rücksicht auf Verluste.

»Es stimmt, ich habe ihn angerufen, weil ich mich mit ihm um dreiundzwanzig Uhr am Bürgermeistersteg treffen wollte. Aber das Schwein ist nicht gekommen, hat mich eiskalt versetzt. Am nächsten Tag habe ich dann erfahren, dass er tot ist. Anscheinend hatte es noch jemand auf ihn abgesehen.«

»Schluss damit, Sie reden sich ja um Kopf und Kragen«, versuchte Schneider erneut, Vogel zum Schweigen zu bringen, und hatte dieses Mal mehr Erfolg. Der Doktorand setzte sich wieder und verfolgte mit hängendem Kopf das weitere Geschehen.

»Sie geben also zu, die ganze Zeit gewusst zu haben, dass Richard Trotz Johanna Färber umgebracht hat, und dass Sie ihn mit diesem Wissen erpressen wollten?«, rekapitulierte Clemens das eben Gehörte.

Vogel hob kurz den Kopf. »Ich –«

»Sie sagen kein Wort mehr. Kein einziges!«, fuhr ihm der Anwalt sofort dazwischen.

Wieder sackte Vogels Doppelkinn auf seine Brust.

»Das muss er auch gar nicht«, erwiderte Clemens mit ausgesuchter Höflichkeit und erhob sich. »Wir haben genug gehört. Das reicht zumindest für eine Anklage.« Er stoppte die Aufnahme und verließ mit Cora, die ebenfalls aufgestanden war, den Raum.

Durch die offen stehende Tür konnten sie noch hören, wie Schneider auf Vogel einredete. Clemens atmete tief durch. Endlich frische Luft. Und gewaltig Aufwind, was ihre Ermittlungen anging.

Samstag, 9:20 Uhr

Feli wuchtete einen Stapel Krimis aus einem Karton auf den Bücherwagen. Eine große Lieferung mit Neuerscheinungen war gekommen, unter ihnen der neue Kriminalroman von Pierre Martin, einem ihrer Lieblingsautoren. Wenn Kommissarin Bonnet und ihr Assistent Apollinaire sie in die Provence entführten und sie an ihren Ermittlungen teilhaben ließen, vergaß sie normalerweise die Welt um sich herum. Dann lebte sie in der Geschichte, als wäre sie selbst dabei. Bücher waren ihr Zuhause und ihre Leidenschaft, und jeden neuen Roman oder Autor, den sie für sich entdeckte, empfand sie als Bereicherung.

Gleichzeitig weckten diese Entdeckungen in ihr das Bedürfnis, auch ihre Kunden daran teilhaben zu lassen. Im Lauf der Jahre hatten sich ihre Antennen geschärft, sodass sie schon beim Lesen eines neuen Buches überlegte, wem sie es ans Herz legen könnte. Auch deshalb hielt ihr Kundenstamm ihr die Treue. Dabei ging es Feli gar nicht ausschließlich um den Umsatz, den sie mit ihren Tipps machte, obwohl sie jeden Euro dringend brauchte, sondern auch um das Strahlen oder das zufriedene Nicken ihres Gegenübers, wenn sie mit ihrer Leseempfehlung mal wieder ins Schwarze getroffen hatte.

Sie war eine Vollblutbuchhändlerin, der das Leben beziehungsweise ihre früh verstorbene Tante eine eigene Buchhandlung beschert hatte, was sie als das größte Glück überhaupt empfand. Und doch klaffte eine Lücke in ihrem Leben, oder weshalb faszinierten sie neuerdings auch solche Kriminalfälle, die sich nicht zwischen zwei Buchdeckeln, sondern im wirklichen Leben abspielten? Persönliche Ärgernisse inbegriffen. Schon seit dem Aufwachen geisterte Kommissar Sartorius durch ihre Gedanken und rief tiefe Unzufriedenheit in ihr hervor.

»Findest du nicht, dass Sartorius sich mal bei mir melden könnte?«, wandte sie sich an ihren Freund.

»Wieso sollte er?« Boschi stand neben ihr und sortierte die neu gelieferten Romane alphabetisch in die Regalwand ein, wobei er akribisch darauf achtete, dass die Buchrücken exakt mit der Brettkante abschlossen.

»Weil, wie wir beide als eifrige Radiohörer seit heute Morgen wissen, tatsächlich dieser Bauunternehmer Johanna umgebracht hat.«

Durch die offen stehende Tür kam ein junger Mann mit Rucksack und Basecap herein und steuerte auf die Reiseführerecke zu. Der erste Kunde an diesem Tag.

»Und was hat das jetzt mit dir und Sartorius zu tun?« Boschi hatte sich mit verständnislosem Blick zu ihr gedreht.

»Du stellst aber auch echt blöde Fragen.« Sie stemmte die Hände in die Hüften. »Wer hat dieser Koryphäe denn den entscheidenden Hinweis gegeben? Das war ja wohl ich. Da könnte er sich wenigstens dazu herablassen und sich bei mir bedanken, findest du nicht?«

Der Kunde warf ihr einen neugierigen Blick zu, den sie ignorierte.

»Jetzt mach mal langsam, Karotte«, sagte Boschi. »Vielleicht wäre er auch ohne deine Hilfe darauf gekommen. So unfähig, wie du denkst, ist der Sartorius nämlich gar nicht. Und Hauptsache ist doch, dass der Mord an Johanna aufgeklärt ist. Warum bestehst du auf ein Extralob?«

»Tu ich doch gar nicht«, widersprach sie und wuchtete einen weiteren Stapel Bücher auf den Wagen. »Ich finde ihn einfach nur undankbar, das ist alles.«

Das war natürlich maßlos untertrieben, was Boschi bestimmt nicht entging. Wenn sie ehrlich war, wunderte sie sich ja selbst über die heftigen Gefühle, die Sartorius immer wieder in ihr auslöste. Dabei wollte sie doch eigentlich gar nicht an ihn denken – und noch weniger sich über ihn ärgern. So überheblich, wie er sie behandelte, war er das gar nicht wert.

Sie holte einen Haargummi aus der Tasche ihres Rockes und band sich damit ihre rote Mähne zu einem Pferdeschwanz hoch. Schon zu dieser morgendlichen Zeit war ihr Nacken nass geschwitzt. Kein Wunder. Die Hitze der letzten Tage hatte das »Büchernest« in einen Backofen verwandelt, da half auch die offen stehende Tür nichts. So stellte Feli sich das Klima im Amazonas vor.

Wortlos arbeitete sie weiter, wobei ihre schlechte Laune mit jedem Bücherstapel, den sie auspackte, etwas an Intensität verlor. Bücher wirkten auf vielfältige Art als Stimmungsaufheller, dachte sie, während sie über die Rowohlt-Ausgabe von Albert Camus' »Der Fremde« strich.

Das fröhliche »Hallöchen« einer ihr wohlbekannten Männerstimme riss sie aus ihren Gedanken.

Christoph, in beigen Dreiviertelhosen und stylishem Streifen-T-Shirt, wehte durch die Ladentür und strahlte wie die aufgehende Sonne.

Feli starrte ihn entgeistert an. Wollte der jetzt da weitermachen, wo sie zuletzt aufgehört hatten, oder was sollte dieser Auftritt? »Dass du dich überhaupt noch hierhertraust«, sagte sie gefährlich leise.

Augenblicklich erstarb sein Lächeln. »Ich verstehe nicht ganz?«

»Dann will ich dir mal auf die Sprünge helfen.« Aus den Augenwinkeln sah sie, wie Boschi mit leichtem Kopfnicken auf den anderen Kunden deutete, der sie jetzt mit unverhohlener Neugierde beobachtete. Aber das war ihr egal. Ihre Wut schoss durch die Decke. »Erstens bist du Donnerstag in der Früh einfach verschwunden, und zweitens hast du es noch nicht mal für nötig gehalten, dich später bei mir zu melden.«

»Das kann ich erklären. Ich hatte so viele Kurse, und dann –«

»Keine faulen Ausreden!« Adrenalin floss nur so durch Felis Adern.

Christoph zuckte zusammen.

»Ich habe dich gestern auf Johannas Beerdigung gesehen – mit Annette!«

Das hatte gesessen. Er hob zu einer Antwort an, brachte aber nur ein »Oh« zustande.

»Oh?«, äffte Feli ihn nach.
»Du warst auf der Beerdigung?«, fragte er ungläubig.
»Allerdings.«
»Dann kanntest du Johanna?«
»Ja. Aber in erster Linie kenne ich Annette. Wir waren zusammen auf dem Gymnasium. Vor ein paar Tagen habe ich sie besucht, um ihr mein Beileid auszusprechen, und bei der Gelegenheit hat sie mir erzählt, dass sie neuerdings einen großartigen Partner hat, der sich in dieser schweren Situation liebevoll um sie kümmert.« Mit zusammengekniffenen Augen schüttelte sie den Kopf, als könnte sie es immer noch nicht glauben. »Wovon ich mich gestern selbst überzeugen konnte.«
»Bitte, Karotte«, mischte Boschi sich ein und wies nochmals auf den jungen Mann, der inzwischen auf dem Besuchersessel Platz genommen hatte und das Geschehen mit interessiertem Grinsen verfolgte.
»Du Polygamist!«, zog Feli unbeeindruckt weiter vom Leder. »Hast du überhaupt keinen Anstand?«
»Bitte, jetzt reg dich doch nicht so auf. Ich kann das erklären«, versuchte Christoph, sich zu verteidigen.
»Das sagen die in den Filmen im Fernsehen auch immer, und trotzdem ist alles genau so, wie es ausgesehen hat.« Feli schnappte sich ein Buch und warf es blindwütig nach ihm.
Doch Christoph duckte sich weg, sodass das Flugobjekt mit voller Wucht Boschi traf.
»Aua!« Er fasste sich an die Nase und betrachtete dann seine Hand. »Jetzt schau, was du angerichtet hast. Ich blute.«
Auch das noch. Hoffentlich war die Nase nicht gebrochen. Während Feli innerlich vor der surrealen Situation kapitulierte, stand der Kunde auf, um Boschi ein Papiertaschentuch zu reichen, und eine ältere Dame in einem XXL-Wallekleid, die das Geschehen offensichtlich durch das Schaufenster beobachtet hatte, rauschte herein und fragte, ob sie die Polizei rufen solle.
»Nein!«, antworteten Feli, Boschi, Christoph und der Kunde wie aus einem Mund.

Die Frau machte eine beschwichtigende Geste und verzog sich wieder.

»Und was wird jetzt aus mir?«, fragte Boschi. Er hatte den Kopf nach hinten gelegt und wedelte mit dem blutbefleckten Taschentuch, womit er unter Garantie demonstrieren wollte, wie ernst die Lage war.

»Hol dir halt Eis aus dem Eisfach im Hinterzimmer und kühl deine Nase damit«, sagte Feli und dankte dem lieben Gott im Stillen dafür, dass sie für die regelmäßig stattfindenden Lesungen in eine Kühl-Gefrierschrank-Kombi investiert hatte. »Und wirf am besten auch noch ein paar Globuli ein. Ich kümmere mich gleich um dich, Boschi, wenn ich mit diesem Fremdgeher fertig bin.«

»Jetzt hör mir doch mal zu«, machte dieser wieder auf sich aufmerksam, und Feli fuhr zu ihm herum.

In den letzten Minuten schien er irgendwie geschrumpft zu sein, jedenfalls war von dem ehemaligen imposanten Strahlemann nicht mehr viel übrig. Vielmehr erinnerte Christoph sie jetzt an einen Hund, der unterwürfig bei seinem Frauchen um Verzeihung winselt.

»Es stimmt. Ich bin schon eine ganze Weile mit Annette zusammen«, begann er sich zu rechtfertigen. »Am Anfang war es die große Liebe. Wegen ihr bin ich sogar von Würzburg nach Erlangen gezogen. Aber mit der Zeit musste ich feststellen, dass Annette unglaublich konservativ ist. Jeden Sonntag geht sie mit ihrer Familie in die Kirche, was mich ja nicht weiter gestört hätte, doch sie wollte immer, dass ich mitkomme. Dabei kann ich mit ihrer Religion überhaupt nichts anfangen. Hallo, ich bin Buddhist! Aber das ist nur ein Aspekt von vielen, weshalb sich die Beziehung zwischen uns verändert hat. Annette hat keine Lebensfreude, keine Unbeschwertheit. Ständig sorgt sie sich um andere Leute: um ihre Patienten im Krankenhaus, um irgendwelche Freundinnen, die Probleme haben, um Menschen in Kriegsgebieten.« Er holte Luft und strich sich übers Haar. »Allmählich hat mich ihre Art immer stärker runtergezogen. Ich bin jemand, der Spaß haben will und gern spontan was Verrücktes unternimmt, aber das ist mit ihr nicht möglich. Leider habe ich das viel zu spät bemerkt.«

»Und dann hast du dir gedacht: Meinen Spaß finde ich auch anderweitig, und hast dich an mich rangemacht.«

»Nein! Das mit dir ging mir echt total unter die Haut, so etwas ist mir noch nie vorher passiert.« Er hatte so eindringlich gesprochen wie jemand, der vor Gericht seine Unschuld beteuert, um einer langjährigen Haftstrafe zu entgehen.

Feli war sich nicht im Klaren darüber, was sie von seinem Plädoyer halten sollte. Zwar klang das alles plausibel, aber deswegen musste es noch lange nicht wahr sein. Vielleicht war Christoph ja ein professioneller Fremdgeher, der schon Übung mit solchen Verteidigungsreden hatte.

»Glaub ihm kein Wort, Karotte.« Boschi kam aus dem Hinterzimmer, presste sich einen Eisbeutel an die Nase und hielt seinen Kopf immer noch nach hinten gebeugt. Der Kunde sprang auf und führte ihn zum Besuchersessel, auf dem er sich mit einem »Vielen Dank« niederließ.

»Und warum hast du nicht mit offenen Karten gespielt und mir von deiner Beziehung mit Annette erzählt?«, fragte Feli.

»Wollte ich ja, aber irgendwie war nie der richtige Zeitpunkt dafür.«

Feli stieß verächtlich Luft durch die Nase aus.

»Mir ist schon klar, dass ich jetzt wie ein mieser Arsch dastehe«, fuhr Christoph fort, sich zu erklären. »Aber ich hätte es dir noch gesagt. Ehrlich.«

»Am Sankt-Nimmerleins-Tag«, tönte es aus dem Sessel.

Langsam reichte es Feli. Sie war sich fast zu hundert Prozent sicher, dass Christoph log. Aber auch für den unwahrscheinlichen Fall, dass er die Wahrheit sagte, gab es für sie beide keine Zukunft, denn nie und nimmer würde sie mit einem Mann zusammen sein, der mit verdeckten Karten spielte. Mit der Vorgeschichte würde sie ihm niemals vertrauen können, und damit war ihre Beziehung beendet, noch ehe sie richtig angefangen hatte. Sie ging zu Boschi im Besuchersessel und setzte sich auf die Armlehne.

Der Kunde mit dem Rucksack beobachtete das Geschehen mittlerweile vom Boden aus, wo er es sich bequem gemacht hatte.

»Du gehst jetzt besser«, wandte Feli sich an Christoph, hatte jedoch nicht mit seiner Hartnäckigkeit gerechnet.

»Ich kann echt nicht glauben, dass du mich so abservierst. Das habe ich wirklich nicht verdient. Nicht nach allem, was ich in den letzten Tagen aushalten musste.«

»Was musstet *du* denn aushalten?«, fragte Feli verblüfft.

Christoph holte Luft, bevor er loslegte: »Nach dem Mord an ihrer Schwester war Annette völlig aufgelöst. Ich konnte sie kaum noch allein lassen, musste ihretwegen sogar Yogakurse absagen.«

»Wirklich? Als wir am Sonntag bei ihr waren, ging es ihr natürlich nicht gut, aber auch nicht so katastrophal, wie du das jetzt beschreibst.«

»Es ist mit jedem Tag schlimmer geworden, frag mich nicht, warum. Inzwischen rastet sie wegen Kleinigkeiten total aus. Wenn ich meine Kaffeetasse nicht in die Spülmaschine stelle, bekommt sie einen Tobsuchtsanfall und bricht im nächsten Augenblick in Tränen aus. Nachts macht sie kein Auge zu und tigert durch die Wohnung, sie ist so nervös, dass sie angefangen hat, an den Fingernägeln zu kauen. Wenn du mich fragst, hat das nichts mehr mit normaler Trauer zu tun. Da stimmt was nicht.«

»Sagt der Spezialist«, warf Boschi ein.

Christoph nahm ihn erstmals genauer unter die Lupe und bedachte ihn mit einem verächtlichen Blick. »Was mischst du dich eigentlich immer ein?«, wollte er wissen.

»Ich bin Boschi und Karottes Seelenverwandter, von daher steht mir das zu. Außerdem habe ich gleich den Luftikus in dir erkannt.« Boschi hielt sich immer noch den Eisbeutel an die Nase, hatte sich aber jetzt kerzengerade in dem Sessel aufgerichtet, wohl um Präsenz zu zeigen, wie Feli vermutete.

»Hört auf, ihr zwei«, sagte sie und ließ sich Christophs Worte durch den Kopf gehen.

Dass Annette nach dem Tod ihrer kleinen Schwester in ein tiefes Loch gefallen war, war mehr als verständlich. Das Verhältnis zwischen den beiden war außerordentlich eng gewesen. Während der Schulzeit hatte Annette ihr einmal erzählt, dass Johanna der wichtigste Mensch in ihrem Leben sei, den sie niemals im Stich lassen würde. Feli erinnerte sich so gut daran, weil sie damals neidisch auf diese Geschwisterliebe gewesen war, die ihr schmerzhaft vor Augen führte, dass sie selbst ein Einzelkind war. Trotzdem war Annettes Verhalten wirklich ein bisschen merkwürdig. Sie war der bodenständigste Mensch, den Feli kannte, tief verankert in ihrem Glauben und immer besonnen in ihren Entscheidungen. Ein hysterisches Gebaren, wie Christoph es eben beschrieben hatte, passte nicht zu ihr.

»Wo war Annette eigentlich in der Nacht, die du mit Karotte verbracht hast?«, fragte Boschi mitten in ihre Überlegungen hinein.

»Ich weiß zwar nicht, was dich das angeht, aber wenn du es unbedingt wissen willst: Sie hat den Abend bei ihren Eltern verbracht. Der Pfarrer war ebenfalls anwesend, um der Familie Trost zu spenden, und sie hat dort übernachtet.«

Boschi schnaubte verächtlich.

»Mistkerl«, entfuhr es Feli, deren Wutpegel über Christophs Dreistigkeit in ungeahnte Höhen stieg. »Und jetzt geh endlich.«

»Wollen wir nicht in den nächsten Tagen einen Kaffee trinken? Wenn du dich beruhigt hast?«, startete Christoph einen letzten Versuch.

Feli deutete mit dem Zeigefinger auf die Tür. »Raus!«, schrie sie.

Er zuckte zusammen, zögerte noch einen Augenblick, zog dann aber ab.

Der Kunde erhob sich und schenkte Feli einen anerkennenden Blick. Dann tippte er sich an die Basecap und verließ ebenfalls das »Büchernest«.

Feli vergrub ihren Kopf in den Händen. Christoph war

zweifellos ein prinzipienloser Draufgänger. Und sie dumme Gans hatte sich von ihm blenden lassen und ihn sogar als potenziellen Vater ihrer zukünftigen Kinder ins Auge gefasst. War ihr Wunsch nach einer Familie tatsächlich so groß, dass sie auf den nächstbesten Schönling reinfiel, der ihr zufällig über den Weg lief?

Aber das war noch nicht alles. Mindestens genauso schwer wie die Enttäuschung über ihr mangelndes Urteilsvermögen in Bezug auf Männer wog ihr schlechtes Gewissen Annette gegenüber. Sie hatte die Freundin genauso betrogen wie Christoph, wenn auch unwissentlich. Trotzdem fühlte es sich entsetzlich an, daran würde sie wohl noch lange zu knabbern haben. Wie es Annette wohl gerade ging? Ahnte sie womöglich etwas von dem amourösen Abenteuer ihres Freundes und hatte deshalb jede Bodenhaftung verloren?

Oder gab es ein Geheimnis in ihrem Leben? So wie es ein Geheimnis in Johannas Leben gegeben hatte?

Samstag, 11:00 Uhr

Clemens sperrte die Haustür auf und wurde von einem fröhlichen »Hallo« begrüßt. Er zog die Schuhe aus, stellte sie in den Flur auf die Ablage, damit sie auslüften konnten, und ging in verschwitzten Laufklamotten in die Küche.

Delphine bereitete, ein ihm unbekanntes Lied vor sich hin summend, ein spätes Frühstück zu. Er beobachtete seine Freundin, wie sie Kaffeepulver mahlte, dieses in den Siebträger der italienischen Kaffeemaschine füllte, es mit dem Tamper feststampfte und den so vorbereiteten Einsatz an der Maschine montierte. Nachdem sie zwei Espressotassen unter den Auslauf gestellt hatte, drückte sie den entsprechenden Knopf, und Sekunden später erfüllte der samtene Geruch frisch gebrühter Bohnen den Raum.

Normalerweise liebte Clemens diesen Augenblick, sog den Duft tief ein und freute sich auf seine kleine Auszeit, als die er jeden Espresso betrachtete. Allein der Prozess der Zubereitung entspannte ihn. Doch heute schien der Espresso seine Magie verloren zu haben. Sein Magen rumorte bereits beim Anblick der braunen Flüssigkeit, sein Kopf schmerzte. Er versuchte sich einzureden, dass das nur die Auswirkungen der Dehydrierung waren, weil er vor dem Laufen mit Klaus nichts getrunken hatte, aber vergeblich. Seine Gedanken liefen Amok, verwandelten alles, woran er bisher geglaubt hatte, in Schutt und Asche. Den Rest Wahrheit würde er sich dann herauspicken dürfen – wie Aschenputtel die guten Erbsen. Er hasste Momente wie diesen, wenn nichts in seinem Leben so zu funktionieren schien, wie er es wollte.

Währenddessen trällerte Delphine unbeirrt weiter vor sich hin, bemerkte offensichtlich nicht, dass es in ihm gärte und brodelte. Sie arrangierte Croissants in einem Korb, deckte den Tisch mit zwei Frühstückstellern, legte Besteck daneben und küsste ihren Freund im Vorüberschweben auf den

Mund. Als wäre sie eine Elfe, zart und unschuldig. Clemens schluckte.

»Gehst du jetzt duschen? Dann mache ich dir hinterher noch einen frischen Espresso und mir einen Latte doppio«, sagte sie und strahlte ihn an.

Weil er nicht wusste, was er erwidern sollte, zog er es vor zu schweigen.

»Ist irgendetwas, *mon chéri*? Du bist so ruhig.« Ihre Stirn legte sich in Falten, während sie die Hände in die Hüften stemmte.

Clemens räusperte sich. »Ich habe eben nur eine ganz seltsame Geschichte von Klaus gehört.« Er hätte sich selbst ohrfeigen können, so dämlich klang er. Bei dem Herumgestammel musste jeder Idiot sofort merken, dass etwas nicht stimmte. Dabei hatte er doch souverän wirken wollen. Er atmete tief aus und fuhr sich mit der Hand durch die nassen Haare. Er hatte sich heute beim Laufen derartig verausgabt, dass er völlig durchgeschwitzt war.

Delphine hingegen schien in keiner Weise beunruhigt. Sie öffnete den Kühlschrank, um die Milch herauszuholen. »Was denn für eine?«

»Lass mich kurz überlegen«, flüsterte Clemens und warf dabei einen Blick zum Fenster hinaus. Sonnenstrahlen und die im Wind flirrenden Blätter zauberten ein wildes Schattenspiel auf den Boden. Fühlten sich die Blätter ähnlich wie er, der Situation hilflos ausgeliefert? Nein, er würde stark sein und diesem Konflikt nicht aus dem Weg gehen. Er musste hier und jetzt geklärt werden. Mit fester Stimme fuhr er fort: »Er hat mir von einer Frau erzählt, die am Mittwochabend sehr intensiv mit einem Mann geflirtet haben soll.«

Abrupt drehte Delphine sich zu ihm um, die Milchflasche noch in der Hand. »Soso. Lass mich raten, und Klaus hat diese nette kleine *histoire* von seiner lieben Cordula erfahren.«

»Das ist alles, was du dazu zu sagen hast?« Clemens fixierte sie.

Delphine drosch die Kühlschranktür zu. »*Alors*, was willst

du denn hören?« Die Milchflasche landete mit einem Knall auf dem Tresen. »Ich war sauer auf dich. Schließlich hast du mich sitzen gelassen. Mich!« Sie riss beide Arme anklagend in die Höhe. »Außerdem möchte ich dich daran erinnern, dass ich dir gesagt habe, was passieren wird, wenn du mich erneut versetzt.« So schnell, wie ihr Zorn gekommen war, verflog er auch wieder. »*Et bien*, also beschwer dich nicht, es ist deine eigene Schuld.«

Clemens verstand die Welt nicht mehr. »Du willst mir doch nicht tatsächlich weismachen, dass es vollkommen in Ordnung ist, wenn du mit jemand anderem anbandelst, bloß, weil ich gerade nicht verfügbar bin? Das ist wirklich unterstes Niveau!«

»Ach, *chéri*, jetzt sei nicht so entsetzlich spießig. Es ist doch gar nichts passiert.« Sie trat zu ihm und strich ihm über die Wange. »Ein bisschen Sekt, ein bisschen Lachen, ein wenig Spaß, das war auch schon alles. Also, wozu das Theater?« Sie lächelte und schnaubte gleichzeitig, als wäre ihr das Gespräch zu viel.

»Nenn mich ruhig spießig, aber ich für meinen Geschmack hätte gern eine Frau an meiner Seite, die nicht gleich aus verletzter Eitelkeit den erstbesten Kerl aufreißt.« Clemens' Augen verengten sich. »Ich wünsche mir eine Frau, der ich vertrauen kann.«

»Aber das kannst du ja. Ich bin schließlich hier bei dir und nicht irgendwo anders. Für wen habe ich mich also entschieden? Für dich, *mon chéri*.« Sie zog ihn mit festem Griff an ihren Körper und küsste ihn.

Kopfschüttelnd schob er sie weg. »So funktioniert das nicht, Delphine«, sagte er leise.

»Aber sicher funktioniert das so. Du weißt, dass ich niemand anderen liebe als dich.« Erneut warf sie sich ihm an die verschwitzte Brust und bedeckte seine Wangen mit Küssen.

Seufzend nahm er ihr Gesicht in die Hände und blickte sie an. »Manchmal bin ich mir da nicht so sicher«, murmelte er, spürte aber, wie die Mauern in seinem Inneren zu bröckeln begannen.

»Ich hätte da eine Idee, die deine Zweifel zerstreuen wird. Komm mit.« Erneut suchten ihre Lippen die seinen, und die Mauer fiel in sich zusammen, bis sie in Trümmern vor ihm lag.

Delphine lächelte und griff nach seiner Hand. »Lass uns duschen.«

Ohne weiteren Widerstand ließ Clemens sich von ihr ins Badezimmer führen, betört von ihrem Duft, ihrer Gestalt und nicht zuletzt beseelt von dem Wunsch, dass alles gut werden würde. Sein Bauch sagte ihm etwas anderes, aber darüber wollte er nicht nachdenken. Das hatte Zeit bis morgen – oder wann auch immer.

Montag, 11:00 Uhr

Feli saß in Riekes Café und sah entsetzt die junge Frau an, die sich soeben an ihrem Tisch niedergelassen hatte.

Ihre Augen, früher strahlend blaue Seen, hatten ihre Lebendigkeit verloren, die dunklen Ringe darunter waren nicht zu übersehen, und die ungewaschenen Haare fielen ihr kraftlos auf die Schultern. Trotz der Hitze trug sie einen fleckigen, dünnen Pullover. Ihr nachlässiges Erscheinungsbild erinnerte Feli an einen Menschen, der alle Hoffnung verloren hatte. Das war nicht die Annette, die sie seit der Schulzeit kannte, und sie hatte auch nichts mehr mit der gemein, die sie und Boschi noch am vergangenen Sonntag besucht hatten. Die Annette, die ihr gegenübersaß, war eine gänzlich andere Person. Christoph hatte recht.

»Ich dachte, es wäre schön, wenn wir uns wieder öfter treffen würden«, sagte Feli, die Annette gestern am Telefon ins »Klein, aber Fein« eingeladen hatte.

Ihre Freundin schluckte, erwiderte aber nichts.

»Willst du einen Kräutertee? Den mochtest du früher doch so gern.«

»Von mir aus«, antwortete Annette und zuckte mit den Schultern.

Feli gab die Bestellung bei Rieke auf und orderte für sich einen Eiskaffee.

»Ich mache mir Sorgen um dich«, nahm sie das Gespräch wieder auf. »Kann ich etwas für dich tun?« Angesichts des Anblicks, den ihr Gegenüber bot, kamen Zweifel in Feli auf, ob sie sich mit dieser Verabredung nicht zu weit aus dem Fenster gelehnt hatte. Aber sie wollte ihrer Freundin in dieser Zeit beistehen. Und wenn sie ehrlich war, auch herausfinden, was mit ihr los war.

Annette lachte hysterisch auf. »Da gibt's nichts zu tun. Johanna ist tot und wird nie wieder lebendig.«

»Das stimmt. Aber vielleicht gibt es dir Kraft zu wissen, dass du mit deinem Schmerz nicht allein bist. Was ich eigentlich sagen will: Ich bin für dich da.«

Die Frau, die einmal Annette gewesen war, vergrub das Gesicht in ihren Händen und fing an zu weinen. »Du kannst mir nicht helfen, Feli. Niemand kann das«, stammelte sie.

Feli erschrak. Annettes Zustand war ja noch viel schlimmer als gedacht. Sie strich der Freundin über den Rücken und suchte nach passenden Worten.

»Ich versichere dir, mit der Zeit wird es dir wieder besser gehen«, brachte sie schließlich hervor, merkte aber selbst, wie abgedroschen die Phrase klang.

»Mein ganzes Leben geht gerade den Bach runter, und du erzählst mir, dass es wieder besser wird?«, reagierte Annette entsprechend. »Ehrlich, so einen Blödsinn kann auch nur jemand von sich geben, der keine Ahnung hat.« Einen Augenblick lang wirkte sie fast wie eine Furie.

Feli überlegte. Verflixt noch mal, wie tröstete man einen Menschen, der gerade die engste Bezugsperson in seinem Leben verloren hatte? Vielleicht hätte sie sich besser auf das Gespräch vorbereiten und einen Ratgeber zum Thema Trauerbegleitung durcharbeiten sollen. Stattdessen führte sie hier einen verbalen Eiertanz auf, mit dem sie womöglich alles nur noch schlimmer machte. Gott sei Dank erschien in diesem Moment Rieke mit den Getränken, was ihr eine kurze Pause verschaffte.

Annette legte beide Hände um ihre Teetasse, als wollte sie sich daran wärmen. Zwar herrschte zu dieser vormittäglichen Stunde im Café Wüstenklima, aber wahrscheinlich saß die Kälte bei Annette tiefer.

Feli fühlte, wie ihr der Schweiß den Rücken hinunterlief. Auch während sie nervös in ihrem Eiskaffee rührte, fand sie keine Trost und Beistand spendenden Worte. Sie war doch sonst nicht auf den Mund gefallen, und wenn sie ihrer Freundin jetzt so sinnfreie Sprüche wie »Die Zeit heilt alle Wunden« oder »Ich weiß genau, wie du dich fühlst« auftischte, würde die wahrscheinlich die Caféeinrichtung zertrümmern. Also was tun? Sie brauchte Hilfe, vollkommen egal, ob irdische oder himmlische, Hauptsache, sie bekam irgendwie die Kurve. Das Schweigen zwischen Annette und ihr wurde immer unerträglicher, als ihr Blick zum Eingang des Cafés wanderte.

Feli zuckte zusammen. Das konnte doch jetzt nicht wahr sein!

Montag, 11:30 Uhr

Clemens betrat mit Cora das Café und sah sich um. Felicitas Reichelsdörfers rote Lockenmähne leuchtete ihm wie ein Warnlicht entgegen. Sie starrte ihn mit offenem Mund an, neben ihr kauerte Annette Färber, die er fast nicht wiedererkannt hätte, so hatte sie sich seit ihrer letzten Begegnung verändert.

Zielstrebig eilten die zwei Beamten zu den beiden und bestellten im Vorbeilaufen zwei Tassen Kaffee bei der Inhaberin.

»Wie kommen wir denn zu dieser Ehre?«, eröffnete die Buchhändlerin das Gespräch, ohne sich mit einer Begrüßung aufzuhalten. Wenn sie schon nicht begeistert wirkte, dann ihre Begleitung noch weniger.

»Ihnen auch einen schönen guten Tag, Frau Reichelsdörfer und Frau Färber.« Clemens zog sich einen Stuhl an den Tisch und setzte sich. Cora tat es ihm gleich, sodass die Schwester der Toten zur Seite rutschen musste. Schnaubend tat sie ihren Unmut kund.

»Darüber hinaus sind wir nicht wirklich wegen Ihnen da«, Clemens blickte die Buchhändlerin an, »sondern wegen Ihnen.« Jetzt fixierte er Annette Färber. »Ihre Eltern haben uns mitgeteilt, dass Sie sich mit Frau Reichelsdörfer treffen wollten, und als wir Herrn Bosch anriefen, sagte der, dass Sie beide sich hier aufhalten. So einfach ist das.« Die zwei Kaffee wurden serviert. Clemens trank einen großen Schluck, schloss kurz die Augen und spürte dem herben Geschmack nach. Tat das gut!

»Was wollen Sie denn von Annette? Sie sehen doch, dass sie sich nicht wohlfühlt«, unterbrach Felicitas Reichelsdörfer den Moment der Ruhe.

»Wir werden versuchen, es kurz zu halten«, versicherte Cora. »Aber wir haben es immer noch mit einem offenen Mordfall zu tun.«

Clemens war ihr dankbar, dass sie vor Felicitas Reichelsdörfer keine weiteren Informationen bezüglich des ungeklärten Todes von Trotz fallen ließ. Als hätte seine Kollegin seine Gedanken gelesen, wandte Cora sich an die Buchhändlerin: »Könnten Sie uns allein lassen? Je schneller wir das hier durchziehen, desto eher sind Sie uns wieder los.«

Felicitas Reichelsdörfer sah aus, als wollte sie ansetzen zu protestieren, da meldete sich Annette Färber zu Wort: »Feli geht nicht. Ich habe kein Problem damit, wenn sie zuhört.«

Clemens verzog das Gesicht, konnte aber nichts dagegen einwenden. Schließlich befanden sie sich auf öffentlichem Boden und nicht in der Dienststelle. Sofort schien die Buchhändlerin mehrere Zentimeter zu wachsen. Ein Grinsen war ihr ins Gesicht gemeißelt.

»Also gut«, meinte er und lehnte sich in seinem Stuhl zurück. »Dann lassen Sie uns jetzt anfangen. Wie Sie bereits von unseren Kollegen wissen, ist Bauunternehmer Richard Trotz bewiesenermaßen der Mörder Ihrer Schwester. Und wie Sie sicher auch erfahren haben, weilt er ebenfalls nicht mehr unter den Lebenden. Darüber hinaus weist alles darauf hin, dass Trotz der heimliche Geliebte Ihrer Schwester war.«

Annette Färber zuckte zusammen, fasste sich aber schnell wieder. »Und was hat das mit mir zu tun? Sie wissen doch jetzt, wer Johanna umgebracht hat. Und ehrlich, was mit ihm passiert ist, interessiert mich einen Dreck.«

»Wir fragen uns, ob Sie wirklich nichts von dem Verhältnis gewusst haben.«

»Natürlich nicht!« Ihre Stimme wurde lauter. »Das habe ich Ihnen doch bereits erzählt.« Erregt schob sie die Ärmel ihres dünnen Pullovers nach oben. An ihrem linken Handgelenk erschien darunter ein filigraner Armreif in Form von aneinandergereihten Blüten.

»Bei unserer ersten Befragung haben Sie ausgesagt, dass Sie und Ihre Schwester ein perfektes Verhältnis gehabt hätten«, fuhr Cora fort. »Hätte sie Ihnen da nicht eigentlich von ihrer Liebschaft erzählen sollen?«

Annette Färbers Kopf schnellte ruckartig nach oben, ihre Augen weiteten sich. »Was weiß denn ich, warum sie nichts gesagt hat?« Ihre Stimme quietschte wie ein bremsender Zug. »Jedenfalls wird sie wohl ihre Gründe gehabt haben.« Mit beiden Händen fuhr sie sich durch die Haare, aber der Armreif bewegte sich kein Stück.

Clemens kniff kurz die Augen zusammen, bis er begriff, dass es sich dabei nicht um ein Schmuckstück, sondern um ein Tattoo handelte. Etwas daran war wichtig, schoss es ihm durch den Kopf, aber was? Während sich sein Gegenüber weiter in Rage redete, versuchte er, dem Rätsel auf die Spur zu kommen. Nach mehreren Sekunden des Grübelns sah er Licht am Ende des Tunnels. Der ganze Raum begann zu strahlen, ihm war, als hätte er höchstpersönlich den Heiligen Gral gefunden. Konnte es tatsächlich sein, dass …? Er beschloss, etwas auszuprobieren. Erneut nahm er einen Schluck Kaffee.

»Kein Grund, gleich die Fassung zu verlieren, Frau Färber.« Er setzte die Tasse wieder ab.

»Sie hat gerade erst ihre Schwester verloren, da darf sie wohl auch die Fassung verlieren«, mischte sich Felicitas Reichelsdörfer ein.

Clemens warf ihr einen missbilligenden Blick zu und antwortete in einem Ton, mit dem man Stein hätte schneiden können: »Ich weiß schon, warum ich Befragungen lieber allein durchführe. Das erspart mir unqualifizierte Bemerkungen.«

Die Buchhändlerin verschränkte die Arme vor der Brust, zog einen Flunsch und schwieg.

»Mir reicht es jetzt.« Annette Färber schob ihren Stuhl nach hinten und ergriff ihre Tasche. »Das muss ich mir nicht bieten lassen.« Sie erhob sich und wollte gerade gehen, als Cora ebenfalls aufstand und sie an der Schulter festhielt.

»Moment, wir sind noch nicht fertig.«

Clemens wiederum griff nach dem Unterarm seiner Kollegin und schüttelte den Kopf. »Lass gut sein, Cora.« Dann wandte er sich an die Schwester der Toten. »Sie laufen uns ja nicht weg, Frau Färber, oder?« Er sah sie direkt an und wartete auf eine Antwort.

Annette Färber strauchelte kurz, dann drehte sie sich auf der Stelle um und eilte grußlos aus dem Café.

»Das haben Sie ja mal wieder phantastisch hingekriegt«, fauchte ihn die Buchhändlerin an.

Clemens grinste. »Dann sind wir ja wenigstens einmal einer Meinung.« Kurz genoss er ihren verwirrten Ausdruck, dann winkte er die Inhaberin des Cafés herbei und zückte seinen Dienstausweis. »Ich muss leider die Teetasse der jungen Dame mitnehmen, sie könnte wichtig für unsere Ermittlungen sein.«

Die Cafébesitzerin nickte stumm, doch ihre Stirn legte sich in tiefe Falten.

Clemens zog Latexhandschuhe aus seiner Jackentasche, fuhr hinein und fragte Cora nach einem Asservatenbeutel, um die Tasse darin verschwinden zu lassen.

»Wie jetzt?«, wollte die Buchhändlerin wissen. »Wozu das denn? Sind Sie jetzt völlig übergeschnappt?«

»Nicht mehr als sonst. Lassen Sie sich überraschen.« Clemens lächelte. Er hätte nicht in Worte fassen können, wie sehr er diesen Augenblick genoss.

»Ich an Ihrer Stelle würde den Ball mal ganz flach halten, Frau Reichelsdörfer«, mischte sich jetzt wieder Cora ein. »Noch so eine Unverschämtheit, und ich zeige Sie an.«

»Sie verstehen vielleicht nicht immer alles, was wir tun«, ging Clemens zwischen die beiden Frauen, »aber glauben Sie mir, es reicht, wenn wir wissen, was wir tun. Machen Sie weiterhin Ihren Job, wir erledigen unseren.« Mit diesen Worten erhob er sich, nickte der Caféinhaberin kurz zu, legte einen Zwanzig-Euro-Schein auf den Tisch, bedeutete Cora, ihm zu folgen, und verschwand mitsamt der eingetüteten Teetasse nach draußen. Ein Grinsen umspielte seine Lippen. Vielleicht erlebten sie ja heute noch den großen Durchbruch bei ihren Ermittlungen.

Montag, 13:00 Uhr

Clemens trank den letzten Schluck Espresso, während er wie so oft das Leben jenseits seines Bürofensters beobachtete. Manch einer würde meinen, es gäbe nichts Trostloseres als den Blick auf einen Parkplatz, doch ihn inspirierte das Bild eher, als dass es ihn deprimierte. Die klare Struktur der Parkplätze, das Kommen und Gehen, hin und wieder ein Vogel in den vereinzelt stehenden Bäumen – nichts ließ ihn leichter entspannen als die Monotonie des Alltags. Doch heute wollte sich die ersehnte Ruhe nicht einstellen. Einerseits war er gespannt, was die Untersuchung der Fingerabdrücke auf der sichergestellten Teetasse ergeben würde, andererseits kreisten seine Gedanken immer noch um das letzte Wochenende mit Delphine und ihre nonchalante Haltung gegenüber einem seiner wichtigsten Werte: Treue. Ihre Ansicht hatte ihn ins Wanken gebracht und damit auch seine bisherige Überzeugung, dass sie die lang ersehnte Frau seines Lebens sein könnte. Die Vorstellung von eigenen Kindern, die durch das Haus tobten, verblasste zusehends wie ein Regenbogen bei aufklarendem Himmel. Vielleicht war es zu schön gewesen, um wahr zu sein.

Ein Klopfen an der Tür riss Clemens aus seinen Überlegungen. Notgedrungen verbannte er alle Gedanken an Delphine in die hinterste Ecke seines Gehirns und richtete seine Aufmerksamkeit wieder auf die Gegenwart. Er setzte sich hinter den Schreibtisch, atmete einmal tief durch und rief: »Herein!«

Sofort stürmte Cento in den Raum. Seine Wangen glühten. »Chef, das isses!« Er wedelte mit einem Papier. »Endlich geht's vorwärts. Die Fingerabdrücke von der Teetasse stimmen mit denen in dem Zigarettenetui des toten Bauunternehmers überein.« Unablässig wippte er in seinen weißen Turnschuhen auf und ab.

Clemens' Augen wurden groß, sein Herz klopfte schneller, und ein Lächeln breitete sich auf seinem Gesicht aus. »Das heißt, wir haben unsere geheimnisvolle Diva aus der ›Cuba Libre Bar‹ gefunden.« Er presste seine linke Faust in die rechte Handinnenfläche. »Annette Färber. Von wegen, sie hat nichts von dem heimlichen Liebhaber ihrer Schwester gewusst. Die wird uns jetzt einiges erklären müssen. Sie ist vermutlich die Letzte, die Trotz lebend gesehen hat.« Clemens hielt inne und nickte dann. »Wahrscheinlich hat sie sich so aufgetakelt und geschminkt, um nicht erkannt zu werden. Bestimmt hat sie Trotz auch die GHB in seinen Gin Fizz gekippt und ihn im Anschluss im wahrsten Sinne des Wortes Richtung Fluss abgeschleppt. Fragt sich nur, ob der Mann dann versehentlich in die Schwabach gestolpert ist oder mit Absicht hineinbefördert wurde.«

»Meiner Meinung nach liegt es ganz klar auf der Hand, dass die sich an ihm rächen wollte. Weshalb hätte sie sich sonst diese Mühe mit ihrer Tarnung gegeben?«, warf Cento ein und blies sich eine Haarsträhne aus dem Gesicht.

»Stimmt schon«, antwortete Clemens. »Aber solange wir keinen Nachweis dafür haben, können wir ihr diese Absicht nicht vorwerfen.« Er strich sich über das Kinn und kniff die Lippen zusammen. »Sagen Sie bitte Cora Bescheid, ich will mit ihr sofort zu Annette Färber fahren und sie in die Mangel nehmen. So durch den Wind, wie die heute Vormittag im Café wirkte, wird die dem Druck nicht lange standhalten. Und dann werden wir doch mal sehen, wer die besseren Karten hat.«

Montag, 13:40 Uhr

Clemens und Cora klingelten bereits das zweite Mal an der Tür der kleinen Mietwohnung in der Bayreuther Straße, in der Annette Färber mit ihrem Lebensgefährten wohnte. Wie hieß der noch mal? Clemens fiel der Name nicht mehr ein, irgendwo stand er auf einem Formular, so viel wusste er noch. Außerdem, dass er einen Dutt gepaart mit Vollbart trug und Yoga unterrichtete.

Noch immer tat sich nichts. Entweder war niemand da, oder die Tür wurde bewusst nicht geöffnet. Obwohl – Clemens trat zwei Schritte zurück, um besser an der Hausfront emporblicken zu können – man von oben aus unmöglich sehen konnte, wer unten stand. Und eine Kamera gab es auch nicht.

Er zückte sein Smartphone. »Sag mal, erinnerst du dich noch, wie dieser Freund von Annette Färber heißt?«

»Christoph Messingschlager, wieso?«, antwortete Cora.

»Hast du auch noch seine Telefonnummer griffbereit?«

»Sicher, aber warum willst du ihn anrufen und nicht sie?«

Clemens seufzte. »Ich würde gern vermeiden, dass sie sofort mitbekommt, dass wir nach ihr suchen. Besser, ich frage erst diesen Messingschlager, ob er weiß, wo sie sich gerade aufhält.«

Cora lachte laut auf. »Klar, und der wird ihr natürlich auch nicht verraten, dass wir ihn angerufen und uns nach ihr erkundigt haben.«

»Hast du vielleicht eine bessere Idee?«, konterte Clemens.

Jetzt war es Cora, die seufzte. »Tür aufbrechen? Schlüsseldienst?«, leierte sie herunter.

»Ohne richterlichen Beschluss?«, entgegnete Clemens.

»Dann ruf halt an.« Sie winkte ab und gab ihm die Nummer.

Vorsichtshalber erwähnte Clemens nicht den Grund seines Anrufs, sondern nur, dass sie den Yogalehrer persönlich sprechen müssten und vor seiner Haustür warteten.

Keine zehn Minuten später düste Christoph Messingschlager auf einem Fahrrad um die Ecke. Clemens musterte sowohl ihn als auch seinen fahrbaren Untersatz. Was für ein Mensch fuhr denn bitte freiwillig auf einem bordeauxroten Herrenrad samt einem mit Plastikblümchen dekorierten Fahrradkorb durch die Gegend? Und dann noch in diesem Aufzug: locker sitzende hellblaue Sweatpants kombiniert mit einem rosa Kapuzenshirt ohne Ärmel. Sah so etwa die Arbeitskleidung eines Yogalehrers aus?

Keuchend schwang sich Messingschlager vom Rad und stellte es vor dem Haus ab. Absperren war wohl auch aus der Mode gekommen. »Schneller ging's nicht. Was gibt's denn so Dringendes?« Er strich sich eine Locke, die sich aus dem Dutt befreit hatte, hinter das Ohr. Schweiß glitzerte in seinem Vollbart. Er schien sich wirklich beeilt zu haben.

»Das besprechen wir besser in Ihrer Wohnung«, antwortete Clemens.

Messingschlager zuckte mit den Schultern, fuhr sich mit dem Unterarm über die Stirn und öffnete mit seinem Schlüssel die Haustür.

»Jetzt sagen Sie schon, was los ist«, bat Annette Färbers Freund erneut, als sie in der Wohnung standen.

»Es besteht der Verdacht …« Doch weiter kam Clemens nicht.

Christoph Messingschlager war in die kleine Küche gegangen. Auf dem Esstisch lagen zwei gewebte Tischsets, in der Mitte stand eine Schale mit Bananen und einigen Äpfeln. Auf einem der Sets hatte der Yogalehrer ein handbeschriebenes Blatt Papier entdeckt, das er jetzt in seine zitternden Hände nahm.

»Oh nein«, flüsterte er und drehte sich zu den Beamten um. Sein Gesicht war kreidebleich.

Montag, 14:45 Uhr

»Am Arsch vorbei geht auch ein Weg. Wie sich dein Leben verbessert, wenn du dich endlich locker machst«. Der Titel des Buches lachte Feli frech ins Gesicht. Aber wie sollte sie sich nach einem desaströsen Vormittag wie diesem in Riekes Café locker machen? Sie hatte nicht nur als Freundin versagt, sondern sich auch von Sartorius schachmatt setzen lassen. Dementsprechend war ihr Selbstbewusstsein im Keller, wo es in einem Akt der Verzweiflung mit den Fäusten gegen die Wand hämmerte.

Um sich abzulenken, arrangierte Feli die Titel in der Ratgeberwand neu, was bei der Hitze im Laden eine schweißtreibende Angelegenheit war. Nach getaner Arbeit strich sie sich über die Stirn und ließ sich mit einem Stöhnen in den Besuchersessel fallen.

Einige Kunden stöberten im Laden selbstständig durch das Sortiment, und aus dem Hinterzimmer klang das Rattern von Boschis Nähmaschine, ein beruhigendes Geräusch. Feli streckte die Beine aus und ließ die Arme seitlich am Sessel hinabhängen. Ruhe breitete sich in ihr aus. Was für ein Segen, dass sie das »Büchernest« von ihrer Tante geerbt hatte.

Allerdings wurde das zarte Pflänzchen der Entspannung jäh niedergemäht, als Christoph durch die offene Ladentür stürmte und sich atemlos erkundigte, ob Annette da sei. Sofort schnellte Felis Adrenalinspiegel in die Höhe. Sie ahnte bereits, dass das Drama um ihre Freundin in die nächste Runde gegangen war.

»Nein, warum?«, antwortete sie unsicher.

In einer verzweifelten Geste warf Christoph die Hände nach oben. Er sah aus, als wäre er seit Samstag um zehn Jahre gealtert. »Sie hat einen Abschiedsbrief geschrieben.«

»Sie hat was?« Feli schoss aus dem Sessel.

Die Kunden schauten von ihren Büchern auf, Boschi erschien mit einem Maßband um den Hals in der Tür zum Hinterzimmer. »Was ist los?«

»Wir müssen Annette finden«, sagte Christoph verzweifelt. »Die Polizei sucht sie bereits. Habt ihr eine Ahnung, wo sie sein könnte?«

»Ich war heute Vormittag mit ihr bei Rieke im Café und bin eigentlich davon ausgegangen, dass sie anschließend nach Hause gegangen ist. Sie ist ziemlich überstürzt aufgebrochen, nachdem Kommissar Sartorius mit seiner Kollegin aufgekreuzt ist und ominöse Andeutungen über ihr Vertrauensverhältnis zu Johanna gemacht hat.« Feli sah aus, als wollte sie jeden Moment in Tränen ausbrechen. »Verdammt, ich hätte ihr nachgehen sollen.«

»Zu Hause ist sie nicht.« Christoph stemmte die Hände in die Hüften.

»Hast du versucht, sie mobil zu erreichen?«, wollte Boschi wissen.

»Natürlich, aber sie geht nicht ran.«

Feli tigerte mit sich überschlagenden Gedanken auf und ab. Vor ihrem geistigen Auge sah sie Annette an einem Bahngleis stehen und auf den nächsten Zug warten. Oder hatte sie sich Tabletten besorgt? Als Krankenschwester dürfte das kein Problem für sie sein. Vermisste sie Johanna wirklich so sehr, dass sie ihr in den Tod folgen wollte? Aber das wäre doch Wahnsinn.

»Gibt es einen Ort, der eine besondere Bedeutung für sie hat?«, fragte Boschi.

Christoph zuckte nur hilflos mit den Schultern. »Keine Ahnung.«

Feli hingegen riss in jäher Erkenntnis die Augen auf. Natürlich gab es einen solchen Ort! »Annette hat mir vor Jahren einmal erzählt, dass sie und Johanna als Jugendliche häufig auf dem Turm der Hugenottenkirche waren. Der Ort hatte eine ganz spezielle Bedeutung für die beiden. Er war eine Art pubertäre Pufferzone, ihr Geheimversteck, von dem aus sie die Welt von oben betrachten konnten. So oder so ähnlich hat sie sich damals ausgedrückt.«

»Soviel ich weiß, ist die Tür zum Turm normalerweise abgeschlossen, nur an manchen Sonntagen darf man da rauf«, warf Boschi ein.

»Erinnerst du dich noch an Caro Neugebauer aus unserer Klasse? Die Tochter des damaligen Mesners?« Feli wurde immer aufgeregter. »Sie hat Annette den Schlüssel gegeben, und wenn ich mich nicht täusche, hat die sich ein Exemplar nachmachen lassen.«

»Dann müssen wir jetzt schnellstens dahin«, stellte Christoph fest.

»Allerdings, aber ich brauch noch eine Sekunde!« Feli eilte bereits ins Hinterzimmer, um ihrerseits den Schlüssel für das »Büchernest« zu holen. »Bitte verlassen Sie den Laden«, forderte sie die Kunden unterwegs auf. »Sie haben ja gehört, dass wir einen Notfall haben.«

Als sie mit dem Schlüssel in der Hand an der Eingangstür stand, drängelten sich alle gleichzeitig hinaus. Mittendrin Christoph, der mit Sartorius telefonierte und ihn auf den neuesten Stand brachte.

»Er macht sich sofort auf den Weg«, informierte er Feli und Boschi, als sich die Kunden zerstreut hatten und Feli mit zitternden Händen die Ladentür abschloss.

Boschi zog seine High-Heel-Sandaletten aus und wickelte sich ihre Riemen um den Finger. »Meine Nerven«, grummelte er dabei.

»Beeilung!«, kommandierte Feli und raffte ihren Rock. »Wir dürfen keine Zeit verlieren.«

»Bis gleich«, sagte Christoph und schoss auf seinem Fahrrad davon.

Keine Minute später sprintete Feli mit Boschi die Obere Karlstraße entlang Richtung Hugenottenplatz, der zentral in der Innenstadt lag.

Montag, 15:00 Uhr

Als Clemens' Tesla mit quietschenden Reifen und Blaulicht auf einer der Einfahrtsschneisen des Busbahnhofs am Hugenottenplatz bremste, stoben die wenigen Menschen, die sich dort aufhielten, auseinander und retteten sich zu den Haltestellen. Mehrere Passanten schauten sich nach Clemens, der mittlerweile das Blaulicht ausgeschaltet hatte, und seiner Begleitung um. Sie verließen den Wagen und eilten zum Eingang der Hugenottenkirche, wo sie von Felicitas Reichelsdörfer, Hieronymus Bosch und Christoph Messingschlager bereits erwartet wurden.

»Die Tür ist zu!«, rief der Yogalehrer und deutete auf den Kircheneingang.

»Das war wohl auch nicht anders zu erwarten«, murmelte Clemens.

»Ich habe den Mesner bereits informiert«, antwortete Cora Messingschlager. »Er wird gleich hier sein.«

Clemens trat ein paar Schritte zurück, legte den Kopf in den Nacken und schaute zum Kirchturm empor, konnte aber beim besten Willen nichts erkennen. »Und Sie sind sich sicher, dass Ihre Lebensgefährtin dort oben ist?«, fragte er den Yogalehrer.

»Na ja, also, ich denke mal, dass … Ich meine, wir haben sonst keine andere Idee«, druckste er herum.

»Sie kann nur dort sein«, mischte sich die Buchhändlerin ein und erzählte kurz von dem geheimen Rückzugsort der Schwestern und dass Annette Färber aller Wahrscheinlichkeit nach einen Schlüssel zum Kirchturm besaß.

Clemens stöhnte.

»Na prima, wir sind also nur auf gut Glück hier.« Auch Cora hielt mit ihrer Begeisterung nicht hinter dem Berg, woraufhin sich Felicitas Reichelsdörfer mit hochrotem Kopf vor ihr aufstellte.

»Jetzt gehen wir erst einmal um die Kirche herum und schauen, ob jemand am Geländer der Aussichtsplattform zu erkennen ist«, warf Clemens ein, um der drohenden Eskalation entgegenzuwirken.

Naserümpfend schüttelte Cora den Kopf, fügte sich aber. Die Buchhändlerin bedachte Clemens mit einem Blick, den er nicht deuten konnte, doch ihr Kompagnon legte ihr eine Hand auf die Schulter. Die Geste schien sie zu beruhigen.

Wenigstens einer der drei Dilettanten war vernünftig, dachte Clemens, dann marschierten sie, immer den Blick nach oben gerichtet, einmal links an der Kirche entlang, bis das Haus, das an die Kirche anschloss, ihnen den Weg verstellte. Weil sie auf dem Turm niemanden hatten erkennen können, drehten sie sich um und nahmen sich die andere Seite des Kirchenschiffs vor.

»Da!«, stieß Messingschlager plötzlich einen Schrei aus, der alle zusammenzucken ließ. »Da steht Annettes Fahrrad! Das ist der Beweis, dass sie hier ist.«

»Aber auf dem Turm ist niemand zu entdecken«, wandte Cora ein. »Könnte sie ihr Fahrrad hier vielleicht nur abgestellt haben? Um in der Stadt shoppen zu gehen?«

»Aber wir konnten doch gar nicht die gesamte Aussichtsplattform einsehen. Sie ist da oben, ganz sicher.« Die Buchhändlerin ließ sich von ihrer Überzeugung nicht abbringen.

»Mein Bauchgefühl sagt mir das Gleiche«, ergänzte Messingschlager. »Ich kann ungute Schwingungen fühlen. Annette ist in Gefahr.«

Kurz überlegte Clemens, ob er einfach umdrehen und gehen sollte, nur um diesen Schwachsinn nicht länger hören zu müssen. Doch er beschränkte sich darauf, tief einzuatmen und den Kopf abzuwenden, damit niemand sah, wie er die Augen verdrehte. Nach dem nächsten Ausatmen schritt er wortlos zum Kirchturmeingang, und die anderen folgten ihm mehr oder weniger gefasst.

»Wir müssen da rein, sofort! Können wir nicht die Tür aufbrechen?« Jetzt hatte wohl auch Bosch seinen letzten Funken

Verstand verloren. Clemens griff sich mit einer Hand an die Stirn.

»Klar, schmeißen Sie sich doch mal dagegen. Wenn's funktioniert, kriegen Sie später ein Eis von mir«, antwortete Cora.

»Ruhe hier!«, donnerte Clemens. »So kommen wir nicht weiter.«

»Ach, und wie dann?« Klar, dass die Buchhändlerin noch etwas hinzufügen musste.

Clemens blickte ihr ernst in die Augen. »Es bleibt uns nichts anderes übrig, als hier auf den Mesner zu warten. Inzwischen informiere ich die Kollegen.« Er hing schon an seinem Smartphone, als der ersehnte Mesner um die Ecke eilte. Er humpelte.

»Tut mir leid, aber ich habe es beim besten Willen nicht schneller geschafft«, keuchte er.

Clemens nickte ihm nur zu, was dem Mann zu genügen schien. Er beeilte sich, die Turmtür aufzusperren.

Clemens beendete gerade sein Telefonat mit Cento, den er gebeten hatte, die Feuerwehr und den Notarzt zu informieren, da musste er schon wieder einschreiten. »Halt!«, rief er und bahnte sich einen Weg durch Bosch, Messingschlager und die Buchhändlerin, die sich gerade am Mesner vorbei durch die Turmtür drängen wollten. »So geht das nicht. Sie bleiben draußen«, herrschte er die drei an.

»Wie jetzt? Das kann doch nicht Ihr Ernst sein?« Mit ihrer roten Lockenmähne und den blitzenden Augen erinnerte Felicitas Reichelsdörfer Clemens an einen Drachen. Er hätte sich nicht gewundert, wenn sie im nächsten Moment Feuer gespuckt hätte.

»Doch, das ist mein voller Ernst. Wenn einer auf den Turm geht, dann Frau Eisenstein und ich.« Er würde den Drachen schon bändigen.

»Sie haben doch gar keine Ahnung, wie Annette tickt. Aber ich schon.«

Bevor Clemens der Buchhändlerin antworten konnte, fiel

ihm Cora ins Wort: »So weit kommt's noch, eine Zivilistin und eine Selbstmordkandidatin allein in dieser Höhe.«

Weil er es selbst vermutlich auch nicht besser hätte ausdrücken können, nickte Clemens einfach.

»Aber Feli hat recht«, warf Messingschlager ein. »Wenn einer zu Annette durchdringen kann, dann sie.«

»Was Annette jetzt braucht, ist eine Freundin. Und Feli ist eine Freundin«, schlug Bosch in dieselbe Kerbe, woraufhin ebendiese Freundin ihm einen dankbaren Blick zuwarf.

Ungläubig schüttelte Clemens den Kopf. War er hier denn nur von Idioten umgeben?

»Damit sie zu zweit vom Dach springen können, oder was?«, flippte Cora aus. »Sie machen mich echt wahnsinnig.« Sie verschränkte die Arme vor der Brust.

Als sich aus der Ferne das Geräusch mehrerer Sirenen näherte, warf die Buchhändlerin Clemens einen Blick zu, dessen Verzweiflung fast greifbar war. Ihre Lippen formten sich zu einem tonlosen »Bitte«. Ein Schauer lief ihm über den Rücken, und eine Hand, kalt wie Eis, schien sein Herz zu umklammern. Ihr Blick rief die Erinnerung an seine eigene Verzweiflung wach, damals, als man seine Schwester ermordet aufgefunden hatte und er ohnmächtig hatte zusehen müssen, wie die Polizei absolut gar nichts in dem Fall in Erfahrung brachte. Alles hätte er dafür gegeben, selbst eingreifen und handeln zu können. Damals hatte er das Vertrauen in die Kompetenz anderer nahezu verloren, mit ein Grund dafür, dass er sich bis zu dieser Position hochgearbeitet hatte. Und jetzt wollte Felicitas Reichelsdörfer wie er früher helfen, weil ihr das Vertrauen in ihn fehlte. Auch wenn der Gedanke nur schwer zu ertragen war, konnte Clemens sie verstehen. Vermutlich würde sie sich ewig selbst quälen, wenn sie jetzt nicht ihr Bestes gab, um ihre Freundin zu retten. Plötzlich erschien Clemens die Situation in einem völlig neuen Licht.

Er rang mit sich. Diese Augen rührten etwas in ihm, etwas, was er verschollen geglaubt hatte. Ein Gefühl der Zuversicht erfüllte ihn, das ihn überwältigte und letzten Endes dazu brachte, entgegen jeder Vernunft seine Meinung zu ändern. »Okay, Frau Reichelsdörfer.« Coras Blick ließ ihn nicht eine Sekunde daran zweifeln, dass sie am liebsten sofort auf ihn losgegangen wäre. Aber darauf konnte er keine Rücksicht nehmen. »Ich lasse Sie auf den Turm steigen, aber nur unter zwei Bedingungen. Erstens: Wir bleiben über unsere Handys miteinander in Verbindung, sodass wir wenigstens akustisch mitverfolgen können, was bei Ihnen da oben passiert. Und zweitens: Sie haben genau zehn Minuten Zeit, keine einzige mehr. Wir folgen Ihnen quasi auf dem Fuß, und sollte uns etwas seltsam vorkommen, sind wir sofort bei Ihnen.« Er hielt kurz inne und vergewisserte sich, dass Cora sich wieder beruhigt hatte, bevor er fortfuhr: »Es gibt noch etwas, was Sie wissen sollten, bevor Sie da hochgehen.« Er erzählte ihr, Bosch und Messingschlager von den Fingerabdrücken, die sie im Zigarettenetui des toten Bauunternehmers gefunden hatten, und dass diese mit denen an der Teetasse von Annette Färber identisch waren.

»Es sieht ganz danach aus, als hätte sich Annette Färber für den Tod ihrer Schwester gerächt und Richard Trotz umgebracht. Behalten Sie das im Hinterkopf.«

Die Stille, die folgte, ähnelte in ihrer Konsistenz einer zähen Masse, die jegliche Außengeräusche abschirmte. Der Buchhändlerin und ihren beiden Begleitern standen für einen Moment die Münder offen.

»Wie auch immer«, fasste sich Felicitas Reichelsdörfer als Erste von den dreien. »Ich gehe da jetzt hoch«, sagte sie leise, fast tonlos.

Bosch nickte ihr zu, Christoph Messingschlager hatte die Hände vor das Gesicht geschlagen und sich ein Stück von der Gruppe entfernt.

»Sie können es sich immer noch anders überlegen.« Clemens kaute auf seiner Unterlippe. Wohl war ihm bei der Sache nicht. Er wollte gar nicht daran denken, was alles schiefgehen konnte.

»Nein«, wehrte sie ab. »Ich mach das.«

Clemens nickte, wählte ihre Nummer, die er seit der Sache mit dem Krimischorsch eingespeichert hatte, und kurz darauf klingelte es in der Tasche der Buchhändlerin. Sie nahm seinen Anruf an, steckte ihr Handy wieder in die Umhängetasche zurück, die sie offen ließ, und Clemens stellte auf laut.

»Nur noch einmal kurz fürs Protokoll.« Clemens bemühte sich, das Zittern in seiner Stimme zu unterdrücken. »Sie haben sich selbst dafür entschieden und sind sich Ihrer Verantwortung bewusst, also vermasseln Sie es nicht. Zehn Minuten.«

Sie spurtete los.

Montag, 15:10 Uhr

Wie eine Besessene hastete Feli die Holzstufen des Kirchturms empor. Die staubige Luft brannte in ihren Augen, die Hitze trieb ihr den Schweiß aus allen Poren, aber sie ignorierte es. Jetzt ging es um nichts weniger als um Annettes Leben. Auch wenn sie den Mörder ihrer Schwester umgebracht hatte, würde sie ihr beistehen – oder vielleicht gerade deswegen. Wie es wohl in ihr aussah?

Sie sollte einen kühlen Kopf bewahren, aber ihre Gedanken überschlugen sich. Würde sie die richtigen Worte finden? Sie beschloss, sich auf ihre Intuition zu verlassen, wie sie es in kritischen Situationen häufig tat. Hoffentlich gelang es ihr diesmal besser als vorhin in Riekes Café, sonst konnte sie gleich selbst springen. Denk positiv, ermahnte sie sich, während sie eine Stufe nach der anderen nahm. Verdammt hoch, dieser Kirchturm.

Von unten dröhnten die Sirenen der Feuerwehr und des Krankenwagens zu ihr rauf, die gerade eintrafen. Der Gedanke, dass die Rettungskräfte da waren, beruhigte Feli. Sie hetzte weiter, zog sich am Geländer hoch. Diese spezielle Geruchsmischung aus Staub, Holz und Sandstein würde sie vermutlich nie wieder vergessen. Langsam geriet sie aus der Puste, aber sie gönnte sich keine Pause. Nach einer gefühlten Ewigkeit tauchte die Turmstube mit den drei Glocken vor ihr auf, sie hatte es fast geschafft. Sie verlangsamte das Tempo, griff in ihre Tasche und holte das Handy hervor. »Ich bin gleich oben«, flüsterte sie.

»In Ordnung.« Sartorius klang gestresst.

Feli steckte das Smartphone wieder ein und legte einen finalen Spurt bis zum letzten Treppenabsatz ein. Dann holte sie Luft und trat durch eine kleine Tür auf den Balkon des Turms. Zuerst sah sie nur den unschuldig blauen Himmel und die Dächer der Stadt. Ein Postkartenmotiv. Einen Augenblick später entdeckte sie Annette. Sie kauerte gleich neben der Tür, eine Weinflasche in der Hand. Ein jämmerlicher Anblick.

»Annette«, flüsterte Feli.

Ihre Freundin drehte sich zu ihr. Ihre Augen waren verquollen und rot unterlaufen. Sie wirkte wie jemand, der aus dem normalen Leben gefallen war und nun in einer Schattenwelt vor sich hin vegetierte.

In diesem Moment wurde Feli klar, dass es nicht leicht werden würde. Hätte sie doch besser Sartorius das Feld überlassen sollen? War das hier tatsächlich eine Nummer zu groß für sie? Warum musste sie auch immer ihren Willen durchsetzen? Lieber Gott, lass mich das hier nicht vermasseln, betete sie stumm, während sie versuchte, eine gefasste Fassade zu wahren.

»Darf ich mich zu dir setzen?«, fragte sie.

»Hau ab!« Die Worte klangen wie Peitschenhiebe.

Feli sprach sich innerlich Mut zu, spürte aber, wie eine Panikwelle durch ihren Magen rollte. Sie durfte jetzt nicht die Nerven verlieren. Automatisch griff sie in ihre Tasche und umfasste ihr Smartphone. Die Tatsache, dass der Kommissar jedes Wort mithörte, setzte sie unter zusätzlichen Druck. Wenn die Sache hier aus dem Ruder lief, dann gnade ihr Gott. Sie atmete einmal ein und aus, bevor sie einen neuen Versuch startete.

»Es ist nicht richtig, eine solche Situation allein auszuhalten. Darf ich mich nicht doch zu dir setzen?«

Annette sprang mit der Flasche in der Hand auf, schwankte ein wenig, aber ihre Stimme war fest, als sie Feli anblaffte: »Du kapierst es einfach nicht, oder? Ich will dich nicht hier haben, dich nicht und die ganze Kavallerie da unten auch nicht.« Sie machte eine Pause und schrie dann: »Verschwinde, verdammt noch mal!«

Feli hob beschwichtigend die Hände. Sie durfte auf keinen Fall aufgeben, noch war nichts verloren. »Ich bin deine Freundin, Annette. Ich bin auf deiner Seite. Lass mich dir doch helfen.«

Zu spät bemerkte sie, dass sie unbewusst ihr Smartphone aus der Tasche geholt hatte und es mit dem leuchtenden Display zu Annette hielt.

Ihre Freundin starrte es wie versteinert an. »Du willst mir beistehen?« Sie warf den Kopf in den Nacken und begann, hysterisch zu lachen. »Wie mies bist du eigentlich? Machst hier auf beste Freundin, und der Kommissar ist live dabei. Das habt ihr euch wirklich schön ausgedacht. Aber nicht mit mir.«

Montag, 15:18 Uhr

»Verdammt!«, zischte Clemens, als er Annette Färbers letzten Satz durch den Lautsprecher seines Smartphones gehört hatte. Trotz der hohen Außentemperaturen wurde ihm eiskalt. Auf seiner Stirn bildeten sich Tröpfchen, seine Lider flatterten, ihm wurde erst schwindelig, dann schwarz vor Augen. Sein Atem ging viel zu schnell, sein Puls raste. Mit dem Hemdsärmel wischte er sich den Schweiß aus dem Gesicht, während er fieberhaft nach einer Lösung für diese vertrackte Situation suchte.

»Ich hab doch gleich gesagt, das ist eine Scheißidee!«, schimpfte Cora. »Jetzt haben wir den Salat.«

»Dass du dich darüber aufregst, hilft uns jetzt auch nicht weiter«, versuchte Clemens, sie zu beruhigen. »Wir müssen auf den Turm, bevor die Situation weiter eskaliert.« Er verfluchte, dass ihn die Ankunft des Notarztes davon abgehalten hatte, der Buchhändlerin wie geplant zu folgen.

Clemens rannte los, das Handy fest in der Hand. Aus den Augenwinkeln nahm er wahr, dass Cora ihm auf dem Fuß folgte.

»Ist was passiert?«, hörte er Bosch hinter sich rufen. »Ist mit Karotte alles in Ordnung?«

Doch Clemens hatte weder die Zeit noch die Nerven, ihm zu antworten. Jede Sekunde zählte.

Montag, 15:20 Uhr

Wie versteinert starrte Feli auf das Smartphone in ihrer Hand. Sie hatte es vergeigt.

»Versteh doch«, versuchte sie zu retten, was noch zu retten war. »Sonst hätte mich der Kommissar nicht zu dir raufgelassen.«

»Das wäre auch besser gewesen.« Blitzschnell machte Annette einen Schritt auf sie zu und schlug ihr das Smartphone aus der Hand.

Mit offenem Mund beobachtete Feli, wie es über das Geländer des Balkons zunächst gen Himmel flog, dann die Richtung wechselte und schließlich seine Reise in die Tiefe antrat.

»Scheiße!«, entfuhr es ihr.

Montag, 15:21 Uhr

Clemens blieb so abrupt stehen, dass Cora gegen seinen Rücken prallte.

»Aua!«, entfuhr es ihr.

Doch Clemens antwortete nicht, starrte nur mit weit aufgerissenen Augen auf das Display seines Smartphones. Gänsehaut überzog seine Arme.

»Verdammt, was ist denn jetzt schon wieder?« Cora hieb ihm mit der flachen Hand auf seine rechte Schulter.

Dieses Mal registrierte er es. »Lass das!«, giftete er, drehte sich zu ihr um und hielt ihr das Handy vor die Nase. »Die Verbindung ist abgebrochen! Die Leitung ist tot!« Seine Stimme klang schrill, sein Puls galoppierte davon.

Cora starrte ihn kurz sprachlos an, gewann aber rasch ihre Fassung wieder, fackelte nicht lange und stieß mit beiden Händen gegen seine Oberarme. »Was stehst du dann noch hier rum? Los, weiter!«

Montag, 15:22 Uhr

»Das war es dann wohl mit der Überwachung.« Annette schwang triumphierend die Weinflasche. »Und wenn du nicht hinterherfliegen willst, verschwindest du jetzt besser freiwillig.«

Ruhe bewahren, dachte Feli und merkte zugleich, wie sie langsam, aber sicher die Nerven verlor. Mit ihrer gut gemeinten Rettungsaktion hatte sie sich selbst in eine lebensgefährliche Lage manövriert, denn dass Annette es mit ihrer Drohung ernst meinte, daran zweifelte sie keine Sekunde. Aber Sartorius würde bestimmt gleich hier sein. Wenn sie nur noch kurz durchhielt, würde er übernehmen und die Situation klären.

»Jetzt beruhige dich erst mal«, versuchte sie, Zeit zu schinden. »Ich …« Weiter kam Feli nicht.

Laut surrend wie ein Bienenschwarm tauchte aus der Tiefe eine Drohne auf und verharrte auf Höhe des Turmbalkons. »Frau Färber«, ertönte eine blecherne Stimme aus ihrem Lautsprecher, »seien Sie bitte vernünftig. Das macht doch keinen Sinn.«

In Annettes Gesicht tobte die Wut. »Und ob das Sinn macht.« Mit erstaunlicher Präzision schleuderte sie die Weinflasche gegen die Drohne. Sie zerschellte in tausend Scherben.

Im selben Augenblick spürte Feli einen stechenden Schmerz an ihrer linken Wange und schrie auf. Sie nahm noch wahr, dass die Drohne ins Trudeln geriet und in die Tiefe torkelte. Dann wurde ihr schwindelig.

Montag, 15:23 Uhr

Ein Schrei hallte durch den Turm und wurde von der Sandsteinmauer zurückgeworfen. Das Echo ging Clemens durch Mark und Bein.

»Was ist da oben los, verdammt?«, fluchte er und legte noch einen Zahn zu.

Cora keuchte in seinem Rücken hinter ihm her. Was sollte sie auch sagen? Niemand außer den beiden Frauen auf der Aussichtsplattform kannte die Antwort auf diese Frage. Wenn der Buchhändlerin etwas passiert wäre, würde er sich das nie verzeihen. Schließlich war er es gewesen, der ihr die Erlaubnis gegeben hatte, mit der Mörderin zu sprechen. Am liebsten hätte er die Entscheidung rückgängig gemacht. Allmählich pfiff seine Lunge aus dem letzten Loch, aber er würde nicht anhalten, bis er auf dem Balkon stand.

Montag, 15:23 Uhr

Feli befühlte ihre Wange und ertastete etwas Spitzes, Glattes. Ein Glassplitter! Wie in Zeitlupe nahm sie die Hand von der Wange und betrachtete das Blut daran. Ihr Magen quittierte den Anblick mit einem doppelten Salto. Jetzt nur nicht schwächeln, dachte sie, sonst wird das Fiasko hier oben noch zu einer Katastrophe.

»Geschieht dir recht.« Die Frau, die einmal Annette gewesen war, zeigte keine Spur von Mitgefühl, stattdessen die Entschlossenheit eines Menschen, der nichts mehr zu verlieren hat und deshalb zu allem fähig ist. Blitzschnell versuchte sie, zum Geländer zu gelangen, aber Feli reagierte trotz ihrer Verletzung und stellte sich ihr in den Weg.

»Annette, nein!«

»Lass mich!«

Ein heftiger Schlag traf ihre lädierte Wange, die sofort vor Schmerz explodierte. Der Boden unter Felis Füßen bebte wie bei einem Erdbeben. Als sie die linke Hand in Richtung Geländer ausstreckte, griff sie ins Leere. Nur noch mit Mühe konnte sie sich auf den Beinen halten. Was war nur los mit ihr? Und warum wurde es auf einmal so dunkel um sie herum?

Montag, 15:24 Uhr

Clemens hastete die Treppe weiter nach oben. Schweiß rann ihm in die Augen. Nur noch wenige Stufen bis zur Aussichtsplattform. Hinter ihm Cora, immer lauter keuchend, aber ihm dicht auf den Fersen.

Bitte, betete er im Stillen, lass Felicitas noch eine Minute durchhalten. Irgendwo in seinem Inneren registrierte er, dass er die Buchhändlerin nur beim Vornamen genannt hatte. Aber so schnell der Gedanke gekommen war, so schnell verschwand er auch wieder, wurde abgelöst von der Vorstellung einer fallenden Frau mit roten Haaren.

Montag, 15:24 Uhr

Feli blinzelte so lange, bis das Tageslicht wieder zu ihr durchdrang. Beim Anblick, der sich ihr bot, schnappte sie nach Luft. Annette stützte sich mit beiden Händen auf dem Geländer des Balkons ab und war gerade dabei, das rechte Bein darüberzuschwingen.

Feli rappelte sich auf und hechtete zu ihr, fasste sie von hinten um ihre Mitte und zerrte sie mit aller Kraft zurück. Einen Augenblick strauchelten beide.

Dann entwand sich Annette Felis Griff und schubste sie gegen die Wand: »Lass mich, du blöde Kuh!« Ihr Gesicht war wutverzerrt, ihr Blick hart.

Feli war so schwindelig, dass sie sich kaum noch auf den Beinen halten konnte. Sie sah kurz durch die offene Tür ins Turmgewölbe, konnte aber nur Holzstufen und die Wand dahinter erkennen. Von Sartorius keine Spur. Wie lange brauchte der denn noch?

»Jetzt sei doch vernünftig, bitte!«, flehte sie Annette an. Sie musste Zeit gewinnen, bis Sartorius kam.

Doch statt einer Antwort näherte sich ihre Freundin in geduckter Haltung, umschlang dann in einer schnellen Bewegung ihre Beine mit beiden Armen und hob sie hoch.

Feli wusste gar nicht, wie ihr geschah. Himmel, Menschen, Asphalt, Autos, die Dächer der Stadt, alles wirbelte um sie herum, während Annette sie über das Geländer hievte. »NEEEIIIN!«, schrie sie.

Montag, 15:25 Uhr

Clemens stürmte durch die Tür auf die Aussichtsplattform. Der Schrei hallte immer noch in seinen Ohren nach. Mit einem Blick erfasste er die Situation, und Panik flutete seine Adern. Felicitas Reichelsdörfer klammerte sich an die Eisenstreben der Außenseite des Brüstungsgeländers. Ihre Augen fixierten ihn, als sie erneut losschrie.

»Retten Sie mich, sie ist wahnsinnig geworden!«

Sein Blick flog zu Annette Färber, die Anstalten machte, ebenfalls über das Geländer zu steigen.

In diesem Moment tauchte Cora keuchend neben ihm auf, suchte Blickkontakt zu ihm, nickte kurz, und im selben Moment stürmten sie los.

Clemens beugte sich über die Brüstung und griff mit beiden Händen nach den Armen der Buchhändlerin. Aber es war aussichtslos, sie hing viel zu weit unten. Er sah, dass ihre Kräfte schwanden und sie mit den Tränen kämpfte. Kurz entschlossen sog er tief Luft ein, schickte wieder ein stummes, kurzes Gebet gen Himmel und schwang sich dann ebenfalls über die Brüstung, während er sich mit einer Hand am Geländer festhielt. Als er sich erneut so tief beugte, wie er konnte, gelang es ihm, ihr Handgelenk zu packen, aber sie ließ nicht los.

»Ich hab Sie!«, rief er verzweifelt. »Aber Sie müssen loslassen.«

»Ich kann nicht!«

»Doch, Sie können. Sie müssen!«

Sie atmete schnell und flach, antwortete aber nicht. Kurz fürchtete er, sie würde das Bewusstsein verlieren, ihre Hand würde ihm entgleiten und sie nach unten fallen. Aber im nächsten Augenblick warf sie ihm einen Blick zu, der tief bis in seine Seele drang. Dann ließ sie los, und er spürte, wie ihr Gewicht an ihm riss. Doch er hielt dagegen, biss die Zähne zusammen, spannte die Muskeln im Oberarm an und zog sie hoch, Stück für Stück. Sobald das Geländer in Reichweite kam, griff sie danach und unterstützte ihn. Mit letzter Kraft hievte er sie über die Brüstung und zurück in Sicherheit, dann brach sie zusammen.

Clemens sank neben ihr nieder und umarmte sie, unfähig, einen klaren Gedanken zu fassen.

Als er den Kopf hob, sah er, dass Cora Annette Färber inzwischen überwältigt hatte und ihr Handschellen anlegte. Völlig teilnahmslos starrte die Schwester der Toten ins Leere, während seine Kollegin per Funk die Kollegen unten am Turm und den Sanitätsdienst über die Lage informierte.

Clemens spürte, wie die Buchhändlerin in seinen Armen zitterte, und wandte sich wieder ihr zu. Erst jetzt bemerkte er, dass an ihrer Wange eine tiefe, blutende Wunde klaffte. Er kramte in seiner Sakkotasche nach einem sauberen Taschentuch und presste es vorsichtig auf die Stelle. Sie verkrampfte sich kurz, woraufhin er sie noch ein wenig fester an sich drückte und den Kopf auf ihrem ablegte. Ein Duft von Vanille und Blumen kitzelte seine Nase, der ihn an seine Kindheit erinnerte. Zusammen mit seiner Schwester Hannah sah er sich am Küchentisch sitzen und Karten spielen. Sie lachten, alberten herum. Sie schmollte, weil er wieder gewonnen hatte. Damals, als sie noch am Leben gewesen war. Eine Träne stahl sich in sein Auge, und er schluckte schwer. Keine Macht der Welt würde Hannah wieder lebendig machen. Aber Felicitas Reichelsdörfer war lebendig. Dank ihm, weil er sie gerade noch gerettet hatte. Weil er nicht zu spät gekommen war. Alles war gut.

»Karotte!«, kreischte es plötzlich, und Bosch erschien mit hochrotem Kopf und zerzausten Haaren auf der Plattform. Keuchend blinzelte er in ihre Richtung. »Um Gottes willen, was ist denn mit dir passiert?«

Felicitas Reichelsdörfer hob nur kurz den Kopf von Clemens' Brust, um ihrem Freund einen glasigen Blick zuzuwerfen, dann ließ sie ihn wieder sinken. Clemens strich ihr über den Rücken, hob sie hoch, spürte, wie sich ihre Hände hinter seinem Hals verschränkten, quetschte sich an Bosch vorbei und trug sie die Treppenstufen nach unten. Es war vorüber. Er lächelte, und sein Herz machte einen kleinen Sprung in Richtung Unendlichkeit.

Dienstag, 12:00 Uhr

Clemens betrat das »Klein, aber Fein« und steuerte direkt auf den Tisch zu, an dem Felicitas Reichelsdörfer, Hieronymus Bosch und Inhaberin Rieke Olsen saßen. Er hatte in den letzten Nächten wenig geschlafen und konnte nur erahnen, wie tief die Ringe unter seinen Augen sein mussten. Kaum zu glauben, dass erst ein knapper Tag vergangen war, seit er die Buchhändlerin vor einem tödlichen Sturz in die Tiefe gerettet hatte. Ihm kam es so vor, als läge das alles schon Monate zurück, wenn nicht gar Jahre. Von dem kurzen Glücksgefühl, das er gestern auf der Treppe abwärts mit seiner schweren Last empfunden hatte, war nichts mehr übrig. Er hätte nichts dagegen gehabt, den Rest des Tages allein irgendwo weit weg zu verbringen. Niemanden zu sehen, geschweige denn zu hören. Sein Leben war ein Desaster. Nichts war in Ordnung, absolut gar nichts. Aber dieses eine Gespräch musste er noch hinter sich bringen, koste es, was es wolle.

Drei Augenpaare starrten ihn an. War das Überraschung oder eher Entsetzen, was sich in ihren Pupillen spiegelte? Clemens konnte es nicht einschätzen. Er orderte einen doppelten Espresso und überlegte kurz, »mit Schuss« hinzuzufügen, unterließ es dann aber. So tief war er noch nicht gesunken. Die Cafébesitzerin stand auf, und er setzte sich zu Bosch und der Buchhändlerin und seufzte.

Lange Zeit sagte niemand ein Wort, doch das störte ihn nicht. Gedankenverloren rührte er in dem Espresso herum, der inzwischen vor ihm stand, trank aber keinen Schluck.

»Was ist mit Annette?«, fragte Felicitas Reichelsdörfer schließlich.

Clemens reagierte nicht, zerstörte nur weiterhin die Crema in seiner Tasse.

»Hallo, Herr Sartorius.« Sie stupste ihn gegen die Schulter, und er schreckte hoch.

»Ja?« Er ärgerte sich über den belegten Klang seiner Stimme.

»Ich habe Sie gefragt, was mit Annette Färber ist«, wiederholte die Buchhändlerin. »Aber ich habe das Gefühl, dass Sie gar nicht wirklich anwesend sind. Ist alles in Ordnung?«

Er winkte ab. Darüber wollte er beim besten Willen nicht reden. »Frau Färber geht es den Umständen entsprechend gut oder schlecht, wie Sie wollen. Sie ist in der forensischen Psychiatrie des Bezirksklinikums und wird dort auch erst einmal bleiben.«

»Und wie lange?«

»Das muss der Richter entscheiden. Sie war geständig, das wird ihr auf jeden Fall zugutekommen.«

»Haben Sie eigentlich schon herausgefunden, weshalb Richard Trotz Johanna umgebracht hat?«, mischte sich Bosch in das Gespräch ein.

Clemens lachte trocken auf. »Das ist eine längere und ziemlich komplizierte Geschichte. Letzten Endes war es Martin Vogel, der uns der Wahrheit ein Stück näher gebracht hat. Per Zufall hatte er beobachtet, wie Johanna Färber und Trotz, der ihr heimlicher Liebhaber war, in einer kleinen Wohnung nahe des Schlossplatzes verschwunden waren. Er hat durch ein offenes Fenster belauscht, wie sich die beiden gestritten haben. Sie hatte wohl – wie auch immer – Hinweise darauf gefunden, dass Trotz im großen Stil Steuern hinterzog, Schwarzarbeiter beschäftigte und noch in einige andere illegale Dinge verwickelt war. Offenbar setzte sie diese Informationen als Druckmittel ein, damit sich der Bauunternehmer von seiner Ehefrau trennte.« Clemens legte den Löffel beiseite und starrte sekundenlang in seine Tasse, bevor er fortfuhr. »Trotz wollte sich aber nicht scheiden lassen und konnte wiederum nicht akzeptieren, dass seine junge Geliebte mit diesen Erkenntnissen einfach so zur Polizei marschierte. In gewisser Weise nachvollziehbar.« Er schnaubte. »Deshalb hat er sie im Affekt getötet, wenn man Vogel Glauben schenken darf. Der hat Trotz anschließend dabei gefilmt, wie er sich seiner

Freundin entledigt hat. Ziemlich kaltblütig, dieser Vogel.« Er seufzte. »Johanna Färber hatte die Beweisunterlagen in ihrem Schreibtisch an der Uni aufbewahrt, wo Vogel sie vor einigen Tagen entdeckte und fotokopierte, um Trotz damit zu erpressen. Der Bauunternehmer war wohl nicht der Einzige, den er um sein Geld erleichtert hat. Dadurch war er auch in der Lage, sich einen teuren Anwalt zu leisten. Wie wir bereits in Erfahrung gebracht haben, hat er derartige Ausflüge in ihren Arbeitsbereich öfter unternommen.« Clemens trank einen Schluck seines Espressos und verzog das Gesicht. Er war inzwischen kalt geworden. Cafébesitzerin Rieke Olsen, die sich zu ihnen gestellt hatte, schüttelte den Kopf und machte ihm einen neuen. Er ging aufs Haus. Dankbar lächelte Clemens sie an.

»Und warum hat er Johanna ausgerechnet in markgräflicher Verkleidung im Brunnen versteckt?«, fragte Felicitas Reichelsdörfer und nahm ebenfalls einen Schluck Kaffee.

»Wir können nur Vermutungen anstellen. Fakt ist, dass Trotz das Kostüm aus Johanna Färbers Büro an der Universität geholt hat. Vielleicht wollte er uns damit auf eine falsche Fährte locken, sodass wir den Täter an der Philosophischen Fakultät suchen würden. Schließlich hatte Johanna Färber den Job von der universitären Arbeitsvermittlung bekommen. Und wenn wir Martin Vogel als Täter verhaftet hätten, hätte er sogar zwei Fliegen mit einer Klappe geschlagen, weil er nicht nur seine Geliebte, sondern auch seinen Erpresser losgeworden wäre. Vogel schwört nach wie vor Stein und Bein, dass nicht er es war, der Johanna Färbers Unterlagen für ihre Doktorarbeit bei sich deponiert hat. Trotz wusste bestimmt von seiner Geliebten, dass sie Vogel bereits des Öfteren verdächtigt hatte, in ihrem Büro herumzuschnüffeln und ihr Eigentum zu entwenden. Einen besseren Verdächtigen als Vogel konnte es für Trotz also nicht geben.« Clemens kippte den Espresso hinunter. Prompt verbrannte er sich den Gaumen und fluchte leise. »Jedenfalls ist das Ganze ziemlich verworren«, ergänzte er.

Die Buchhändlerin und Bosch warfen sich fragende Blicke zu. Offenbar hatten auch sie Probleme, alles logisch miteinander in Verbindung zu bringen.

»Und woher wusste Annette dann, dass Trotz ihre Schwester ermordet hatte? Sie hat doch von Vogels Videomitschnitt, wie Trotz die Leiche im Brunnen des Schlossgartens entsorgt hat, gar nichts geahnt, oder?«, fragte Bosch.

»Frau Färber war kurz nach dem Tod ihrer Schwester abends an der Uni, um deren persönliche Dinge abzuholen. Dabei hat sie per Zufall Vogel bei einem Telefonat belauscht. Er bedrohte und erpresste Trotz mit seinem Wissen um den Mord ihrer Schwester genau wie mit der Steuerhinterziehung. Das war der Anstoß für Annette Färbers Rachefeldzug«, erklärte der Kommissar.

»Das muss ich jetzt erst einmal verdauen«, sagte Felicitas Reichelsdörfer prompt.

»Ich auch«, warf ihr Kompagnon ein.

»Was sich da für Abgründe auftun.« Ein Zittern ergriff ihren Körper.

Clemens fixierte den Kaffeesatz in seiner Tasse. Er fühlte sich leer und erschöpft. Allmählich holten ihn die Ereignisse des Vormittags wieder ein. Er hätte alles dafür gegeben, wenn er sie einfach auslöschen könnte. Aber leider war ihm diese Fähigkeit nicht vergönnt.

»Hätten Sie einen Whisky für mich? Am besten einen Islay Single Malt, so richtig rauchig mit torfiger Note?«, fragte er die Caféinhaberin.

Diese schaute ihn an wie ein lebendiges Fragezeichen, fing sich aber schnell wieder. »Sicher, ich bringe Ihnen einen. Aber sind Sie nicht im Dienst?«

»Genau, das sieht Ihnen doch gar nicht ähnlich«, mischte sich die Buchhändlerin ein. »Raus mit der Sprache: Was ist eigentlich heute los mit Ihnen? Hat jemand Ihr Auto geklaut?«

»Schlimmer«, antwortete Clemens, während die Cafébesitzerin mit der Flasche und einem Glas an den Tisch zurückkehrte. Sie goss ihm gute zwei Zentiliter ein.

»Wie jetzt, schlimmer?«, fragten alle drei nahezu gleichzeitig.

Clemens kippte den Whisky in einem Zug hinunter und schepperte das Glas auf den Tisch. »Ich bin suspendiert worden, auch dank Ihrer Unterstützung«, wandte er sich an Felicitas Reichelsdörfer.

»Soll das ein schlechter Scherz sein?«

»Nein, mir ist wirklich nicht zum Scherzen zumute.« Er winkte in Rieke Olsens Richtung, die sofort verstand und nachschenkte. Er vernichtete den Inhalt des Glases genauso schnell wie den zuvor, was Felicitas Reichelsdörfer zu einem Stirnrunzeln veranlasste.

»Mein werter Herr Chef hat Ihr Protokoll gelesen und ist daraufhin komplett ausgeflippt. Er nannte es – nett ausgedrückt – eine grobe Fahrlässigkeit, dass ich Ihnen gestattet habe, den Turm zu unserer Verdächtigen hinaufzusteigen. Damit hätte ich Sie mutwillig in Gefahr gebracht, was einen unverzeihlichen Fehler darstellt. Er meinte, ich trage die volle Verantwortung dafür, dass Sie dieses Fiasko fast mit dem Leben bezahlt haben, und hat interne Ermittlungen gegen meine Arbeitsweise eingeleitet. Daher wurde ich bis auf Weiteres suspendiert.« Er griff nach dem Glas, registrierte, dass es bereits wieder leer war, und deutete auf die Flasche. Die Inhaberin des »Klein, aber Fein« nickte nur stumm. Clemens öffnete den Whisky und goss sich sehr großzügige zwei Zentiliter ein, die er erneut hinunterstürzte. Seine Lippen verzogen sich zu einem bitteren Grinsen.

»Das war's dann wohl mit dem Kommissariat.« Seine Zunge lag ihm immer schwerer im Mund und wollte ihm nicht mehr gehorchen. »Aber sehen Sie es doch einmal so, liebste Frau Reichelsdörfer …« Er war sich dessen bewusst, dass er sich gerade komplett zum Deppen machte, aber es war ihm egal. Es war ihm ja alles so was von egal, er konnte gar nicht in Worte fassen, wie sehr. »Somit werden Sie sich in Zukunft zumindest nicht mehr mit mir herumärgern müssen, wenn Sie eine Leiche finden.«

Damit erhob er sich und deutete eine verunglückte Verbeugung an. Er brauchte eine Weile, bis er sicher stand, dann wühlte er in der Hosentasche, zerrte einen Hundert-Euro-Schein heraus und ließ ihn in einem Anfall kindlicher Freude auf den Tisch segeln. Danach hob er die Hand zum Gruß, drehte sich langsam und höchst konzentriert Richtung Tür und schwankte nach draußen.

Dienstag, 12:30 Uhr

Feli starrte auf den leeren Stuhl, auf dem bis vor wenigen Sekunden noch Clemens Sartorius gesessen hatte und von dem nun eine dunkle Wolke aufstieg, die nach Niedergang stank. Unvermittelt drängte sich ihr das Bild des Kommissars in abgerissenen Klamotten auf, wie er vor der Thalia-Buchhandlung am Hugenottenplatz saß, neben sich eine Flasche billigen, aber hochprozentigen Fusel und zu seinen Füßen ein Bastkörbchen, in dem ein paar einsame Münzen auf Gesellschaft warteten.

Sie schluckte. Meine Güte, was hatte sie mit ihrer voreiligen Kamikazeaktion nur angerichtet? Warum handelte sie auch immer so leichtfertig, und vor allem: Warum musste sie jedes Mal ihren Dickkopf durchsetzen?

»Das ist eine Katastrophe«, flüsterte sie. Ihre Arme hingen nach unten wie die gebrochenen Flügel eines Vogels.

»Da siehst du, was passiert, wenn du immer die Arbeit der Polizei erledigen willst.« Boschi war seine Genugtuung anzusehen. Offensichtlich gefiel er sich neuerdings in der Rolle des Besserwissers. Auch das noch.

»Immerhin habe ich Annette das Leben gerettet«, brachte sie zu ihrer Verteidigung hervor.

»Und deines riskiert.« Diesmal dominierte der Vorwurf in seiner Stimme.

»Jetzt beruhigt euch mal, Leute.« Rieke holte weitere Whiskygläser hinter der Theke hervor und schenkte allen dreien von dem Single Malt ein.

Wortlos tranken sie, waren in Gedanken alle beim suspendierten Kommissar.

»Ich hab das echt nicht gewollt, dass der seinen Job verliert«, jammerte Feli und kämpfte mit den Tränen. Mein Gott, was war sie nur für eine dumme Gans? Schuldgefühle, schwer wie ein Sack fränkischer Kartoffeln, legten sich auf ihre Schultern und ließen sie in ihrem Stuhl zusammensinken. Wortlos schenkte Rieke ihr einen weiteren Whisky ein, den sie sofort hinunterkippte und der ein Feuer in ihrem Magen entfachte. »Wie kann ich das nur wiedergutmachen?«, sagte Feli mehr zu sich selbst als zu ihren Freunden und goss sich, ungeachtet des Feuers, noch einmal nach.

»Gar nicht«, antwortete Boschi. »Wenn du ihm einen Gefallen tun willst, halte dich von jetzt an von ihm fern. Ich glaube nicht, dass der deinen Anblick so schnell wieder ertragen kann.«

»Du warst auch schon mal einfühlsamer«, entgegnete sie und nippte an ihrem Single Malt, der inzwischen ein Schwindelgefühl in ihrem Kopf erzeugte, als stünde sie bei mittelschwerem Seegang auf dem Deck eines Schiffs. Doch mit jedem Tropfen, der ihre Kehle hinunterfloss, spürte sie, wie ihr Selbstvertrauen wieder wuchs.

Nie mehr in ihrem Leben würde sie sich in polizeiliche Ermittlungsarbeit einmischen. Sie hatte ihre Lektion gelernt. Zwar würde sie auch fortan Kriminalfälle lösen, aber nur solche, die sich zwischen zwei Buchdeckeln abspielten. Dort war ihre wahre Heimat, dort gehörte sie hin.

Sie würde schon einen Weg finden, sich bei Clemens Sartorius zu entschuldigen, auch wenn er wahrscheinlich darauf nicht den geringsten Wert legte. Aber vielleicht mischte sich ja das Schicksal ein und es ergab sich eine Gelegenheit. Sie nahm noch einen Schluck und ignorierte das Brennen in ihrer Speiseröhre. Irgendwie musste sie ja mit sich ins Reine kommen. Und wer wusste, ob das Leben es nicht trotzdem gut mit Clemens Sartorius meinte und dieser schwere Schicksalsschlag eine neue Chance für ihn bereithielt. Noch einmal fachte sie das Feuer in ihrem Magen mit Whisky an und sinnierte weiter. Vielleicht wäre er ihr irgendwann sogar dankbar, weil sie ihm diesen Weg geebnet hatte. Sein Leben würde wieder in geregelten Bahnen verlaufen, und die kurze Zeit seines karrieremäßigen Absturzes wäre nichts weiter als eine dunkle Erinnerung, aus der er sich wie ein Phönix aus der Asche erhoben hatte. Noch einmal schnappte sie sich den Whisky, balancierte ihn in einer motorischen Meisterleistung mit dem Flaschenhals exakt über ihrem Glas und kippte einen Schluck hinein, ohne dabei etwas zu verschütten. Auch diesmal fackelte sie nicht lange, diesen zu vernichten.

»Jetzt reicht es aber, Karotte!« Boschi schob die Flasche ein Stück von ihr weg.

Feli starrte ihren Freund an, der mahnend die Augenbrauen hochzog. Neben ihm saß ein zweiter Boschi, der das Gleiche tat.

»Es wird aaallles wieder gut werden«, lallte sie und machte dabei eine ausladende Geste mit der Hand.

»Ganz bestimmt«, drang seine Stimme wie durch einen Filter an ihr Ohr. Im Zeitlupentempo legte sie ihre Unterarme auf den Tisch und ihren Kopf darauf ab. Dann hüllte sie ein gnädiger Nebel ein, der alle Sorgen verschwinden ließ und ihr ein Lächeln auf die Lippen zauberte.

Danksagung

Wir bedanken uns bei unseren Familien, die uns in der Zeit des Schreibens so großzügig den Rücken freigehalten haben. Uns ist bewusst, es war nicht immer leicht für euch!

Ebenso bei unserer Lektorin Susanne Bartel, die diesem Werk den letzten Schliff verpasst hat.

Heike bedankt sich bei Katharina für die Tonnen an glutenfreien Leckereien, die sie während der Entstehung dieses Buches vernichten durfte.

Katharina bedankt sich bei Heike dafür, dass sie freiwillig als Versuchskaninchen für ihre glutenfreien Experimente der Backkunst zur Verfügung stand.

Leider gibt es das »Büchernest« nur in unserer Phantasie, genauso wie unsere Charaktere. Trotzdem sind Clemens und Feli Teile unseres Lebens geworden, in die viel Herzblut geflossen ist.

Wir hoffen, die geistige Transfusion gelingt, und wünschen allen Leser/-innen viel Vergnügen und spannende Unterhaltung!